8클래스 마법사의 회귀

마법사의

WISHBOOKS FANTASY STORY

류송 판타지 장편소설

8클래스 마법사의 회귀 7

류송 판타지 장편소설

초판 1쇄 찍은 날 | 2017년 10월 25일
초판 1쇄 펴낸 날 | 2017년 11월 1일

지은이 | 류송
펴낸이 | 예경원

기획 | 위시북스
편집책임 | 이규재
편집 | 이즈플러스

펴낸곳 | 예원북스
등록번호 | 제396-2012-000132호
등록일자 | 2012. 7. 25
KFN | 제1-172호

주소 | 경기도 고양시 일산동구 호수로 646-24 위너스21 II 빌딩 206A호 (우)10401
전화 | 031-819-9431 팩스 | 031-817-9432
E-mail | yewonbooks@naver.com

ⓒ류송, 2017

ISBN 979-11-6098-590-0 04810
　　　979-11-6098-168-1 (set)

8클래스 마법사의 회귀

마법사의

회귀

완결

류송 판타지 장편소설

WISHBOOKS FANTASY STORY

Wish
Books

8클래스 마법사의 회귀

CONTENTS

1장
일곱 번째 장인

"저는, 여왕님께서 하신 말씀대로 그릇이 작습니다. 그래서 그럴까, 어떤 심정으로 말씀하시는지 누구보다 잘 알고 있음에도, 기분 좋은 대답을 드리기가 힘드네요."

　결국 거절의 답변을 주는 걸까?

　페어리 퀸이 표정을 굳히는 순간.

　"그렇지만, 거악을 상대하는 일입니다. 그 싸움에 드래곤 일족까지 적으로 맞이할 필요는 없겠죠."

　그렇다, 프란 페이지는 결코 만만한 상대가 아니다. 그런 존재와의 싸움에서, 그와 필적한 힘을 가진 드래곤 일족마저 적으로 돌린다? 미친 짓이나 마찬가지이리라.

　"아마 그쪽, 드래곤 일족의 입장도 저와 비슷할 겁니다. 하루빨리 처리하든가, 아군이 되든가. 이렇게 애매한 관계를 유지하기에는 여러모로 불편할 테니까요."

아마 드래곤 일족의 입장도 이안과 별반 다르지 않을 거다. 봉인을 유지하는 것만으로 충분히 벅찬 상황 속에서, 이안 페이지란 적까지 추가로 만들 여유가 없을 터.

"그러니 제가 지금 여왕께 드려야 할 대답은 긍정입니다. 말씀하신 동맹, 받아들이도록 하죠."

이안의 선언과도 같은 말에 페어리 퀸이 표정을 풀었다. 아니, 풀림을 넘어서 환하게 빛났다.

당당함, 혹은 오만함과 농익은 고혹으로 가득했던 그녀의 얼굴이 어린아이처럼 순수한 빛깔을 머금었다.

"시간이 없습니다. 여왕께서 계속 움직여 주셔야 할 것 같군요."

(괜찮다. 내가 또 무얼 해주면 좋겠느냐? 어서 얘기해다오.)

어느 때보다 적극적으로 나서는 페어리 퀸, 실로 흔치 않은 모습에 이안조차 피식 웃으며 말했다.

"다시 그분들, 드래곤 일족에게 돌아가 제 뜻을 전해주세요. 이쪽 일이 마무리되는 대로 합류할 테니, 당신들은 '거악의 본신'에 맞설 준비를 시작하라, 이렇게 말이죠."

프란 페이지를 완벽하게 소멸시키기 위해서는, 그 봉인부터 풀어준 뒤 본신을 제거해야만 한다.

그렇기에 만반의 준비가 필요했다. 프란 페이지의 본신은 절대로 호락호락한 상대가 아닐 테니까.

(전할 말은 그것뿐이냐?)

"당장은 그렇습니다. 제 얘기를 전한 뒤 다시 돌아오세요."

(하! 이건 뭐, 내가 무슨 네놈의 심부름꾼도 아니고.)

스스로가 생각하기에도 어색했던 모양일까? 다시금 본연의 말투와 표정으로 되돌아온 그녀였다.

"여왕님."

(듣고 있다.)

"적이 되고 싶지 않다는 말, 저도 마찬가지입니다. 그런 불상사가 일어나지 않도록 최선을 다할 테니까, 너무 걱정하지 마십시오."

(…….)

"설령 그 불상사가 벌어지더라도, 여왕께서 생각을 바꾸시지 않는 한, 저 역시 여왕님을 적으로 맞이할 생각은 추호도 없습니다."

이안의 말에 잠시 두 눈을 동그랗게 떴던 페어리 퀸, 그녀가 조막만 한 몸뚱이를 휙 돌렸다.

(흥! 상황이 상황인 만큼 아무런 말이나 대충 내뱉었을 뿐이니라. 괜한 의미 따위 부여하지 마라!)

그녀가 부끄러운 듯 소리를 치더니 곧장 이안이 만들어준 포탈 너머로 들어갔다.

가고일의 왕이 기거 중인 빗물받이 산맥, 인즉 드래곤 일족에게 이안의 뜻과 요청을 전하기 위함이었다.

"적이라……."

적.

확고한 피아의 갈림이 점점 더 뚜렷해졌다.

과거 인류의 수호자였으며, 항간에는 최초의 마법사로 알려졌던 마법사. 드래곤 일족의 스승이자 이안 페이지의 아버지가 되는 존재.

'프란 페이지.'

이안이 그 거악을 떠올렸다. 한편으로는 이상한 기분도 들었다.

드래곤, 페어리, 드래고니안 등, 핏줄은커녕 종족조차 다른 그들과 손을 잡고 아비에게 대항하는 꼴이 우습게도 느껴졌다.

하지만 잘못된 선택은 아니라고 단언할 수 있었다. 그 아버지란 존재가 누구던가?

이미 미칠 대로 미쳐 버린 광기의 결정체가 아닌가? 그대로 뒀다간 무슨 짓을 벌일지 모른다. 어찌 그런 자를 아비랍시고 따를 수 있을까?

'그럴 순 없겠지.'

장장 수천 년에 걸쳐 응집된 광기의 결정체, 언젠가는 반드시 이안과 주변까지 흉악한 마수를 뻗쳐올 거악, 그것이 바로 프란 페이지다.

제아무리 혈연으로 맺어졌다 한들 아군이 될 수도, 같은 세상 속에 공존할 수도 없으리라.

'이제 3일.'

총 열흘이 주어졌던 시간.

그중 7일을 소모했다.

이제 남은 시간은 3일.

'딱 하나 남았군.'

지금부터 이안이 집중해야 할, 그럼에도 엄청난 대운을 필요로 하는 문제, 바로 프란 페이지 본인이 가진 '불사의 힘'. 그 힘을 파훼할 수 있는 '약점'과 '수단'이었다.

'심상 세계에 쌓인 영혼을 전부 소모할 때까지 싸운다, 물론 그것도 방법의 하나긴 하겠지만.'

드래곤 일족 전체와 동맹을 맺었으니 한 번쯤 시도해 볼 만한 방법이기도 했다.

다만, 문제가 있다면 놈의 소멸을 확신할 수 없다는 점. 그리고 그 과정에서 엄청나게 많은 드래곤들이, 어쩌면 이안 본인까지 희생될 수도 있으리라.

'무엇보다 근본적인 약점이 필요해. 영혼을 쌓아둔 심상 세계, 분명 거기에 해답이 있을 텐데…….'

잠시 생각에 잠겼던 이안, 그가 곧 발걸음을 옮겼다.

'심상 세계로 통하는 비약'의 조사, 나아가 조제 의뢰까지 맡겨둔 래디오와 더글라스 부자를 만나기 위함이었다.

"계십……."

래디오와 더글라스 부자의 저택지하 연구실, 그 앞에 도착한 이안이 노크를 시도하는 순간이었다.

콰앙-!

연구실 안으로부터 들려오는 폭발 소리, 큰 규모의 폭발은 아니었다. 아무래도 연금술 실험 도중 발생한 부작용인 것 같았는데…….

"무슨 일입니까?!"

이안이 급하게 문을 열었다. 아무리 작은 규모의 폭발일지언정, 평범한 사람이 휘말린다면 꽤 큰 부상을 피하지 못할 터.

"우와아! 죽는 줄!"

"콜록! 콜록! 콜록!"

(그대들은 목숨이 여러 개인가? 아니면 연금술사라는 족속들이 원래 이런 건가? 나약해 빠진 몸뚱이로 물불을 가리지 않는군.)

연구실에는 래디오와 더글라스 말고도 손님이 하나 더 있었다. 그는 드래고니안 '에반투스'였다. 이안의 요청에 따라 래디오와 더글라스의 연구를 도왔다. 자신의 회복을 도와준 이들의 연구이기에 흔쾌히 받아들였다.

"……괜찮으십니까? 다들?"

이안이 주변을 살피며 물었다. 여기저기 널브러진 약병과 도구들, 이안이 가져다준 마나 호흡 이론서부터 온갖 연금술 고서, 대대로 물려받았다는 연금술 도감까지.

그야말로 난장판이나 마찬가지였다.

"하핫, 보시다시피 저희는 멀쩡합니다. 뭐…… 연구실 상태는 좀 그렇습니다만."

래디오가 주섬주섬 일어나며 말했다. 더글라스도 몸을 가누었다. 에반투스만 멀쩡했다.

"그…… 저…… 아! 계획하신 일은 잘 진행되고 계시는 겁니까?"

"순조롭습니다. 이제 곧 마무리 단계에 접어들 것 같습니다."

"그 말씀은, 저희의 성과가 마지막 열쇠다. 이런 말씀이군요."

"부담 드릴 생각은 없습니다. 차선책도 준비해 뒀으니 말이죠."

"아무리 그렇게 말씀하셔도, 이거 참 대단히…… 걱정되네요."

이안의 대답에 래디오가 씁쓸한 웃음을 지어 보였다. 그 웃음으로부터 성과를 가늠해 볼 수 있었다.

"송구하지만, 아직 자신 있게 말씀드릴만한 성과가 없습니다. 무차원의 공간이란 곳으로 진입한다는 붉은 용의 다섯 숨결, 그 비약의 조제법과 원리를 견본으로 삼아 연구하고 있기는 한데, 솔직히 심상 세계라는 개념 자체부터가 너무 모호한지라……."

지난 몇 년 동안 들어봤던 래디오의 목소리 중, 가장 자신감이 없고 축 처진 어조였다.

그만큼 '심상 세계로 통하는 비약'이란 과제가 어려운 모양이었다. 그럴 수밖에 없기도 했다.

애당초 심상 세계란 개념 자체가 추상적이지 않던가? 마법사들도 실존한다고만 믿고 있을 뿐, 실제 마나 호흡을 통해 진입해 본 자는 존재하지 않았다. 적어도 상아탑의 기록상으로는 말이다.

"관련된 기록이라곤 아무것도 존재하지 않고…… 남은 시간을 아무리 매달려 봐야 도움이나 드릴 수 있을지 모르겠습니다. 이거 뵐 면목이 없군요."

"아닙니다. 저는 괜찮……."

(근데 말이다.)

이안이 축 처진 래디오를 위로하려는 그때, 가만히 지켜보던 에반투스가 한마디 툭 끼어들었다.

(저 가문의 도감이라는 책, 혹시 아티팩트 같은 물건이었나?)

"예? 그럴 리가요. 내용만 방대할 뿐이지, 책 자체는 평범……."

에반투스의 물음에 대답하던 래디오, 그는 물론 더글라스와 이안의 눈까지 동시다발적으로 휘둥그레졌다. 그것도 그럴 것이, 바닥에 널브러진 연금술 도감으로부터 은은한 마나가 피어올랐으니까.

"……?"

여러 의문이 느껴졌다. 도감으로부터 왜 저런 기운이 피어나는 걸까? 정말 무언가 비밀이 있는 물건이었다면 왜 하필 지금일까?

"설마 방금 그 폭발 때문에……?"

아무도 갈피를 잡지 못하는 그때, 더글라스의 나지막한 중얼거림이 들려왔다.

그렇지 않아도 조금 전 폭발은 더글라스가 주도했던 연구였다. 심상 세계로의 진입에 관한 연구 말이다. 문제는 그 실험으로부터 일어난 폭발에 어째서 책이, 집안 대대로 내려왔다는 연금술 도감이 반응하느냐는 거다.

"모두 제 뒤로!"

이안이 더글라스와 래디오의 앞으로 나섰다.

언어의 힘이 가미된 보호막까지 펼쳤다. 이중 그 누구도 예상치 못한 상황 아니겠는가? 만약을 대비한 보호막이었다.

우우우우우우우웅-!

하나 연금술 도감으로부터 쏟아진 빛, 그 빛은 공격적이지 않았다. 단지 세기가 강렬해질 뿐이었다. 그뿐만 아니라 형체를 이루기 시작했다. 머리와 몸통, 어깨부터 팔과 손, 다리에 발까지.

그것은 누가 봐도 명백한 '사람의 형상'처럼 보였다.

"……."

갑작스러운 누군가의 등장에 이안 역시 긴장했다.

이것도 프란 페이지의 수작질이 아닐까 싶은 탓이었다. 만약 그렇다면, 이안이 며칠간 쌓아온 모든 계획과 행보가 일순간 물거품으로 돌아갈 터.

'처음부터 염두에 두곤 있었다만.'

물론 프란 페이지가 이 모든 것을 감시하고 있을 가능성, 이안의 빈틈없는 준비와 은밀함에도 불구하고 높은 곳에서 내려다보고 있었을 가능성은 전혀 배제한 바 없었다. 다만 그 최악의 가능성이 현실로 나타나지 않기만을 바랐을 뿐.

'이렇게 꼬여 버리는 건가?'

이안이 모든 정신을 눈앞 형체에 집중시켰다. 만약 저 형체가 프란 페이지의 또 다른 사념체라면, 그 사념체가 이안을 만나고자 나타나는 것이라면, 표현 그대로 일촉즉발의 상황이 펼쳐지리라.

"……네놈들은 뭐냐?"

그러나 이안의 예상은 보기 좋게 빗나갔다.

생김새는 물론 목소리까지도 프란 페이지와 전혀 딴판이었으니까. 저번처럼 다른 누군가의 육신을 빌려 왔을 가능성도 있겠으나, 그리 생각하기엔 저 중년 남자의 행동이 이상했다.

이안 일행 모두가 당혹감에 빠진 것처럼, 도감으로부터 빚어진 중년 남자 역시 누구보다 당혹스러워 보였다.

"뭔데 지금 내 앞에서…… 자, 잠깐. 나는 분명 영원한 수면의 봉인식으로 가둬졌을 텐데……?"

도감에서 나타난 중년인, 그가 혼란스러운 듯 검은색 머리칼을 쥐어짰다. 그러더니 발밑에 놓인 도감을 발견하고는 이안과 래디오, 더글라스와 에반투스까지 차례차례 훑었다.

"야! 이 염병할 새끼들아! 도대체 무슨 짓을 한 거냐? 엉? 내가 어떻게 만든 봉인식인데! 어떻게 누리기 시작한 안식인데!"

중년 남자가 길길이 날뛰며 고함쳤다. 조금만 더 지나면 주먹이라도 한 방 날릴 기세였다. 물론 그 전에 이안과 에반투스의 방해를 받겠지만, 그 기세만큼은 가히 압도적이었다.

"아, 아버……."

모두가 혼란에 빠진 그때, 단 한 사람만 안색을 달리 가졌다. 그 사람은 바로 래디오였다. 그의 입술이 파르르 떨렸다. 무언가를 말하고 싶은 듯 들썩거리기도 했다.

"아버지……?"

그 발언에 모두의 이목이 쏠렸다.

다짜고짜 아버지 운운이라니.

도대체 무슨 소리일까?

"뭐라는 거야? 내가 왜 네놈…… 으잉? 너, 설마 래디오냐?"

"저, 정말 아버지십니까?"

다소 요상한 부자의 재회.

그들의 대화가 이어졌다.

"아비는 맞긴 한데…… 왜 그렇게 늙었느냐? 몇 년이 지난 거지?"

"그, 그러니까…… 아버지께서 돌아가시고부터 겨울이 스물여섯 번 지나갔습니다."

"그럼 네가 올해로 몇 살인고?"

"서른하고도 일곱입니다."

"허어……!"

뜬금없는 상황이 계속 펼쳐졌다. 그러니까, 래디오의 죽은 줄로만 알았던 아비가 되살아난 건가? 아니, 되살아났다기보다는…….

'설마.'

이안이 두 눈 가늘게 떴다.

무언가 감이 잡힌 모양새였다.

"이십육 년이라니, 고작 이십육 년이라니! 이백육십 년도 아니고 이십육 년?! 허어, 내가 고작 이십육 년 자빠져 자자고 그 고생을 했단 말인가……? 이런 제기랄!"

혼란과 비통함에 푹 절인 중년인, 그가 털썩 주저앉았다.

"이런 낭패가 있나……!"

"어, 어떻게 되신 겁니까? 아버지께서는 분명…… 분명 그 때 돌아가시지 않으셨습니까? 사고, 제가 기억하기로 큰 폭 발이…… ."

래디오는 자신의 아비가 연금술 사고로 죽은 줄 알았던 모 양이었다. 아무래도 조금 전 폭발과 어떤 상관관계가 존재하는 것 같았다.

"그랬지. 내가 원했던 전개가 그거야. 분명 그러려고 했는 데…… ."

중년인, 래디오의 아버지로 추정되는 남자가 비통한 듯 말 문을 잇지 못했다. 정말 슬프다기보다는, 분노에 분노가 겹 쳐 결국 슬픔으로 화해 버린 느낌이 강했다.

"혹시…… ."

혼란스러움이 채 가시기도 전에, 이안의 나지막한 목소리 가 사방을 일깨웠다. 그 대상은 래디오의 아버지로 추정되는 남자, 당연하게도 초면이었다.

"두드리는 섬을 아십니까?"

"뭣……?"

이안의 물음은 전혀 뜬금없지 않았다. 검은 머리칼, 조금 창백한 피부, 저 방대한 연금술 도감을 남겼을 정도의 지식.

그리고 영원한 안식이니, 원했던 전개니 하는 꼬락서니가 꼭 죽음을 바라는 장인들, 그들과 똑같았다.

"원래는 그곳에 여덟의 장인분들이 있으셨다고 들었습니

다. 지금은 제가 여섯 분을 모시고 있죠."

저 중년인은 분명 '장인'이다. 프란의 여덟 장인 중 한 명. 그것도 연금술 분야의 장인!

이안의 직감이 그렇게 소리쳤다.

"당신이 그놈들을? 어째서?"

"이안 페이지라고 합니다."

"엉? 아, 내 이름은 바이온…… 자, 잠깐. 지금 페이지라고 했나?"

"그렇습니다. 제가 여섯 명의 장인분들을 모시고 있는 까닭, 짐작이 조금 되는지요?"

"……과연, 그 이름이라면."

장인들은 모두 프란 페이지란 이름을 정확히 알고 있었다. 래디오의 아버지이자 눈앞에 나타난 괴인, 바이온 역시 그들과 마찬가지인 것 같았다.

"그렇다면, 지금 나를 깨웠다는 게 어떤 의미인지도 알겠지?"

"물론입니다. 다만 해명하고 싶은 것이, 바이온 님을 일부러 깨운 건 절대로 아닙니다. 저희는 단지 심상 세계에 관한 연구를 진행 중이었을 뿐이니까요."

"심상 세계? 누가 그 페이지의 후손 아니랄까 봐, 취향 한번 똑같구먼. 혹시 뭐냐, 그 시간의 분열이라든지, 다른 차원이라든지, 그런 헛소리에도 관심이 있나?"

"최근에 생겼습니다."

"염병, 똑같은 또라이구먼."

래디오의 아버지, 바이온이 혀를 끌끌 차며 말했다.

그는 다른 장인들과 달랐다. 이안은 물론 프란을 지칭할 때에도 거침이 없었다. 하수인이라기보다는 동급의 위치에 있었거나, 혹은 그보다 높은 곳에서 프란을 대하는 느낌이 강했다.

"아버지? 이안 님? 지, 지금 두 분이서 무슨 말씀을 나누시는 겁니까? 제게도 설명을 해주셔야죠! 아버지는 어떻게 되신 거고, 이안 님께서는 저희 아버지를 어찌 아시는 겁니까? 이거 너무 혼란스러워서……."

래디오가 두 눈을 껌뻑거리며 말했다. 그는 지금 어안이 벙벙하다 못해 터질 지경까지 이르렀다.

"엄밀히 따지자면, 아는 사이라고 부르기에는 좀 모자란지라……."

"그, 그게 무슨……."

"말을 돌리는 것이 아니라, 저도 이렇게 만나 뵐 줄은 몰랐습니다."

이안의 말은 한 점 거짓조차 없었다. 이안에게도 래디오의 아버지이자 연금술 장인, '바이온'의 등장은 전혀 예상치 못했던, 표현 그대로 갑작스러운 경우였다.

"아, 아버지! 아버지께서 뭐라고 말씀 좀 해주십시오! 도대체 어찌 된 일입니까? 예? 돌아가셨던 아버지가 어떻게…… 어떻게 살아 돌아오실 수 있느냐 이겁니다!"

"하? 이놈 봐라? 가만히 듣자 하니까 아주 기가 막히는구먼? 애비가 되살아났으면 엉엉 울면서 잔치라도 열어야 정상 아니냐? 엉? 근데 이놈은 왜 살아났느냐며 지랄만 하고 앉았네?"

"그, 그건……."

"에잉……! 이래서 자식새끼 싸질러 봐야 아무 소용도 없다니까. 오랜 세월 숱하게 당하고도 또 싸질렀으니 원, 이게 다 내 업보고 잘못이겠지, 암. 내 잘못이야. 잘못."

"아, 아버지. 그게 아니라……."

"시끄럽다 이놈! 나이 좀 먹었다 이거지? 요만했을 때는 귀여웠는데, 아저씨가 다 되어버렸구먼. 설마 그 옆에 놈이 네놈 아들, 그러니까 내 손자냐?"

연금술사 바이온이 래디오 옆 더글라스를 가리키며 말했다. 외모적으로는 그다지 닮은 바가 없거늘, 용케도 알아차렸다.

"예? 아, 그, 맞습니다."

"며느리는?"

"그게……."

"됐다. 꼴을 보니 홀아비구먼."

"……."

죽은 아내의 생각이 난 걸까, 잠시 말문을 잃어버린 래디오의 모습에 바이온이 어깨를 으쓱하며 말했다. 그 대상은 이안이었다.

"내 아들과도 잘 아는 사이 같은데, 설마 이것도 우연이냐?"

"믿기 힘드시겠습니다만, 벌써 7년째 맺어온 인연입니다."

"흠……."

이안의 대답이 마음에 들지 않는 걸까?

미간을 찌푸리며 생각에 잠겼던 바이온. 그가 난장판이나 마찬가지인 연구실을 슥 둘러봤다.

"내 아들놈한테 심상 세계와 관련된 연구를 시켰나 보군."

"제가 알기로, 래디오 님과 더글라스는 대륙 최고의 연금술사입니다. 하여 부탁을 드리긴 했습니다만."

"푸하하핫! 대륙 최고의 연금술사라? 아마 그 정도 수준으로는 갈피도 잡을 수 없었겠지. 알만해. 이 난장판을 보니 잘 알겠어."

비록 말버릇은 험했으나 엄청난 내공임은 사실이었다.

주변을 둘러본 것만으로도 어떤 연구가 진행 중이었는지, 그 성과가 어디에 닿았는지를 파악할 정도였으니까.

"야, 아들아."

"예……?"

"너도 저 염병할 페이지 놈들한테 코가 꿰인 거냐? 뭔 늙어 뒈질 때까지 아무런 상관도 없을 개나발 심상 세계 연구란 말이냐?"

"……."

"썩을."

고개를 절레절레 흔든 바이온. 진심 어린 한탄스러움이 묻어났다.

"이리된 마당에 무엇을 더 숨기겠냐? 니 애비, 죽지 않았다. 애초에 죽을 수가 없는 몸뚱이거든. 그냥 시험 삼아서 죽은 척 좀 해봤어. 그럭저럭 성공이었던 것 같긴 하다만, 설마 이렇게 빨리 깨어날 줄은 몰랐지."

바이온이 머리를 긁적거렸다. 외형적으로는 래디오와 동년배 또는 조금 위일 뿐인지라, 대화에서 어딘가 모를 위화감마저 느껴졌다.

"그. 그렇게 말씀하셔도……."

"됐다. 나중에 마저 얘기하도록 하고. 너, 이안 페이지라 했느냐?"

바이온의 대화 상대가 이안으로 바뀌었다. 이안 역시 당황하지 않고 자연스럽게 대답했다.

"예. 그 이름이 맞습니다."

"그놈은 죽었냐? 아니, 그 물건이 죽을 팔자는 아니지. 어디 있나?"

"누구를 말씀하시는지. 다른 장인분들이라면 모두 근처에……."

"아니, 아니. 프란 말이야. 프란."

이로써 확실해졌다.

어떤 이유인지는 알 수 없으나, 연금술사 바이온은 프란을 아랫사람처럼 취급했다.

강한 무력의 소유자 같지는 않은데, 어째서일까? 이안은 일단 사실을 감춰보기로 마음먹었다.

"죄송하지만, 그자의 행방은 저도 파악한 바가 없습니다. 오랜 세월 모습을 드러내지 않았으니까요."

"염병, 난 또 이제야 나타나서 그 옛 같은 저주라도 풀어 줬나 했네. 이럴 줄 알았으면 내 지식을 전수해 주지도 않았을 텐데!"

그 격양된 말소리로부터 바이온과 프란의 관계가 어렴풋이 나타났다. 아무래도 그들은 '연금술의 전수'로 이루어진, 일종의 '사제관계'인 것 같았다.

"그 말씀은, 프란이 바이온 님께 연금술을 배웠다는 뜻입니까?"

"왜, 거짓말 같나?"

"그럴 리가요. 단지 그자가 이룬 연금술의 경지를 목격해 본 바로는…… 생각보다 대단하더군요."

"경지? 하도 바짓가랑이를 붙잡고 매달려 몇 개 가르쳐 준 게 전부이거늘. 경지는 뭔 얼어 죽을!"

"그러면 말입니다. 혹시……."

이안이 조심스레 말문을 이어갔다. 프란 페이지에게 받아 마셨던, 래디오와 더글라스에게 의뢰했지만, 아직 성과가 없는 바로 그 비약. 요컨대 '심상 세계로 통하는 비약'에 대한 질문이었다.

"아, 그거? 별거 아니지."

바이온이 콧구멍을 살살 긁으며 대답했다. 목소리만 들어도 확고한 자신감이 전해졌다. 결코 단순한 허세 따위가 아니었다.

"왜? 필요하냐?"

그 되물음에 이안이 묘한 흥분을 느꼈다.

바이온이란 연금술사의 갑작스러운 등장, 이건 변수다. 그것도 이안에게 도움이 되는, 상황을 단 한 방에 역전시킬 만한 변수 말이다.

'프란조차 예상하지 못했을 변수.'

연금술의 장인이자 래디오의 아버지, 바이온이 설마 자신이 엮은 도감 속에 자신을 스스로 봉인했을 거라고 상상이나 해봤겠는가?

'이건 기회다.'

변수이자 기회.

이 상황을 놓칠 리 없는 이안.

그가 빠르게 대화를 이어갔다.

"필요합니다."

"맨입으로?"

"심상 세계가 열쇠입니다."

"열쇠? 그게 뭔 염병할 소리야?"

"영생의 축복, 혹은 불사의 저주."

이안의 작은 읊조림에 바이온이 흠칫했다. 그 또한 오랜 세월 고통받아 온 축복 아닌 저주, 그 이름이 구체적으로 언급된 까닭이었다.

"그 낙인을 풀 열쇠 말입니다."

"그러니까, 그 염병할 놈에 심상 세계가 저주를 풀어낼 열쇠다?"

"제가 파악한 바, 그렇습니다."

"하면 줘야지."

시원스럽다 못해 어이가 없을 지경으로 빠른 결정, 그리고 대꾸였다. 죽음을 향한 갈망 때문만은 아닌 것 같았다. 단지 너무나도 쉽고 간단한 일이기에, 딱히 재고 뺄 거리조차 아니라는 느낌이었다.

"일단 가자. 섬으로."

두드리는 섬에 남겨진 두 개의 걸작, 그중 '연금술사 바이온'의 걸작이 드디어 제 모습을 드러낼 차례였다.

두드리는 섬, 그곳으로 통하는 포탈을 통해 이안과 바이온이 넘어왔다. 함께 있었던 래디오와 더글라스, 에반투스도 얼떨결에 따라왔다.

"여기도 오랜만이군."

대장장이 할리아와 잘 어울릴 것 같은 어투의 연금술사 바이온, 그가 말투만큼 거칠 것 없는 걸음걸이로 걸작이 보관된 조각상, 아직 활동을 시작하지 못한 두 기의 '용용이' 중한 곳으로 다가갔다.

"자, 받아라."

바이온이 걸작을 보관 중인 조각상에 마나를 불어넣었다. 그러자 드래곤 조각상 '용용이'의 아가리가 쩍하고 벌어졌다.

동시에 그 속으로부터 두꺼운 책 한 권이 둥실둥실 떨어졌다. 겉보기로는 래디오가 보유 중인 '연금술 도감'과 별반 다를 것이 없어 보였는데.

"그 안에, 내가 쌓아온 모든 정수가 들어있다. 나는 이제 약초니 개나발이니, 손끝 하나 건들기도 귀찮으니까, 대충 내 아들놈이나 가져가서 시키든지 말든지. 손자 놈도 괜찮고, 저놈이 더 똑똑하다며? 내 눈에야 그놈이 그놈이지만."

걸작으로 추정되는 서책.

그 책을 휙 던진 바이온.

한데 다시 봐도 똑같았다.

래디오의 연금술 도감과 말이다.

"이건…… 제게 물려주셨던 도감이 아닙니까? 겉표지에 새겨진 요상한 문양부터……."

"아아! 네 녀석한테 물려준 도감은 '초심자용'이고."

래디오가 물려받았던 연금술 도감, 그 방대 하고도 심오한 연금술의 지식이 담긴 서책이 고작 '초심자용'이었다는 이야기였다.

"여기 이 도감은 말이다. 장담컨대 뒷골목 삼류 연금술사조차 대륙에서 제일가는 연금술의 왕으로 만들어줄, 표현하자면 '기연 덩어리'나 마찬가지다~ 이런 얘기지."

2장
삼국 토벌대

바이온의 말에 래디오가 침을 꼴깍 삼켰다. 삼류 연금술사 조차 일류로 만들어주는 도감이라니? 연금술사로서 욕심이 나지 않을 수가 없으리라. 심장이 두근두근 뛰었고, 입술마저 바짝바짝 말랐다. 오죽하면 갈증까지 느껴지는 것 같았다.

"그, 그게 어찌 가능합니까?"

떨리는 손, 그리고 가슴을 부여잡으며 묻는 레디오였다.

"연금술이란 게 단순히 재료만 배합한다고 해서 뚝딱 만들어지는 영역이 아니지 않습니까? 오차 없는 계량이 필요하면서, 매순간 달라지는 약초의 상태를 확실하게 가늠할 수 있는 경험과 타고난 안목……"

"맞다. 그런 게 다 필요하지. 단."

바이온이 '고급자용 도감'으로 제 엉덩이 쪽을 툭툭 치며 말했다.

"여긴 그 모든 것이 전부 담겨 있다. 누가 되었든 가장 최적의 계량법을 알게 될 것이며, 안목이나 경험 역시 나와 필적할 수준으로 거듭나게 되겠지."

"그, 그런……."

"왜, 못 믿겠느냐?"

"아, 아무리 양질의 설명이 담겨 있다 해도, 어찌 그런 게 가능하단 말씀이십니까? 삼류 연금술사가 아니라 저라고 해도 불가능할 것 같은데……."

"죽어 자빠진 줄 알았던 애비가 살아 돌아오는 세상 아니냐? 이 미친 세상에 못 믿을 것도 많구먼."

"……."

"에잉! 거 재미없게 자랐어. 이래서 부모 없이 크면 안 되는 건데."

정말이지 막말도 그런 막말이 없으리라.

입맛을 쩝 다신 바이온이 더글라스를 바라봤다.

"야, 손자야."

"예? 아, 예! 하, 할아…… 할아버지."

"너도 네 애비처럼 생각하느냐? 이게 말도 안 된다고 생각해?"

"저, 저는……."

질문의 화살이 더글라스에게 돌아갔다. 갑작스러운 질문에 잠시 당황한 듯 보이는 더글라스였지만, 이내 정신을 차리고 대답했다.

"……가능하다고 생각해요."

"네 애비와 정반대의 대답이로군. 왜냐? 설명해 봐라. 별

생각 없이 반대로 말한 것이라면 네놈도, 이 죽여주는 도감을 가져갈 자격이 없다는 뜻이겠지."

그냥 주려고 온 게 아니었나? 시간 없는데, 그 말이 목구멍까지 올라왔던 이안, 그가 어렵사리 말문을 참았다. 대신 돌아가는 상황을 잠자코 지켜봤다.

"만약에 말이에요. 제가 드리는 대답이 만족스러우시면요. 아버지께 제대로 된 설명을 해주셔야 해요! 할아버지께서의 정체가 뭔지, 왜 난데없이 연금술 도감 속에서 나타나신 건지. 아셨죠?"

"당돌한 놈. 오냐, 우선 네놈이 지껄이는 수준부터 감상해 보고, 그다음에 고려해 보도록 하마."

바이온이 흥미롭다는 듯 고개를 끄덕거렸다. 더글라스의 요청을 받아들이겠다는 뜻이기도 했다.

"그럼 말씀드릴게요. 그 도감만 있으면 누구나 연금술사의 왕이 될 수 있는 까닭은……."

더글라스의 대답이 시작되었다. 자연히 이목도 녀석에게 쏠렸다. 이안은 물론 래디오도, 심드렁하게 따라왔던 에반투스까지 전부다.

"그…… 하, 할아버지의 경지가 너무 높아 하늘까지 닿아서……?"

"……?"

"그러니까 마, 마법으로 따지면 이안 님 같은 분이셔서…… 저희는 상상도 해볼 수 없는…… 그런 방법으로 마법 같은 도감을……."

점점 기어들어 가기 시작한 더글라스의 목소리였다. 호기롭게 시작했던 첫마디와는 격차가 심해도 너무 심한 것 같았다.

"만드신 게 아닐까……."

솔직히 말이 되지를 않았다. 책 하나로 재능 없는 연금술사가 최고의 연금술사로 변모한다? 어디 대단한 마법으로도 그런 일은 불가능에 가까울 터. 더글라스라고 답변을 내놓을 수 있을 리가 없었으리라.

"지금 그 대답, 최선이냐?"

"……."

"정말?"

"저, 저도 실은……."

"정답이다."

"잘 모르…… 네?"

"정답이라고, 네 대답. 뭐, 뒷걸음질 치다가 얼떨결에 얻어걸렸겠다만."

정답이라고? 더글라스의 대답이? 모두가 의구심을 표하는 가운데.

"옜다."

다른 이들이 어찌 보든 말든, 더글라스에게 도감을 휙 던져주는. 바이온이었다. 워낙 두꺼운 책이라 가만히 서서 받는 것만으로도 몸뚱이가 크게 휘청거릴 정도였다.

"펼쳐봐라. 그럼 그 시답잖은 대답이 왜 정답인지, 느낄 수 있을 테니까."

더글라스가 바이온의 도감, 일명 '고급자용 연금술 도감'

을 두 손으로 잡았다. 그리고는 바이온의 제안대로 천천히 펼쳤다. 잔뜩 경직된 심호흡이 절로 내쉬어졌다.

"쓰으읍-! 후우……!"

더글라스의 이마에 식은땀이 맺혔다. 이제 소년을 벗어나 청년으로 나아가는 과도기의 얼굴, 그 표정이 어느 때보다 선명하게 그려졌다.

"지, 지금…… 지금 당장 열어봐도 될까요?"

"좋을 대로 해라."

이윽고 도감이 활짝 펼쳐졌다. 시작이 어려울 뿐, 그다음부터는 일사천리였다.

한 장, 또 한 장. 거침없이 넘어가기 시작한 도감, 그리고 더글라스의 손놀림이었다. 녀석은 무언가에 홀리기라도 한 듯 책장만 미친 듯이 넘겼고, 그때였다.

"……!"

더글라스의 눈이 눈에 띄게 커져 버렸다. 연금술 도감으로부터 선홍빛 마나의 글자 뭉텅이가 마치 꽃가루처럼 내뿜어진 탓이었다. 어디 그뿐일까?

더글라스의 눈과 귀로 흡입되듯 빨려 들어가기 시작했다.

'저건……?'

그 광경에 이안의 눈에도 이채가 서렸다. 방식은 조금 달랐으나, 지향하는 바가 무엇인지 정확하게 알 것 같았다. 그역시 얼마 전 '흑마법'을 빠른 속도로 익히고자 비슷한 방법에 나선 적이 있었으니까.

'하지만 그 방법이라면…… 더글라스가 버티기는 힘들 텐

데……?'

간단히 표현하자면, '방대한 자료를 머릿속으로 단숨에 쑤셔 박는 행위'나 같은 이치였다. 오죽하면 이안조차 언어의 힘으로 뇌를 보호하기 전까지는 사용을 꺼렸겠는가?

'저대로 뒀다간……!'

하나 더글라스에게는 없다. 두뇌를 보호해 줄 언어의 힘은 커녕 엇비슷한 마나조차도. 표현처럼 평범한 인간 그 자체란 거다. 부작용을 피하기란 불가능에 가까울 터.

"멈춰!"

이안이 더글라스와 도감을 떼어놓았으나, 이미 늦어버린 뒤였다. 더글라스는 벌써 두 눈이 뒤집혀 흰 부분만 보였으며, 입과 코, 귀로부터 불그스름한 거품이 부글거렸다.

"……!"

그 부작용을 확인한 이안의 얼굴이 흉악하게 일그러졌다. 래디오의 표정도 마찬가지였다. 두 남자가 동시에 바이온을 노려봤다. 하나 바이온은 조금도 신경 쓰이지 않는 듯, 도감이 보관되었던 조각상 앞으로 성큼성큼 걸어갈 뿐이었다.

"하나가 덜 나왔네."

그는 마치 들으라는 것처럼 중얼거리더니, 조각상에 다시 한번 마나를 불어넣었다. 그러자 조각상의 목구멍 깊숙한 곳으로부터 물건 하나가 더 튀어나왔다. 연금술 도감은 아니었다. 책 종류 자체가 아니었으니까.

툭!

바이온의 손바닥 위로 떨어진 물체, 그것은 연한 녹색 빛의 액체가 담긴 약병이었다.

"먹여."

바이온이 그 녹색 액체가 담긴 약병을 래디오에게 던지며 말했다.

"이건 또 무슨 약입니까?"

"거 뭐냐, 머리통 보호제다. 운 좋으면 더 똑똑해질 수도 있고."

"믿을 수 있는 겁니까?"

"안 먹이면 죽을 텐데? 일 분 내에 골로 간다."

바이온의 선고와도 같은 한마디, 그 말에 래디오가 잡념을 집어던졌다. 재빨리 약병의 마개를 뽑아 더글라스에게 복용시켰다.

한 모금 한 모금 넘어가면 넘어갈수록 뒤집혔던 눈동자가 제자리를 찾았고, 뿜어지던 불그스름한 거품 역시 잦아들었으며, 새파랗게 질렸던 안색도 곧 정상적인 혈색을 되찾았다.

"이, 이게 무슨……?"

래디오는 그 엄청난 회복세에 안도하면서, 한편으론 연금술사로서의 놀라움과 감탄을 감추지 못했다.

"이런 약이 존재했다고……?"

래디오의 연금술 상식으로, 이처럼 마시자마자 바로 생체적 반응을 일으키는 약, 심지어 그 효과의 끝까지 순식간에 작용하는 약은 단 하나뿐이었다.

'극독밖에는 없다.'

그것도 몸값 비싼 암살자나 사용할 법한 최상의 극독이 아닌 이상, 세상의 모든 약물이란 본디 시간을 갖기 마련이다. 육신에 약효가 퍼져 작용할 때까지의 시간 말이다.

"짜식, 놀랐냐?"

"아, 그게…….'"

"기대해 봐라. 이제 저 녀석한테 이런 물약 쪼가리쯤은 기본 중의 기본이 될 테니까. 아마 코를 파면서 대충 만들어도 뚝딱뚝딱 찍어낼 거다."

"그 말씀은."

바이온의 말에 이안이 껴들었다.

"제가 말씀드린 그 비약도, 더글라스 선에서 가능하다는 겁니까?"

"오, 물론."

바이온의 대답에는 일말 망설임조차 존재하지 않았다.

"아마 그 이상이겠지."

※

준비해야 할, 혹은 해결할 문제가 아무리 넘쳐난다 한들, 시간이란 놈은 이안의 사정을 손톱만큼도 봐주지 않았다.

이안뿐만 아니라 그 누구도 피할 수 없을 터.

'프란 페이지, 그 모든 문제의 근원만 제외한다면 말이지.'

시간의 힘을 마음껏, 저급한 표현으로는 '제가 꼴리는 대로' 써먹는 그 작자야 시간적 압박이 무엇인지도 모를 테지만, 이안은 달랐다. 열흘이란 시간을 정말이지 숨 막히게 보냈다.

"슬슬 출격하겠습니다."

마도 공학자 스람이 이안에게 다가와 말했다. 지금 그들이 위치한 곳은 스람의 지하 공방, 인즉 비행 포격선 '용의 심장'이 보관된 바로 그 거대한 지하 공간이었다.

"그러십시오."

스람이 '출격'하겠다며 비행 포격선 위로 오르자, 이안 역시 고개를 가볍게 끄덕여 줬다.

"준비된 물량을 전부 투하하신 뒤, 곧바로 신호탄부터 쏴 주셔야 합니다. 그래야 삼국 토벌대가 아무런 버벅댐 없이 움직여 줄 테니까요."

이안의 마지막 당부와 함께, 지하 공방의 허공으로 커다란 포탈 하나가 생성되었다. 비행 포격선 용의 심장이 지하로 들어올 수 있는, 나아가 빠져나갈 수 있는 통로였다.

쿠구구구구구구……!

자체적으로 마나를 생성하는 드래곤 하트. 그 심장을 동력원 삼아 떠오르기 시작한 비행 포격선의 뱃머리가 포탈 쪽으로 잡혔다. 동시에 전진하기 시작했다. 포탈 너머에는 당연하게도 '하늘'이 펼쳐졌다. 모든 준비가 역사적인 격전을 빚어낼 동부 대초원 부근의 상공 말이다.

"음, 제대로 왔구먼."

흡족하게 뇌까렸던 스람, 그가 계속해서 텅텅 빈 동부 대초원의 상공을 비행했다. 실로 고요한 땅 위로 비행 포격선 '용의 심장'의 거대한 그림자가 살금살금 드리웠다.

"조금만 더, 조금만 더⋯⋯."

그 일정한 방향과 느린 속도로 미루어보건대, 아무래도 대초원의 중심부가 일차적인 목적지인 것 같았다.

"좋아. 이제 슬슬⋯⋯."

얼마나 살금살금 비행했을까? 드디어 비행 포격선 용의 심장이 동부 대초원 중심부 상공에 도착했다. 지금부터 스람에게 주어진 임무는 세 가지, 그중 첫 번째이자 무엇보다도 중요한 임무부터 수행할 차례였다.

"후우우⋯⋯!"

스람의 오른손이 조종석 근처로 돋아난 손잡이의 근처를 하염없이 맴돌았다. 아무래도 그 손잡이를 잡아당겨야 하는 눈치였는데.

"간다⋯⋯ 간다⋯⋯ 갈⋯⋯ 까?"

생각보다 길어지는 망설임. 결국 스람이 자신의 두 눈을 왼손으로 가렸다. 그러더니 오른손을 더듬거리며 손잡이 위에 살포시 올려놨다.

"에라! 나도 모르겠다!"

스람의 기합소리와 함께 조종석 옆으로 솟아난 '붉은 손잡이'가, 포격선 아래 부착된 타원형 구체와 직결되는 바로 그 '잠금 해제 손잡이'가 거침없이 당겨졌다.

쿠궁! 쿵! 철커덕!

쿠궁! 쿵! 철커덕!

철커덕! 철커덕! 철커덕!

쿵! 쿵! 쿠궁! 쿠구구구궁⋯⋯!

그러자 구체와 연결되었던 안전장치들, 그 모든 잠금의 금속들이 빠른 속도로 해제되었다.

"가자아앗—!"

이윽고 비행 포격선 아래 설치된 검은 구체, 그 타원형을 이룬 정체불명의 구체가 동부 대초원 중앙으로 뚝, 떨어지기 시작했다.

쿠우우우우웅—!

육중한 구체가 대초원의 바닥을 묵직하게 내리쳤다. 상당한 굉음이 쩌렁쩌렁 울렸다. 그럼에도 구체의 훼손은 많지 않았다. 훼손은커녕 흠집조차 생기지 않았으니까.

파직!

이변, 그러니까 구체의 '본질'은 그 순간부터, 자욱하게 만개하기 시작한 흙먼지가 채 가시기 전부터 본격적으로 모습을 드러냈다.

파직! 파직! 파지직!

바닥에 반쯤 박혀 버린 구체로부터 검붉은 스파크가 튀었다. 처음에는 아주 작게 일어나는가 싶더니만, 곧 그 세기와 범위가 기하급수적으로 확장되기 시작했다.

파지직! 파직! 파지지직—!

사방으로 뻗어 나간 스파크가 어느새 대초원 땅덩어리 대부분을 아울렀다. 어디 그뿐일까? 지면 깊숙한 곳까지 스며들어 마구잡이로 헤집기 시작했다. 마치 땅속 아래 무언가를 자극하기라도 하는 듯, 혹은 강제로 끄집어내기라도 하는 것처럼 말이다.

쿠구구구구구구······!

동부 대초원 전체를 검붉은 색으로 물들여 버린 기운, 타원형의 구체로부터 파생된 현상이 얼마나 지속되었을까?

이내 땅속 이곳저곳에서 미묘한 '움직임'이 느껴졌다. 이는 프란 페이지의 하수인들, 즉 불사의 군단 전체가 땅속에서 기어 나오며 발생하는 '진동'이었다. 그 작은 움직임 하나하나가 모여 큰 진동을 이루어낸 거다.

"그으으으······."

"거어어어어······!"

"크륵! 크르륵······!"

동부 대초원의 원주민, 오크, 트롤, 오우거 등 다양한 종족으로 구성된 불사의 군단.

그들이 다시금 세상 밖으로 모습을 드러냈다. 하지만 일전에 프란의 부름 아래 등장했던 당시와는 두 가지가 달랐다. 먼저 프란 페이지가 아닌, 구체에 담긴 이안의 흑마법이 원인이라는 점부터 달랐다.

"히야······ 안 본 사이에 정말 미치긴 미쳤나 보군. 설마 이런 짓까지 벌였을 줄이야······ 하긴, 우리에게 영생이란 모순을 약속했던 그때부터 예정된 수순이었나."

그 끔찍한 위용 앞에 침음을 삼키는 공학자 스람이었다. 이안에게 대략적인 설명을 들은 덕분이었다.

"이런! 내 정신 좀 보게. 지금 이럴 때가 아니지. 확인부터······."

당장 해야 할 일이 떠오른 스람은 포격선의 키를 고쳐 잡았다. 이안의 마법이 새겨진 저 구체에는 불사의 군단을 강제로 끄집어내는 효과만 담긴 것이 아니었다. 그보다 더 중요한, 이 상황의 근본적인 '해결책'이 존재했는데.

퍼엉-!

이윽고 비행 포격선의 수많은 포신으로부터 불꽃이 뿜어지기 시작했다. 빗물받이 산맥에서 가고일 무리를 상대로 보여줬던 포격, 가히 '비행 포격선'이란 이름값에 어울리는 행위가 시작된 것이다.

콰앙! 쾅! 콰아앙! 콰앙-!

하나 그 무차별적인 포격은 오래가지 않았다. 어째서일까? 간단했다. 작금의 포격은 '전투'가 아닌 '실험'에 목적을 둔 까닭이었다.

"키아아아악!"

"크허억……!"

"쿠엑!"

포격에 묵사발이 나버린 프란의 하수인들, 본래대로였다면 불사의 힘으로 깨끗하게 되살아나야 할 그들이 놀랍게도, 부활은커녕 아무런 재생조차 이루어내지 못했다.

한두 마리만 우연으로 그런 것이 아니었다. 포격의 범위에 휩쓸린 전부가 똑같았다.

"성공인가?"

대초원 중앙으로 떨어뜨린 구체. 그 구체에 담긴 이안의 마법, '언어의 힘'과 '흑마법'을 결합하여 탄생시킨 '불사 해제 주문'이 성공적으로 발휘된 모양새였다.

"……모두 좋은 곳으로 가길."

스람이 무로 돌아간 대초원 좀비들을 보며 잠시간 기도했다. 비록 불사의 성질과 타고난 사정이 다를지언정, 저들 또한 프란 페이지의 뜻에 놀아난 존재가 아니겠는가? 비슷한 처지로서 동질감과 안타까움이 느껴졌다.

"자, 이제……."

스람에게 주어진 임무는 여기서 끝이 아니었다. 완벽한 무대가 조성되었으니, 이제 그 무대 위로 주인공들을 불러와야 할 터.

퍼엉-!

다시 한번 격발 소리가 울려 퍼졌다. 그러나 작금의 포격은 대지를 향하지 않았다. 그와는 정반대, 즉 하늘 높은 곳으로 발사되었다.

파아아아아아-!

이는 살상용 포탄이 아니었다. 푸른색 빛줄기가 뿜어지는 신호탄이었는데, 푸른색은 '성공'이란 의미가 담긴 색깔이기도 했다.

우우우우우우웅-!

각각 동부 대초원의 동남쪽, 서남쪽, 북쪽 부근으로 수많은 포탈이 순식간에 세워졌다.

동남쪽으로는 그린리버 제국의 여러 영토와 연결된 포탈이, 서남쪽으로는 로 공국의 포탈이, 북쪽으로는 콜드우드 제국의 포탈이 생성된 것이다. 그 압도적인 숫자로 미루어보건대, 상당한 대군이 초원으로 몰려올 터.

"이런 구경은 또 처음이군."

할 일을 끝마친 스람, 그가 조금 더 높은 곳으로 비행 포격 선을 상승시켰다. 지금부터 시작될 역사적인 전쟁, 아니, 토벌의 처음과 끝을 두 눈으로 관전하기 위함이었다.

"그것도 하늘 위에서 말이야."

스람의 중얼거림이 끝나갈 무렵, 삼 방으로 생성된 포탈 속에서 '삼국 토벌대'의 '선봉 기병대'가 압도적인 기세로 쏟아져 나오기 시작했다.

그들은 각기 다른 갑옷과 휘장, 깃발 등을 앞세워 돌격하기 시작했다. 대상은 당연하게도 '불사의 군단,' 혹은 '불사의 힘을 잃어버린 좀비 군단'이었다.

"집중하라 모그리안 기사단! 토벌의 흥망이 우리에게 달렸다!"

그린리버 제국 측 선봉 기병대에는 실로 많은 인물이 보였다.

과거 모그리안 영지의 평민 출신 기사로서 이안을 호위하기도 했던 '에릭'이 어느새 단장이 되어 모그리안 영지군의 선봉장을 맡았고.

"피에릭의 최고 전사들이여! 동부 대초원은 우리의 소임이 아니었던가? 한데도 우리는 저 끔찍한 참변을 감지조차 하지 못했다! 나는 피에릭의 대영주로서, 그대들은 피에릭의 최고 전사로서! 막중한 책임감과 부끄러움을 느껴야 한다!"

역사적으로 동부 대초원의 모든 움직임을 견제해 왔던 '대륙의 방패'. 피에릭 영지 최고 전사들 또한 선봉대의 한 축을 담당했다.

"그 어떤 방법으로도 이 오명을 씻어낼 길이 없다. 하지만! 조금이나마 만회할 기회가 지금 생겼도다! 방법은 간단하다! 고삐를 당겨라! 돌격하라! 모조리 섬멸하라!"

여전히 지도자라기보다는 돌격대장에 가까운 대영주 '칼리안 피에릭'이 우렁찬 외침과 함께 선봉 기병대의 가장 앞줄을 지켰다. 칼리안의 기마술은 가히 최고 수준에 이르렀으니, 기병대 사이에서도 독보적인 돌진력을 마음껏 뽐냈다.

다그닥! 다그닥! 다그닥! 다그닥!

다그닥! 다그닥! 다그닥! 다그닥!

광활한 대지를 쩌렁쩌렁하게 울리는 말발굽 소리, 그로 인한 흙먼지가 삼 방으로부터 빠르게 좁혀졌다. 그것들은 곧 동부 대초원의 좀비들을 무자비하게, 사전에 계획된 동선대로 짓밟기 시작했다.

콰직! 콰지직! 콰지직!

불사의 힘을 잃어 벌거벗은 상태나 마찬가지이기 때문일까? 대초원의 좀비들은 압도적인 기병대의 몰아침 앞에 속수무책으로 죽어 나갔다. 골통이 깨지고, 몸뚱이가 짓밟혔으며, 박살이 나기에 이르며 하나둘씩 무로 돌아갔다.

물론 좀비 군단의 수가 워낙 엄청난 탓에 기병대만으로는 전멸시키기가 어려웠다. 그들의 목적은 어디까지나 좀비 군단의 '진영 혼란', 대전투에 앞선 '기선제압,' 아군 본대의 '사기 증진'이 주된 목표였으니까.

"와아아아아아아아아─!"

기병대가 대초원을 한바탕 휘몰아친 직후, 예정되었던 함성 소리가 삼방의 포탈로부터 속속들이 들려왔다.

삼국 토벌대의 본대. 보병부대와 기병대에 합류되지 않은 기사단, 그리고 마법사들이었다.

"그린리버의 용사들이여! 저 앞에 보이는 괴물을, 죽지 못한 자들을 똑똑히 마주하라! 우리가 여기서 이겨내지 못한다면! 살아남지 못한다면! 저 괴물들이 도시와 마을로 몰려가 그대들의 부모와 아내, 자식들을 몽땅 먹어 치울 터이니!"

그린리버 진영 본대의 최전방에는 놀랍게도 황태자 하이든 그린리버가 제2 황실 기사단을 거느린 채 앞장서고 있었다.

그뿐만 아니라 육성 증폭구로 토벌대의 구성원들을 한껏 고양 시키기에 이르렀다.

"결코 그 꼴을 볼 수 없는 자! 저 흉측한 것들을 우리들의 삶과 터전에서 몰아내길 원하는 자!"

제2 황실 기사단, 그리고 몇몇 마법사들의 호위를 받는 황태자가 보검을 높게 치켜들며 외쳤다. 황제와 이안, 올리버를 포함한 모두의 만류에도 그가 본대의 선봉에 선 거다.

단순한 호승심이 아니었다. 그 어느 때보다 심각하게, 그리고 신중하게 고민했던 황태자 하이든이었으며, 오롯이 확고한 마음가짐으로 선택한 참전이었다.

"망설이지 말고 나를 따르라! 나와 그대들의 가족과 친우를 위하여! 우리의 조국 그린리버를 위하여! 그리고…… 인류를 위하여!"

그런 황태자의 마음이 전해진 걸까? 그린리버 진영 모두가 진심으로 황태자의 뒤를 따르기 시작했다. 또한 황태자가 외친 구호를 목청 터지라 복창하기에 이르렀다.

"인류를 위하여!"
"인류를 위하여!"
"인류를 위하여!"

기병대가 앞서나갔던 길을 본대와 함께 달리기 시작한 황태자 하이든, 그가 치켜들었던 보검을 미련 없이 거두었다. 지난 몇 년간, 올리버에게 검술을 배워봤으나 영 성과가 없었다. 솔직히 말하자면 둔재 이하의 재능이었다. 하지만, 최근 들어 황태자에게는 자신만의 특별한 '무기'가 생겼다. 이번 대토벌에 나설 수 있었던 용기도 이 '필살기'가 크게 작용했다.

철컥!

황태자가 허벅지 바깥쪽으로 착용했던 '특수한 띠'의 잠금을 풀었다. 그러더니 꽂혀 있었던 무언가를 뽑았는데, 손잡이가 달린 기다란 물체였다. 검이나 활은 결코 아니었다. 석궁 또한 아닌 것 같았다. 단언하건대 그 어떤 살상용 무기보다 조그마하고 가벼웠다. 하물며 용도조차 유추하기 힘들었다.

피슝-!

황태자 하이든의 손에 쥐어진 물체, 그 물체로부터 '매직 미사일' 한발이 대초원 좀비의 머리통을 정확하게 관통해 버렸다. 매직 미사일의 크기는 평범한 매직 미사일 주문보다 작았으나, 뻗어 나가는 속도와 관통력만큼은 단언컨대 타의 추종을 허락하지 않았다.

"한 놈."

피슝!

강화된 매직 미사일을 쏘아대는 물체, 그 정체는 바로 공학자 스람의 걸작이기도 했던 마도 공학의 산물, 이른바 '붐 스틱'이었다.

대량 생산조차 불허를 받았던 그 애물단지가 황태자의 손아귀로부터 화려하게 불타오르기 시작한 거다.

"두 놈."

피슝 피슝!

처음 이안에게 선물로 받았을 때만 해도 그저 그렇게 여겼을 뿐이었는데, 심심할 때마다 연습하다 보니 손에 참 잘 맞는 느낌이 들었다. 과장이 아니라, 정말이지 쏘는 족족 백발백중에 이르렀으니까.

외모와 혈통 빼고는 어느 것 하나 특별할 게 없었던 황태자 하이든이 생애 처음으로 '재능의 맛'에 취할 정도였으니 말이다.

"세 놈!"

피슝 피슝 피슝!

이 난전 속에서도 황태자의 붐 스틱은 백발백중이란 정확도를 조금도 잃지 않았다. 이것이 바로 황태자가 타고난 '의외의 재능,' 그것도 '압도적인 재능'의 산물이었다.

"전진하라!"

인류 최초의 '붐 슈터'.

황태자 하이든이 외쳤다.

"인류를 위하여!"

3장
드래곤 슬레이어

본디 세상에 마법사란 존재가 본격적으로 등장한 이후부터는, 마법사를 중심으로 두는 전략 전술이 인류 전쟁사 내내 주류를 이뤘다.

하지만 지금, 삼국 대토벌의 전투는 그 주류와 정반대의 행보를 보여줬다. 사뭇 생소하며 원시적이기도 했다. 진보되기는커녕, 오히려 '퇴보'된 모양새였으니까.

"후방의 마법사가 그대들의 상처를 치료해 줄 것이니, 부상자는 망설이지 말고 후퇴하라! 목숨까지 걸 필요는 없다! 반드시 살아남아 끊임없이 창칼을 들어라!"

황태자 하이든의 외침으로 알 수 있듯, 동부 대초원 토벌에 참전한 마법사들은 연신 후방만을 지키며 도우미 역할에 치중하고 있었다. 원래대로였다면 이미 전투 시작부터 대규모 합동 마법, 혹은 고위급 주문을 몰아치고 있었을 터.

하나 지금은 그러고 싶어도 그럴 수가 없었다. 총 두 부류의 까닭이 존재했는데, 먼저 대초원 중앙에 떨어뜨린 구체가 첫 번째 이유였다.

불사의 군단으로부터 '불사'를 벗겨준, 이안과 스람의 합작 말이다.

"상태가 심각한 부상자는 우리 고위 마법사 중 치료 마법에 능한 자가, 상대적으로 가벼운 부상자는 여타 마법사들이 스스로 판단하고 책임진다!"

대초원 중앙에 떨어진 구체, 그 구체는 불사의 군단에게서 불사를 벗겨 내는 강력한 흑마법이 담겼다. 뿐만 아니라 지금 이 순간에도 그 '해제의 기운'을 끊임없이 내뿜고 있었다.

이게 바로 마법사들의 전투참여가 소극적인 원인 중 '첫 번째'이기도 했다. 마법사가 펼치는 여러 대규모 마법이, 오히려 저 흑마법의 지속과 효과에 불순물로 작용할지도 모르는 일이었으니까.

"단, 저 구체로부터 뿜어지는 흑마법에 악영향을 끼치지 않는 선에서! 즉 엄호 수준의 미약한 주문 정도는 허용되었으니, 치료 마법에 능숙하지 못한 이들은 스스로 판단하여 아군의 지원 및 엄호에 집중하도록!"

삼국 토벌대 중 그린리버 측 마법사의 총지휘관으로 임명된 고위 마법사 로난, 그가 침착하면서도 능수능란하게 휘하 마법사들을 통솔했다. 타국의 마법사들 역시 각각 비슷한 명령 하에 움직였다.

"으아아아아아아!"

"죽어! 이 괴물 새끼야!"

"부상자를 후방으로 인솔하라!"

"길을 열어! 길을!"

생소하고 원시적이며 퇴보되었다 함은 바로 그러한 이유였다. 마법사의 본격적인 참전 없이 오로지 칼과 창, 방패와 갑옷, 잘 훈련된 군마와 병사만으로 전장의 판도가 좌지우지 되는 상황 아니겠는가?

"하악! 헉! 허어억! 후우우……."

그 숨 막히는 토벌의 현장 한가운데서, 유독 거친 숨소리를 내쉬는 남자가 보였다.

대초원의 동남쪽을 담당하는 그린리버 제국 측 보병이었는데, 휘장을 보아하니 모그리안 영지군 소속인 것 같았다.

"그어어어어–!"

"으아아악!"

그 병사가 눈앞까지 달려든 오크 좀비에게 창끝을 내질렀다. 본능적인 반응이었으나, 그 결과는 제법 괜찮았다. 오크 좀비의 목에 바람구멍이 뚫려버렸으니 말이다.

"으……!"

창대 쥔 손을 부르르 떠는 병사였다. 자신이 해내고도 당혹스러운 모양이었다. 하지만 곧 주변부터 경계하며 혼잣말을 중얼거렸다.

"진정하자 루카. 네 생에 이런 경험, 그리고 이런 취재! 또 언제 해보겠어? 절대로 흔치 않잖아! 아니, 이게 처음이자 마지막이겠지. 그러니까, 그러니까 무슨 수를 써서든 현장에서 버텨야……!"

오크 좀비를 찌르고 혼잣말까지 중얼대는 병사, 모그리안 영지군의 휘장을 가슴팍에 걸친 남자의 정체는 '루카'였다. 과거 이안의 근처를 서성거리며 소설가의 꿈을 키웠던, 먼 훗날 '루카 루카'라는 필명의 소설가로 대성하게 될 그 말단 병사 말이다.

"우와악!"

이제는 모그리안 영지군의 선임 병사이자 소설가이기도 한 루카, 그가 전장 한복판에서 쉴 새 없이 괴성을 내질렀다. 그러면서도 싸우기는 곧잘 싸웠다. 오래전부터 연마해 온, 스스로 자부심까지 갖춘 창술 실력이 빛을 발휘했으니까.

채앵-!

창끝으로 트롤 좀비의 도끼질을 막아낸 루카가 민첩하게 뒤쪽으로 물러났다. 물론 기껏 해봐야 다섯 걸음 정도 거리를 벌리는 것이 전부였다. 워낙에 난전인지라 공간적 여유가 크지 않은 까닭이었다.

"……?"

문제는 그때부터 발생했다. 딱 다섯 걸음 물러났을 뿐인데도 누군가와 등이 부딪쳤다. 아군이었으면 다행일 터, 하나 불행하게도 아군이 아니었다.

본디 대초원의 원주민이었던 좀비와 부딪치고 만 거다. 서로가 자연스레 목을 돌렸고, 눈까지 마주쳤다. 앞서 서술했듯 난전 아니던가? 충분히 염두에 뒀던 상황임에도 피할 길이 없었다.

"제국…… 인……! 죽인…… 다!"

"이런!"

루카가 황급히 창대를 들어 검은 피부 원주민 좀비의 검을 막아냈다. 그 여파로 창대가 두 동강이 나버렸으나, 곧장 창날이 달린 창대로 원주민 좀비의 옆 목을 노렸다. 기민한 판단력의 승리였다.

"크허억-!"

비명을 토하는 원주민 좀비. 그러나 루카는 안도할 수 없었다. 지금쯤 먼저 마주했던 트롤 좀비가 등 뒤를 노려올 터, 재빨리 경계가 필요한 방향으로 몸뚱이를 돌렸다.

"……망했다."

예상대로라면 한 마리여야만 했다. 원주민 좀비와 등을 부딪치기 직전에 마주쳤던 트롤 좀비 한 마리 말이다.

한데 그 짧은 사이 네 마리가 늘어나 버렸다. 총합 다섯 마리의 트롤 좀비가 루카 자신을 향해 달려들고 있다는 얘기였다. 심지어 함께 싸워줄 '살아 있는 아군'조차 가까운 거리에는 없었다. 오롯이 일 대 삼의 싸움을 펼쳐야 하는 상황, 말이 상황이지, 사실상 불가능에 가까웠다.

'지금처럼 물불 가리지 않고 살다 보면 언젠가, 이런 날이 올 거라고는 생각은 했지만, 심지어 오늘이 일 수 있다고도 예상했지만…….'

루카는 약 8년 전. 이안 페이지란 희대의 천재 마법사를 만난 이후, 본격적으로 꿈을 좇기 시작했다. 아주 어릴 적부터 꿈꿔왔던 소설가, 그중에서도 영웅의 멋들어진 일대기를 창작하는 꿈 말이다.

'그래도 현실이 될 줄은…….'

그때부터였다. 루카는 영지의 군인으로서 온갖 위험한 일에 자원하고 또 자원했다. 이유는 그랬다. 무릇 많은 경험을 해봐야 좋은 이야기, 재미있는 소설, 박진감 넘치는 영웅의 일대기를 쓸 수 있을 거라는 믿음 탓이 컸다.

'책 하나 내본 거로 위안 삼아야 할까? 좀 아쉽긴 한데…….'

그 결과, 생애 첫 번째 작품을 세상에 선보이기도 했다. 고작 1년 전쯤의 일이자 영광이었다.

모그리안 영지 출신으로 어느덧 대상단이 된 포이언 상단의 도움 덕에 나름대로 유명세까지 떨쳤다. 하지만 그 유명세에서 멈추고 싶지 않았다. 더 증진하여 일생일대의 대작을 남기고 싶었다.

지금도 그 대작의 재료로 쓰이기 위한 절정의 경험을 바라며 창을 들었던 거다.

'역시…….'

루카가 부러진 창을 움켜쥐었다. 아무리 생각해도 미련이 남았다. 무슨 수를 써서든 살고 싶었다. 아직 하고 싶은 일이 넘쳤다.

'이대로 허무하게 죽을 수는……!'

루카의 생존 의지가 여느 때보다도 확고하게 빛나는 순간이었다.

"쿠억!"

달려들던 트롤 좀비 한 마리가 저 스스로 나자빠졌다. 적어도 루카의 눈에는 그리 보였다. 분명 자기 혼자 죽일 듯이 달려들다가 뒤로 벌러덩 넘어져 버린 꼴이었으니까.

"캬아악!"

"키엑!"

갑작스러운 이변은 거기서 끝이 아니었다. 이번에는 두 마리가 단말마를 내지르며 똑같이 널브러졌다. 루카 자신의 등 뒤로부터 날아든 무언가가 이유인 것 같았다.

"무, 무슨······."

세 마리의 트롤 좀비가 순식간에 쓰러졌다. 아직 두 마리가 더 남아 있긴 했으나, 그럼에도 루카는 자신의 등 뒤를 돌아봤다. 원인부터 확인해 보고 싶었으니 말이다.

"······?"

루카의 등 뒤, 그러니까 달려들던 다섯 마리 트롤 좀비와 마주한 그곳으로 어떤 남자의 모습이 보였다. 그 남자는 실로 보기 드문 밝은 금발을 가졌으며, 그보다 수백 배는 더 보기 힘든 미남자였다.

"화, 황태자 전하······?"

루카는 황태자와 일면식이 없다. 그저 먼 발치에서 봤을 뿐이다. 그럼에도 황태자의 모습을 단번에 알아챘다. 백금의 머리칼, 절세의 미남자, 화려한 갑옷과 망토, 결정적으로 저 기이한 형태의 지팡이까지. 토벌군 진영에서 봤던 황태자 하이든 그린리버와 똑같았다.

"가만히 있거라."

"······예?"

루카의 되물음과 동시에, 황태자가 든 지팡이 끄트머리로부터 정갈한 폭발음이 터져 나왔다.

피슝 피슝 피슝!

소리는 정확하게 세 번이었으며.

"쿠억!"

"캬아악!"

"케헥?!"

트롤 좀비의 단말마 역시 종류만 다를 뿐, 정확히 세 번 울렸다.

"……."

순식간에 다섯 마리 트롤 좀비가 쓰러졌다. 모두 저 백금발 황태자의 지팡이로부터 펼쳐진…….

"마법……?"

마법, 그래. 마법이다. 저건 분명 마법일 거다. 루카는 당연하게도 그렇게 여길 수밖에 없었다.

"병사, 부상을 당했나?"

"예? 아, 아닙니다! 부상은……."

"무리하지 마라. 비록 중요한 싸움이긴 하나, 아바마마와 나의 백성이 허무하게 죽는 꼴을 보고 싶진 않으니까. 허니 전력을 기울이되, 목숨만큼은 우선으로 챙겨라."

루카에게 당부의 말을 전한 황태자 하이든, 그가 한쪽 손을 치켜들자 주변을 지키던 황실 기사들이 사방으로 달려들었다. 동시에 사방의 좀비 떼가 무참할 지경으로 도륙 나기 시작했다. 하나하나가 모두 올리버 레이우드의 직속 제자나 마찬가지인 제2 황실 기사단 아니겠는가? 그 무위는 일개 칼잡이의 한계를 아득히 뛰어넘었다.

"내 말, 명심하겠느냐?"

"……예? 아, 예! 이놈 반드시 명심하겠사옵니다. 화, 황태자 전하!"

"창이 부러졌군."

황태자가 자신의 두 자루 검 중 하나를 뽑아 들었다. 그러더니 대뜸 루카의 손에 쥐여줬다. 일개 병사가 휘두르기에 너무나도 고급스러우며 잘 만들어진 '보검'이었다.

"창만큼 손에 익진 않겠지만, 그 부러진 창대보다야 낫겠지. 이 검이라도 쥐고 반드시 살아남거라. 검은 이후에 돌려받을 터이니."

"저, 전하……."

"부디 끝까지 살아남아서, 그대의 손으로 돌려줬으면 좋겠구나."

그 말을 끝으로 황태자 하이든이 기이한 지팡이, 붐 스틱을 고쳐 잡았다. 동시에 붐 스틱의 손잡이 내부로부터 텅 빈 마나 구슬을 꺼내더니만, 곧바로 품속에 모셔뒀던 새 마나 구슬과 바꿔 빠르게 장착시켰다.

그 일련의 과정이 매우 절도 있고, 신속 정확했으며, 어딘가 모르게 멋들어진 맛이 느껴졌다.

"하면."

결연한 표정의 루카에게 고개를 한번 끄덕여 준 황태자 하이든. 그가 또다시 치열하고 복잡한 토벌의 현장 속으로 기사단과 함께 스며들었다.

"호오, 저것 봐라?"

그 모습을 대초원의 상공, 비행 포격선 용의 심장에서 지켜보던 공학자 스람. 그가 흡족한 미소와 함께 중얼거렸다. 그 모습을 살피는데 사용했던 기다란 원통도 거두었다.

"저렇게 잘 쓰는 놈은 또 처음이구먼. 저것도 재능을 타나?"

붐 스틱의 창시자로서 황태자가 새롭게 보이는 스람이었다.

그야말로 황태자를 위하여 세상에 나타난 무기 같지 않던가? 저리 잘 써먹는 모습을 보고 있자니, 지금보다 더 쓸 만한 붐 스틱을 만들어주고 싶다는 욕구마저 일어날 지경이었다.

"한번 구상해 볼 법도……."

스람의 생각이 거기까지 닿았을 때, 크게 삼 방향으로 펼쳐진 대초원의 격전지로부터 새로운 기류가 일어났다.

시체가 되어 널브러진 좀비들은 물론, 전투 중 최후를 맞이한 토벌대 병사들의 시신마저 빠르게 변질하기 시작했으니까.

파스스스스스……!

모든 시신이 빠르게 말라비틀어졌다. 조금 더 정확히 표현하자면, '뼈'를 제외한 육신의 모든 요소가 제거되는 느낌이었다.

피부와 근육, 내장과 핏물까지 몽땅 가루가 되어 흩날렸으며, 오직 뼈만 조각조각 나뉘어 허공으로 떠올랐다. 뿐이랴? 일정한 위치로 모여들어 형체를 이루어내기에 이르렀다. 아마 이안이 있었다면 아주 익숙했을 광경.

그렇다. 이는 과거 용아병 사태 당시 모습을 드러냈던 '본 드래곤'의 탄생과 흡사한 광경이었다.

"저, 저것인가. 탑주께서 말씀하신, 본 드래곤이라는 괴물이……?"

서서히 본 드래곤의 모습을 빚어내는 온갖 뼛조각들, 그 놀랍고도 흉측한 광경에 고위 마법사 로난이 읊조렸다. 그는 이미 작금의 사태를 이안으로부터 전해 들은 모양새였다.

"……이럴 때가 아니지."

잠시 넋을 놓았던 로난.

그가 모든 마법사에게 외쳤다.

인류사상 최강의 무기인 마법사가 후방으로 물러나야만 했던 두 가지 이유, 그 중 '두 번째 이유'가 바로 저 '본 드래곤'에게 있었으니까.

"전원! '사슬의 식'을 준비하라!"

본 드래곤의 등장에 그린리버 측 마법사들은 물론, 로 공국과 콜드우드 제국의 모든 마법사가 일사불란하게 '사슬의 식'을 준비하는 찰나, 비행 포격선 위에서도 작지만 새로운 움직임이 포착되었다.

"이번에도."

비행 포격선에는 마도 공학자 스람만 탑승한 것이 아니었다.

선박 내부에 마련된 방에서 명상을 하고 있었던 기사, 황태자의 '호위기사'이자 제2 황실 기사단의 '단장'이며 '스승', 나아가 그린리버의 '검공' 올리버 레이우드가 갑판 밖으로 걸어 나왔다.

그 어느 때보다 날카로움으로 가득한 눈빛이었다.

"이안 공의 말씀대로인가."

그 기사.

올리버가 조용히 응시했다.

압도적인 크기로 빚어지는 괴물. 본 드래곤이란 괴물의 탄생을.

(캬오오오오오−!)

유명을 달리한 토벌군과 대초원 좀비의 뼛조각으로부터 빚어진 본 드래곤. 그 마룡이 토해낸 울음소리가 대초원 전역을 진동시켰다.

대다수 병사들은 그 울음소리만 듣고도 전의를 상실할 정도였으며, 심할 경우 귀와 코로 피까지 흘리기에 이르렀다.

"큭……!"

"이게 무슨 소리지……?"

"가, 갑자기 웬 용이……!"

조금 전, 그러니까 본 드래곤이 나타나기 직전까지만 하더라도 토벌군의 기세는 대단했다.

좀비들을 압도적으로 밀어붙이지 않았던가? 한데 그 기세가 마룡의 울음소리에 한풀 꺾여 버린 거다. 이는 곧 대초원의 좀비들에게도 기회나 마찬가지일 터. '기세'라는 두 글자가 순식간에 역전되어 버렸다.

"마나의 아들딸들이여! 저것은 진정한 용이 아니다! 그럴싸한 껍데기를 뒤집어쓴 아류에 불과하다! 하니 당황하지 말고 사슬의 진을 펼쳐라! 놈의 움직임부터 봉쇄해야 한다! 토벌의 성공이! 토벌대의 생사가! 인류 전체의 미래가 우리 손에 달렸다!"

고위 마법사 로난이 잔뜩 머금은 마나의 목소리로 외쳤다. 지금이야말로 후방에 물러나 있었던 삼국 마법사들이 진가를 발휘할 차례였다.

"속박의 사슬이여!"

"속박의 사슬이여!"

"속박의 사슬이여!"

그린리버 측 상아탑 마법사를 시작으로 로 공국 마나탑의 마법사, 콜드우드 제국 마탑의 마법사까지 일시에 합동 주문을 펼쳤다.

그러자 곧 푸른빛을 뿜내는 마나의 사슬이 본 드래곤을 향하여 뻗어 나갔다. 그 수가 엄청났는데, 눈대중으로도 수만 갈래를 훌쩍 넘었다.

"마수를 구속하라!"

"마수를 구속하라!"

"마수를 구속하라!"

그 수만 갈래 사슬이 본 드래곤의 몸뚱이를 마디마디 옭아맸다. 얼마나 버틸 수 있을진 모르겠으나, 최소 몇 분간은 꼼짝도 할 수가 없을 터.

(어리석고 아둔한 미물들이여…… 죽음이 두렵지 않거든 계속 발버둥을 쳐보아라.)

대규모 사슬의 진으로 온몸을 속박당한 본 드래곤, 그럼에도 일말 당혹감조차 내비치는 법이 없었다. 오히려 인간들의 발악이 가소로운 듯 묵직한 음성으로 뇌까렸다.

(무의미한 저항의 끝은 오직 죽음과 절망…… 파멸만이 앙상한 가지처럼 남게 되리라.)

본 드래곤이 죽음과 절망, 파멸을 언급했다.

나아가 위턱뼈와 아래턱뼈를 쩍 벌리며 보랏빛 브레스를 머금었다. 대상은 당연하게도 동부 대초원의 지면, 즉 토벌군 전체를 겨누고 있었다.

그 브레스에 아군이나 다름없는 좀비까지 휩쓸리든 말든, 조금도 상관치 않는 것 같았다.

"……."

한편, 올리버와 스람이 탑승 중인 비행 포격선은 본 드래곤보다 높은 곳에 머물고 있었다. 갑판 끝으로 뚝 뛰어내리면 마룡의 흉악한 아가리 앞을 정확히 스쳐 갈 위치였다.

"스람 공."

비행 포격선 위에서, 올리버가 면갑의 안면 보호대를 내리며 말했다. 올리버의 복장은 평소처럼 활동성에 무게를 두지 않았다. 그보다 훨씬 더 단단하게 무장한 상태였다.

"말씀하시오."

"내가 뛰어내리거든, 즉시 먼 곳으로 피신하시오. 브레스가 선박을 스칠 수도 있으니."

"그리하리다. 그쪽도 조심하시길."

공학자 스람과 짤막한 대화를 나눈 올리버, 그가 검 대신 등에 차고 있던 원형의 은빛 '라운드 실드'를 꺼냈다. 올리버의 듬직한 몸뚱이가 보호받기에는 턱없이 작은 방패였으나, 이래 보여도 대장장이 할리아의 온 힘을 다한 손재주로부터 창조된 '빛의 방패'였다.

"내 걱정은."

양손으로 라운드 실드를 단단히 잡은 올리버, 그가 갑판 끄트머리로 터벅터벅 걸어가며 읊조렸다.

"거두시오."

그 한마디와 동시에 올리버의 몸뚱이가 비행 포격선 위를 가볍게 벗어났다. 즉 본 드래곤의 정면으로 추락하기 시작했다는 뜻이었다. 보랏빛 브레스를 잔뜩 머금은 본 드래곤의 아가리 앞으로 말이다.

"흐읍······!"

올리버가 본 드래곤의 정면을 스쳐 추락하는 그때, 보랏빛 브레스 또한 파멸적인 기운을 방출하며 전력으로 내뿜어졌다. 그 브레스의 첫 번째 희생양은 자연히 올리버로 낙점되는 구도였는데.

우우우우우웅-!

브레스가 올리버를 집어삼키려는 순간, 라운드 실드로부터 영롱하고도 강렬한 빛이 타올랐다. 단순한 비유가 아니었다.

은색의 빛줄기가 마치 불꽃처럼, 방패를 장작 삼아 화끈하게 불타올랐으니까.

"빛의 방패여!"

올리버의 외침이 주문이라도 되는 걸까? 방패 전체를 활활 불태우던 은빛 불꽃이 일순간 사방으로 퍼져 나갔다.

그 퍼져 나가는 불꽃의 넓이와 형태가 흡사 '거대한 방패'의 형상을 이루려는 모양이었다.

"모습을 보여라!"

이어지는 명령에 빛의 방패 역시 칼 같은 반응을 보였다. 그전까지가 '형상'에 불과했다면, 작금의 모습은 그야말로 거대한 라운드 실드나 마찬가지였다.

"큭!"

이윽고 본 드래곤의 브레스가 팽창된 빛의 방패를 강타했다. 흔히 쓰이는 표현처럼 '창과 방패의 정면승부'가 시작된 거다. 처음은 올리버가 조금 더 우세했다. 빛의 방패가 브레스를 성공적으로 버텨냈으니까. 만약 버텨내지 못할 경우 올리버는 물론이거니와, 대초원 위에 서 있는 모든 존재가 말끔하게 지워질 터. 올리버 역시 그 사실을 잘 알기에, 어금니까지 꽉 깨물며 버텨내고 또 버텨냈다.

'다 흡수할 순 없는 건가.'

충격의 흡수야말로 방패의 덕목이긴 하나, 저 강력한 브레스의 여파를 몽땅 흡수해내기란 불가능에 가까웠다.

제아무리 대장장이 할리아의 정수가 담긴 아티팩트 방패일지언정 한계는 존재하지 않겠는가?

'그렇다면…….'

브레스에 대항하는 자세와 상태 그대로 추락하기 시작한 올리버. 그가 육신의 마나를 양쪽 발끝으로 집중시키자 곧 놀라운 일이 벌어졌다.

철컥! 철컥! 철컥!

올리버가 착용 중인 장화, 특수한 금속 재질로 보이는 아티팩트 장화의 뒤꿈치가 철컥하며 벌어지더니.

우우우웅—!

마법이라도 발동되는 것처럼 푸른색 마나를 방출시켰다. 이 또한 대장장이 할리아가 만들어준 아티팩트였는데, 고등급 플라이 주문으로 비행을 가능케 만들어줬다.

"그렇다면!"

속으로 생각했던 말문을 입 밖으로 내지른 올리버. 그가 온 힘을 다하여 전진하기 시작했다. 그러면 그럴수록 은빛의 방패 역시 거대했던 크기와 영롱한 빛을 빠른 속도로 잃어갔다.

심지어 균열까지 일어난 탓에 금방이라도 산산이 조각날 것처럼 위태로웠다.

"베는 수밖에."

이윽고 빛으로 팽창되었던 방패가 무참히 부서졌다. 뿐일까? 그 본체라고 볼 수 있는 라운드 실드 역시 한계에 도달한 듯 박살이 나버렸다. 그런데도 올리버는 진격을 멈추지 않았다.

곧바로 허리춤으로부터 대장장이 할리아의 걸작 보검, '기다림의 종결'을 뽑아 들며 힘껏 고함쳤다. 다 흡수하지 못한다면 베어버리는 수밖에. 그거야말로 올리버가 생각했던 드래곤 브레스의 이상적인 대항마였다.

"하아아아아압!"

과거 이안과의 마지막 수련 당시 '화염구'를 베었던 것처럼, 고위 마법사 헬레느의 화염구를 반으로 갈라 버렸던 그때처럼, 이번에는 올리버의 검이 '브레스'를 노렸다. 무려 본 드래곤이 쏘아낸 보랏빛의 '드래곤 브레스'를 말이다. 그 기합으로부터 명백한 일도양단의 의지가 폭풍처럼 몰아쳤다.

서걱-!

올리버의 검, 기다림의 종결.

그 검이 수려한 곡선을 그렸다. 날카로운 검기가 창공을 갈랐다. 공간마저 베어버릴 듯 아찔했다.

또한.

"끝이다."

올리버의 검이 정확히 두 갈래로 보랏빛 브레스를 베어버렸다.

"마룡이여."

갈라진 틈새를 돌파하며 본 드래곤의 면전까지 도달한 올리버, 그가 재빨리 검을 역수로 쥐었다.

본 드래곤의 커다란 콧등 뼈 언저리에 일격을 가하기 위함이었다. 일련의 모든 행위가 이 순간을 위한 포석이라 해도 과언이 아닐 터.

"무로 돌아가라."

흡사 선고와도 같은 읊조림과 함께 보검을 내리찍는 올리버였다.

꽈드드드드득-!

살과 근육이라곤 한 점 없는 오직 뼈로만 이루어진 탓일까?

파고드는 소리부터가 남달랐다.

강제로 욱여넣는 느낌이었다.

(캬아아아아악-!)

콧등을 넘어서 아래턱까지 꿰뚫린 본 드래곤, 그 마룡이 금방이라도 절명할 듯 비명을 토해냈다. 하나 고통에 수반된 비명은 아니었다. 그저 뜻하지 않았던 상황에 대한 분노의 표출이었을 뿐, 애당초 뼈로만 이루어진 '모조품' 아니겠는가? 고통이란 감각을 느낄 수 있을 리 만무하리라.

(죽인다! 반드시 죽여 버리겠어!)

극도로 흥분하기 시작한 본 드래곤이 머리를 흔들어댔다. 자신의 콧등 뼈에 대롱대롱 매달린 올리버를 떨어뜨리기 위해서였는데, 그것도 말처럼 쉬운 일이 아니었다.

올리버의 체력과 근성이라면 수십 일도 버틸 수 있을 테니까.

'장화도 한계에 도달한 건가.'

부서진 아티팩트는 방패만이 아니었다. 마법사가 아닌 올리버의 비행을 도와줬던 아티팩트 장화 역시, 드래곤 브레스를 지탱해주는 과정에서 한계가 온 모양새였다.

(거머리 같은 놈!)

올리버가 떨어져 나가지 않자 방법을 바꾼 본 드래곤. 놈이 전신을 비틀어대기 시작했다. 삼국 토벌군의 마법사들이 펼친 수만 갈래 사슬 마법에서 벗어나기 위함이었다. 어떻게든 벗어날 수만 있다면 콧등에 매달린 인간쯤, 능히 바닥에 처박아버릴 수 있으리라.

"큭!"

그 의도를 깨달은 마법사들이 사슬의 진을 더더욱 견고하게 강화했으나 역부족이었다. 이대로라면 그리 오랫동안 버티진 못할 터.

'벗어나기 전에 끝낸다.'

본 드래곤이 사슬의 진에서 풀려나기 전에 확실히 숨통을 끊어야 한다. 그것이 검공 올리버가 내린 현 상황의 대처이자 해결법이었다.

"흐읍……!"

빠른 판단 이후부터 올리버가 보여준 행동력은 그야말로 절정이었다. 먼저 콧등 뼈에 박아 넣었던 검을 지지대 삼아 본 드래곤의 이마 위로 올라탔다. 잔뜩 흔들리는 와중임에도 완벽한 균형을 유지했다. 천부적인 균형감각에 아티팩트 장화의 능력까지 더해진 결과였다.

"아직."

올리버의 행동력은 거기서 끝나지 않았다. 콧등에 박아 넣었던 보검으로 최대치의 마나를 주입 시켰다. 예리함이 한계를 넘어섰다.

"절반도 보여주지 않았어."

본 드래곤의 콧등에 박힌 채 한껏 예리해진 검을 두 손으로 부여잡은 올리버. 그가 몇 걸음 떼는가 싶더니만 이내 질주하기 시작했다. 활주로는 놈의 이마를 시작하여 목, 등, 꼬리에 이르기까지, 단언컨대 확실한 직선 코스였다.

"죽음은."

그 질주가 시작됨과 함께, 본 드래곤의 콧등과 아래턱을 비스듬히 꿰뚫었던 보검도 척추를 갈랐다.

"네놈의 몫으로 돌려주마!"

이윽고 올리버의 질주가 본 드래곤의 꼬리 끝에 도달했다. 더는 나아갈 공간조차 없었으니, 온 힘을 다한 일격은 딱 거기까지였다.

(캬아아아아아아아아아악-!)

육신 전체를 관통하는 최후의 일격 아니겠는가? 전보다 더 어마어마한 비명이 본 드래곤의 목구멍에서 토해졌다, 이번에는 통증을 느낀 것도, 분노가 치솟은 것도 아니었다. 표현하자면 직감, 죽음과 소멸을 직감한 절규의 비명이었다.

"허억! 헉! 후우우……!"

올리버 역시 혼신을 전부 쏟아낸 듯 뽑지 못한 검에 매달린 채 숨부터 골랐다.

그가 준비한 시나리오는 여기까지였다. 바꿔 말하자면 밑천을 다 털렸다. 이대로 추락 하든, 또 다른 이변이 일어나든, 더 이상 대처할 방도가 없다는 거다.

쩌적! 쩍! 쩌저적! 쩌적!

바로 그 순간.

놈의 척추에 새겨진 기다란 자상을 중심으로 균열이 발생했다.

균열은 수십, 수백, 수천, 수만 갈래에 이르기까지 전염병처럼 빠르게 번졌고, 이내 그 결을 따라 조각조각 부서지기에 이르렀다.

쿠구구구구구구구구……!

그러나 본 드래곤이 소멸을 맞이한다 하여 모든 문제가 해결되는 건 아니었다. 오히려 더더욱 큼지막한 문제가 지칠 대로 지쳐버린 올리버에게 도사리고 있었으니까.

"······?"

그 문제는 '폭발'이었다. 허공으로 만개한 뼛조각 하나하나에 폭발의 술식이 새겨지며 진동을 일으켰다.

물론 창공에서 일어난 폭발이니만큼 지면의 토벌대까지 충격을 받지는 않겠다만, 동일 선상에 놓인 올리버가 문제였다.

저 모든 뼛조각의 술식에 휘말린다면 제아무리 올리버라도 버텨낼 도리가 없을 터. 심지어 마나 마저 몽땅 쏟아낸 상태라면 더할 나위 없으리라.

"음······ 큰일인데?"

그 광경을 본 올리버의 건조함으로 가득한 중얼거림과 동시에.

펑!

처음에는 아주 작은 뼛조각 하나, 딱 그 하나가 부피만큼의 폭발만을 일으키더니.

펑! 퍼어엉! 펑! 퍼엉! 펑-!

퍼엉! 펑! 퍼펑! 펑! 퍼어엉-!

폭발의 여파가 가까운 뼛조각으로 이어지며 점차 연쇄적인 폭발을 이루어냈는데, 많은 폭발이 일어나면 일어날수록 폭발의 규모 또한 눈덩이처럼 불어났다.

쾅! 쾨광! 쾨과광! 쾅! 쾅-!

쾨과광! 과쾅! 쾨과과과과광-!

불어나고 또 불어났던 폭발의 향연이 드디어 대초원 하늘을 붉은색 화염으로, 나아가 새까만 잿가루와 연기로 뿌옇게 물들었다.

"오, 올리버……?"

황태자가 파르르 떨리는 입술을 허망하게 떨어뜨렸다. 올리버 또한 저 폭발에 정면으로 휘말렸을 터.

"오, 올리버…… 올리버……!"

황태자가 울부짖기에 이르렀다. 아주 어렸을 때부터 황태자 자신의 곁을 지켜준, 수를 셀 수 없을 정도로 많은 위협으로부터 구해준 은인이 아니던가? 그런 소중한 존재가 폭발에 휘말려 버렸다.

"올리버!"

다른 누구도 아닌 올리버를 잃는 일이다. 그것은 곧 형제를 잃어버리는 비극과 마찬가지일 터.

"올리버어어어-!"

거스를 수 없는 자연의 이치에 따라, 올리버의 축 늘어진 육체가 빠르게 추락하기 시작했다.

은빛으로 빛났던 갑옷과 면갑에 그을린 자국이 가득한 것으로 보아, 폭발의 세기가 상당했던 것 같았다.

"마, 마법사! 마법사들은 무얼 하느냐! 어서, 어서 추락을 막아라!"

하지만 너무나도 먼 거리였다. 황태자의 외침이 후방 쪽 마법사에게 닿기도, 마법사의 저속낙하 주문이 떨어지는 올리버에게 닿기도.

"안 돼애애애애-!"

황태자의 절규가 난전 속 동부 대초원을 쩌렁쩌렁 울렸고.

쿵!

그와 더불어 올리버의 육체 또한 대초원 바닥에 무참히 나뒹굴었다.

"으…… 으으으……!"

그 참변에 황태자가 울먹거리며 달려갔다. 목적지는 단연코 올리버의 추락 지점이었다.

아직 대초원 좀비 상당수가 남아 있거늘, 중요한 순간에 이성을 잃어버린 황태자였다.

"화, 황태자 전하를 보필하라! 전하께서 올리버 경께 가신다!"

"제2 황실 기사단 전원! 속히 길을 뚫고 주변을 경계하라!"

그 행보에 제2 황실 기사단은 물론 가까운 병사들까지 합심하여 대초원 좀비를 몰아냈다. 덕분에 황태자의 앞길이 빠른 속도로 정리되었다. 그 사이를 계속 거닐다 보니 어느덧 올리버가 보였다.

"오, 오, 올리버……?"

올리버를 발견한 황태자가 허겁지겁 달려가려는 그때, 여덟 마리 좀비들이 쓰러진 올리버에게 달라붙었다.

자아를 완전히 잃어버린 탓일까? 놈들은 산 자와 죽은 자조차 구분하지 못하는 것 같았다.

"이 새끼들이……!"

그 광경에 황태자의 얼굴이 악마처럼 일그러졌다. 어디 그뿐일까?

탕탕! 탕! 탕탕탕탕! 탕-!

곧장 붐 스틱을 고쳐 잡더니 빠른 속도로 난사했다. 물론 표현만 난사일 뿐 실상은 조준 사격 수준의 완벽한 '속사'였다.

심지어 발포된 매직 미사일마저 좀비들의 머릿수대로 정확히 여덟 발이었다.

"올리버! 올리버? 그만하고 정신 좀 차려봐! 올리버! 올리버……!"

올리버의 상체를 끌어안은 황태자가 미친 듯이 소리쳤다. 그 주변을 제2 황실 기사단이 지켰다.

"이렇게, 이렇게 허무하게 가버리면 나더러 어찌하라는 것이냐!"

그러나 제아무리 부르고 흔들어도 올리버의 육신은 미동도 하지 않았고, 일말의 호흡조차 느낄 수 없었다.

그 강인한 기사 올리버 레이우드가 정말 죽었을까? 이리 허무하게 명줄이 끊어진 걸까? 아무리 생각해도 믿을 수가 없었다.

"그럴 리가, 그럴 리가……!"

황태자의 부리부리한 눈매에 눈물이 고이기 시작한 그때였다.

툭

누군가 황태자의 팔뚝을 툭, 하고 쳤다. 처음에는 그저 주변을 지켜주던 기사가 다가온 것인가 싶었던 황태자였다. 하지만 아니었다. 기사들은 여전히 원형의 진을 지키고 있었다. 그렇다면 이 감촉은 무엇일까?

"……?"

황태자가 자신의 팔뚝 언저리를 바라봤다. 그곳에는 솥뚜껑만 한 손에 씌워진 '건틀릿'이 수줍은 듯 손가락과 손목을 까닥거리고 있었다.

"오, 올리버……?"

그 건틀릿의 주인, 올리버의 손이 얼굴을 가리고 있는 면갑 쪽으로 힘겹게 옮겨졌다. 슥 올려 얼굴을 드러내고 싶은 것 같았으나, 추락의 과정에서 고장이라도 생겨 버린 건지 쉽게 젖힐 수가 없었다.

"오, 올려달라고?"

끄덕끄덕, 아주 미약하나 명백한 끄덕거림이 올리버의 목과 머리로부터 전해졌다.

그 모습에 황태자 하이든의 미소가 화사하게 만개했다. 올리버가 살아 있다, 지금 이보다 더 기쁜 일이 존재하겠는가?

땡그랑!

요청대로 면갑의 안면 보호대를 힘껏 젖혀주는 황태자였다. 정말 고장이라도 났던 건지 젖혀지다 못해 바닥으로 내팽개쳐졌다.

"허억! 허어억! 허어어억……!"

면갑 안이 답답했던 걸까? 면갑이 벗겨지자마자 거친 숨을 몰아쉬는 올리버였다. 깨끗한 공기를 한숨이라도 더 들이쉬려는 듯 몹시 전투적인 호흡이었다.

"허억! 헉! 후우우……!"

"올리버!"

"전하아……! 후! 하아……! 저, 전하. 소장, 소장은 괜찮사옵니다."

본 드래곤을 쓰러뜨린 기사. 올리버 레이우드는 살아 있었다. 심지어 비교적 멀쩡한 모습으로.

"이 갑옷들 덕분에 말이지요."

오늘따라 올리버의 무장상태가 거추장스럽고 무거웠던 까닭, 그것은 올리버 나름의 방비였다.

"어쩐지 오늘따라, 폼 나는 황실 기사처럼 갖춰 입고 싶더군요."

생소한 면갑부터 풀 플레이트 아머 까지 모든 방어구가 할리아의 작품이었는데, 전부 어마어마한 방어력과 충격 흡수력, 여타 수많은 보호 마법을 자랑했다. 덕분에 폭발은 물론 추락에서도 목숨을 건질 수가 있었던 거다.

"살았으면 되었다. 살았으면."

비교적 멀쩡한 올리버의 모습에 깊이 안도한 황태자, 그가 올리버를 부축하며 일어났다.

아직 갑옷에 폭발의 열기가 남아 있음에도 꾹 참아냈다. 오히려 올리버의 상태만 걱정할 뿐이었다.

"걸을 수는 있겠느냐?"

"솔직히, 조금 힘들 것 같습니다."

멀쩡히 살았다고는 해도, 그 모든 후유증에서 벗어나기란 어려웠다. 이미 올리버의 몸뚱이는 성한 구석이 하나도 없을 정도였으니까.

"올리버 경을 후방으로 안전하게 대피시킨다! 속히 길을 열고 응급처치에 나설 마법사를 호출하라!"

황태자의 명령에.

"존명!"

제2 황실 기사단이 바쁘게 움직였다. 대다수는 병사들과 함께 좀비를 척살했고, 몇몇은 마법사와 연결되는 통신구로 하여금 치료 마법에 능한 마법사를 호출했다.

"오라버니!"

곧 후방으로부터 지원을 요청받은 마법사 두 명이 도착했다. 먼저 고위 마법사이자 제국의 공주 '하이리 그린리버'가 달려왔으며.

"화, 황태자 전하. 뵙게 되어 영광이옵니다!"

수줍으면서도 조심스럽기 짝이 없는 목소리의 마법사. 그, 아니, '그녀'는 피에릭 영지의 파견 마법사이며, 이안과 처음 만났을 때만 해도 '맥기디'란 이름으로 남장을 했던 여성 마법사 '매리'였다.

"소인은 상아탑의 일원이자 피, 피에릭 영지의 마법사로 파견 중인 매리라고 하옵니다!"

그녀는 이안과 헤어진 순간부터 남장을 하지 않았다. 맥기디란 가명도 과감하게 버렸다.

매사 자신 있게 정진하고자 노력했다. 그래서일까? 진척이 없었던 마법적 성장에 불꽃이 붙기 시작하더니, 불과 며칠 전 3클래스 초입에 이르는 쾌거를 거두기도 했다. 그야말로 장족의 발전이 아닐 수 없으리라.

"하이리, 매리. 잘 왔다. 어서 올리버의 상태를 살펴다오. 너희의 도움이 절실한 상황이니라."

두 여류 마법사를 반겨준 황태자가 올리버부터 챙겼다. 그녀들 또한 황태자의 뜻을 알기에 군말 없이 뜻대로 따랐다. 가장 먼저 올리버의 몸 상태를 살폈으며, 할 수 있는 최대한의 응급치료까지 마무리했다. 이제 후방으로 옮겨가 본격적인 치료에 돌입할 차례일 터.

"전하."

후방으로 옮겨지기 직전.

올리버가 황태자를 불렀다.

"마지막까지 전하의 곁을 지켜드리지 못한 불충, 소장의 고장 난 몸뚱이가 회복되는 즉시 죗값을 치르도록 하겠나이다."

그럴 리가.

올리버는 할 만큼 했다. 충분히 그 이상을 해줬다. 그럼에도 죗값을 치르겠단다. 심지어 진심 어린 목소리였다.

"암, 죗값은 치러야지. 조속한 시일 내로 성한 몸뚱이와 함께 복귀하도록. 어떤 엄벌에 처할지는 그때 가서 친히 고민해 줄 터이니."

그 말에 황태자가 피식 웃으며 화답했다. 그는 올리버의 지극한, 하물며 지독하기까지 한 충성심을 알기에 이렇듯 웃을 수도 있었다.

"성은이 망극하나이다. 전하."

인사를 남긴 올리버가 두 마법사, 그리고 몇몇 병사들과 함께 안전히 후방으로 물러났다.

그러나 토벌이 끝난 것은 아니었다. 아직도 수많은 좀비가 동부 대초원에 잔뜩 꿈틀거리고 있었으니까.

"들어라! 삼국 토벌군의 용사여!"

올리버를 후방으로 떠나보낸 황태자. 이내 그가 음성 증폭구로 하여금 위엄 넘치는 목소리를 유감없이 내질렀다.

"그린리버의 검공, 레이우드 가문의 올리버가 간악한 '마룡'을 물리쳤다! 저 괴물들이 오매불망 기다렸을 '최강의 아군'을, 우리에게는 재앙이나 마찬가지였을 '최악의 적군'을 혈혈단신으로 말이다!"

황태자의 외침에 모든 병사와 기사들이 엄청난 고취감을 느꼈다. 결코 마법사가 아닌, 일개 칼잡이의 비현실적인 활약을 목격하지 않았던가? 단지 떠올리는 것만으로도 가슴이 뛸만한 광경이었다.

"이제 저 괴물들은 가장 믿었던 아군을 잃었다! 반면 우리의 피해는 전무하다! 승리의 여신께서 우리와 함께 해주시거늘 무엇이 두렵겠는가? 이 기세를 가슴에 품고 몰아쳐라! 더는 이 땅에 서 있지 말아야 할 모순을 용납하지 마라!"

일장연설과 함께 붐 스틱을 고쳐 잡은 황태자 하이든, 그의 발언과 모습에 일대 모든 토벌대가 우레와도 같은 함성을 내질렀다.

"와아아아아아아아아아-!"

오늘, 그린리버의 검공 '올리버 레이우드'는 새로운 호칭과 함께 역사의 한 페이지를 수놓았다.

인류를 위협했던 마룡의 척살자, '드래곤 슬레이어'란 이름으로!

4장
비정

불사의 힘을 몰아내는 검은색 구체가 대초원 중앙에 떨어졌고, 삼국 토벌군이 약화 된 불사의 군단과 맞서 싸우기 시작했으며, 올리버가 본 드래곤을 혈혈단신으로 물리친 그때.

이안은 인세에서 벗어나 드래곤 일족의 공간, 즉 프란 페이지가 봉인된 보랏빛 무차원 속으로 진입했다. 오늘이 벌써 세 번째 방문이었다. 어쩌면 마지막이 될 가능성도 농후할 것이리라.

(왔는가.)

이안의 등장에 수장 리시스 라덴쥬가 친히 배웅을 나왔다.

물론 그 배웅은 이안만을 위한 것이 아니었다. 이안의 뒤로 감시자였던 검은 용 아타르 하카 역시 돌아왔으니까.

이로써 프란에게 대항할 수 있는 최소한의 힘을 갖춘 '강자'들이 전부 다 소집된 셈이었다.

"시간이 없습니다. 인사는 나중으로 미루되, 계획부터 진행하는 편이 옳을 것으로 압니다만."

배웅에 대한 이안의 반응은 생각보다 쌀쌀맞기 그지없었으나, 발언 자체가 틀리진 않았다. 정말 시간이 없었으니 말이다.

동부 대초원에 이변이 생긴다면 그 즉시 프란의 사념체가 눈치를 챌 터. 그 전에 거사를 진행함이 백번 옳았다.

(음, 알 만하군. 하면 인사는 나중으로 미뤄주도록 하지.)

마치 선심이라도 쓰는 양 말하는 리시스 라덴쥬의 어투가 거슬리는 이안이었으나, 일단 넘어가기로 했다.

드래곤의 오만함이야 아이들이 보는 이야기책에서조차 흔히 다룰 정도로 유명한 특성 아니던가?

'역시 이 드래곤이란 족속들도 썩 믿을 만한 족속은…….'

이안의 불만과 고정관념이 거기까지 이르렀을 무렵, 수장 리시스 라덴쥬가 의외의 본론을 꺼냈다.

(하나 그 전에, 확고한 동맹의 징표이자 이번 거사의 성공을 위해서라도 그대, 이안 페이지에게 내어줄 것이 있다. 다른 뜻은 없으니 사양치 말고 받아줬으면 좋겠군.)

그러한 설명과 함께 이안의 앞으로 무언가가 천천히 떨어졌다. 저속낙하 주문이 동반된 물건이었는데, 일단 겉보기로는 갓난아기의 주먹보다 작은 구체의 형상이었다.

"뭡니까?"

(내단.)

"……내단?"

(나의 심장에서 생성된 내단이다. 일족의 어린 용들은 모두 태어나자마자 이 내단부터 복용하지.)

"이걸 왜 저한테 주는 겁니까?"

(이상하군. 너희 인간들은 우리의 내단, 그러니까 용의 심장이라면 사족을 못 쓴다고 들었는데. 직접 먹어본 경험도 없는 족속들이 참 신기하단 말이지.)

용의 심장. 즉 비행 포격선의 원료로 쓰이고 있는 가짜 심장이 아닌, 살아 있는 용으로부터 추출된 진짜배기 심장이라는 얘기였다.

"확실히 몇 년 전에 받았다면 절이라도 해드렸겠습니다만, 지금은 별로 소용이 없을 것 같아서."

이안의 말이 실로 정확했다.

시간을 되돌린 직후, 혹은 성장을 해가는 과정에서 받았다면야, 리시스 라덴쥬의 표현처럼 사족을 쓰지 못했겠으나, 지금은 얘기가 달라졌다.

그깟 용의 심장에서 추출된 내단 하나 삼킨다 하여 크게 달라질 것 같지도 않았으니까.

"아니면 혹시, 그 내단에 특별한 힘이라도 담겼습니까? 저도 무슨 브레스를 뿜을 수 있다든가……."

(그저 동맹의 선물일 뿐, 다른 힘이나 의미는 존재하지 않는다.)

"쓸데없이."

이안이 김빠진다는 어조로 손아귀까지 내려온 내단을 가볍게 낚아챘다. 겉보기와는 달리 상당한 무게감이 손목으로 전해졌다.

"뭐, 어쨌든 선물이라고 하시니."

직접 복용하지는 않았다. 다만 챙겨둔다면 어떠한 방식으로든 써먹을 구석이 생길 터, 아공간 주머니로 쏙 집어넣는 이안이었다.

"고맙게 받도록 하죠."

(음…….)

내심 이안이 먹어주기를 바랐던 걸까, 어딘가 모르게 침울함이 느껴지는 리시스 라덴쥬였다.

아직 기억의 보고 속 정신체, 그 천 년 전까지만 해도 장난스러웠던 모습이 작게나마 남아 있는 모양이었다.

(……그래, 프란 페이지의 불사를 저지할 방법은 찾아왔는가?)

"물론입니다."

리시스 라덴쥬의 물음에 곧바로 비약 한 병을 꺼내 든 이안. 그것은 연금술사 바이온의 정수를 흡수해낸 더글라스, 그 재능이 탄생시킨 비약이자 불사를 저지할 핵심적인 열쇠이기도 했다.

(시간의 보고로 통하는 비약과 비슷한 기운이 느껴지는군.)

"아마 비슷할 겁니다."

(조금 더 설명해 다오. 그 비약으로 무엇을 어찌하겠단 얘기지?)

"아주 간단합니다. 방법만 놓고 보자면 말이죠."

이안이 비약의 마개를 가볍게 뽑았다. 그러자 약병 내부로부터 몽환적인 향취가 진동하기 시작했다.

"이걸 먹여야 하거든요."

(먹인다?)

"프란 페이지에게 직접."

(…….)

"성공만 한다면, 제가 놈의 심상 세계로 진입하게 될 겁니다. 아, 정확히는 '사념체'가 진입한다는 뜻입니다. 사념 좋아하는 그놈한테 한 방 제대로 먹여줄 수 있겠죠."

(해서?)

"그곳에 쌓인 불사의 근원을, 모조리 다 제거해 버릴 생각입니다."

(심상 세계, 그러니까 정신의 영토에 불사의 근원이 숨겨져 있다는 뜻인가?)

"이해력이 좋으시군요."

(확실한가?)

"확실합니다."

그렇다.

방법만 놓고 보자면 간단하다.

이안의 표현이 참으로 어울렸다.

"간단하죠?"

바이온의 정수를 흡수한 더글라스의 야심작, 그 심상 세계로 통하는 비약은 절대 평범하지 않았다.

비약이란 보통 복용자가 효과를 보기 마련이지만, 더글라스의 비약은 약의 조제 과정에서 이안의 사념체를 불어넣었다.

즉, 이 비약을 프란 페이지가 복용할 경우 심상 세계에 진입하는 것은 프란이 아니라, 이안의 사념체란 소리였다.

(그것 참⋯⋯.)

가만히 듣고 있던 검은 용 아타르 하카가 혀를 내두르며 말했다.

(고양이 목에 방울 달기로군.)

"바로 맞추셨습니다."

(방법은?)

"없습니다."

이안의 대답은 단호했다.

(⋯⋯정말 없는가?)

이번에는 리시스 라덴쥬가 물었다. 가장 중요한 해결책이 없다는 발언에 조금 당황한 눈초리였다.

"바빠 죽겠는데 말장난이나 하고 앉았겠습니까? 아무리 고민을 해봐도 거기까진 모르겠더군요."

(하면 어째서⋯⋯.)

"저 혼자 해결할 수 있는 문제라면 동맹은 왜 맺었을까요?"

이안이 답답하다는 말투로 읊조렸다. 여지없는 진심이기도 했다.

"영겁의 세월을 살아오신 드래곤 일족 아니십니까? 이럴 때 그 세월의 지혜라는 것 좀 빌려주시고 하셔야죠. 어떻게 당신네들 발톱의 때만큼도 살지 못한 저한테 맡기려고만 하시는지요?"

지금 이 공간 속 드래곤 일족 전체의 삶을 합계한다면 수만 년쯤이야 우습게 넘어설 터.

심지어 평균적인 지능조차도 인류를 아득하게 뛰어넘는다. 그런 위대하신 일족께서 이안 페이지라는 일개 인간만 멀뚱멀뚱 쳐다보는 꼴이라니, 어처구니가 도를 넘어섰다.

(크흠……!)

리시스 라렌쥬가 침묵에 잠겼다. 다른 일족들도 마찬가지였다. 봉인에서 풀려난 프란 페이지에게 저 비약을 먹인다, 말이 쉽지 사실상 최고 난이도의 난제였으니까.

(단순하게 생각해 보도록 하지.)

침묵의 끝은 검은 용 아타르 하카로부터 맺어졌다. 그가 특유의 낮고 어두운 목소리로 말했다.

(불사의 힘이 발동되지 않는 범위 내에서, 그러니까 놈을 봉인했던 그 날처럼 전투 불능으로 만든 뒤 그 비약을 먹이면 끝나는 문제 아닌가? 놈은 불사의 권능만 가졌을 뿐, 형체마저 없는 신기루 따위가 아닌 것으로 아는데.)

참 간단하면서도 엉성한 제안이었으나, 지금으로선 그 방법밖에 없는 것 같았다. 이안 역시 희미한 미를 지어 보이며 끄덕거렸다.

"처음 봉인했을 당시에도 비슷한 흐름이었습니까? 제 말은 프란을 전투 불능에 빠뜨린 상태로 봉인을 했느냐 이겁니다."

(그렇다. 일족의 절반을 잃어가며 쟁취해 낸 승리, 그것도 반쪽짜리 승리에 불과했지.)

비슷한 흐름, 즉 프란을 전투 불능으로 만들어 버린 직후, 저 봉인구 안에 가두었다는 얘기일 터. 작금의 상황과 유사

성이 짙었다.

'이로써 확실해졌다.'

사실 이안은 처음부터 아타르 하카의 단순한 제안과 똑같은 생각을 떠올렸었다.

다만 프란의 '불사'가 문제였다. 전투 불능조차 빠지지 않는 힘이라면 소용이 없을 테니까. 한데 과거에도 비슷한 흐름을 통하여 봉인에 성공했다고 한다.

(아마 오늘도, 그때처럼 큰 희생을 피해 갈 순 없을 것 같군.)

한숨 섞인 리시스 라덴쥬의 중얼거림에 이안이 고개를 저었다.

"아뇨, 그때와는 다를 겁니다."

그는 리시스 라덴쥬와 다른 견해를 갖고 있었다. 아니, 다른 견해라기보다는 근본적으로 남이기에 가능한 객관적 시야였다.

"그땐 무작정 놈을 제거하고자 시작된 싸움이 아니었습니까? 불사의 힘을 파악하지도 못한 상태였죠. 소모전이 너무 길었다는 얘기입니다. 희생이 많았을 밖에요."

프란 페이지의 봉인 당시, 드래곤 일족은 프란이 가진 불사의 힘을 처음부터 알지 못했다. 수많은 희생을 치르고 나서야 비로소 깨닫게 된 힘이었으니 말이다.

"하지만 오늘은 다를 겁니다. 그 불사의 힘을 알고, 대책도 마련했으며, 제거가 아닌 제압에 무게를 실었습니다. 물론 희생이 없을 거라고 말할 순 없겠습니다만……."

일족의 절반을 잃어버렸을 정도로 비극적이었던 기억, 적어도 오늘은 그만한 참사가 발생하지는 않을 것이리라. 반드시 그렇게 될 것이며, 그리될 거라 믿어야 했다.

(그래, 그렇겠지.)

그럼에도 작은 희생은 존재할 터.

쓸쓸하게 읊조린 리시스 라덴쥬는 말문을 이었다.

(사실, 나는 얼마 전까지만 해도 그대를 믿지 않았다. 지금도 그렇지. 그대는 장차 우리 일족에게 있어 가장 거슬리는 위협으로 자라날 가능성이 농후할 터이니까.)

리시스 라덴쥬의 다소 솔직한 발언을 묵묵히 듣는 이안이었다.

(하나, 오늘 이 순간만큼은 완전히 믿고자 한다. 그대를 피로 이어진 일족처럼 여기겠다는 뜻이기도 하지. 하여 부탁하건대, 그대도 가진바 전력을 다해주길 바란다.)

실로 복잡하게 얽힌, 아슬아슬한 동맹 관계 아니겠는가? 프란 페이지란 공공의 적이 사라진 뒤에는 또 어찌 변할지 장담할 수 없는 관계였다.

하여 마음 편히 모든 힘을 소진하기가 모호했다. 그 즉시 뒤통수를 맞을 수도 있을 테니까. 수장 리시스 라덴쥬는 바로 그러한 점을 언급하고 있었다.

"그러죠."

딱히 가식적이지도, 그렇다 하여 크게 진심이 담기지도 않은 이안의 대답. 그거면 충분했다.

(하면, 지금부터.)

리시스 라덴쥬가 한 쌍의 거대한 날개를 올곧게 펼쳤다.

나아가 드래곤 특유의 활력 넘치는 마나를 몽땅 끌어모으기 시작했다.

(봉인의 해제를 시작도록 하마.)

그 말은 곧 일종의 '명령'이 되어 모든 드래곤 일족에게 전해졌다.

(저 괴물을 다시금 세상 밖으로 꺼내는 게 옳은 선택일지, 아직도 판단을 내리긴 어려우나⋯⋯.)

이윽고 모든 드래곤 일족이 특수한 마나의 파동을 일으켰다. 그 파동은 곧 완연한 일직선을 그리며 프란 페이지가 봉인된 구체에 파고들었다. 그 모습이 흡사 사방으로부터 가시에 찔린 모양새였다.

(기회가 왔을 때 손을 뻗는 것 또한, 수장된 자의 덕목이겠지.)

드래곤 일족 전체가 뿜어낸 마나의 파동, 그 곧게 뻗어 나간 파동이 얼마나 봉인구를 자극했을까?

꾸룩! 꾹! 쿠구구국-!

보랏빛 봉인구가 요동을 치기 시작했다. 봉인구의 표면이 금방이라도 터질 듯, 혹은 안으로부터 찢고 나올 듯 불규칙한 팽창과 수축을 반복하기에 이르렀고.

쩌적⋯⋯!

그 결과 봉인구의 구속력이 빠른 속도로 소멸 되었다. 작은 균열이 곧 되돌릴 수 없는 훼손을 일으켰으며, 그 틈새로부터 비집고 나온 심대한 '마의 기운'이 공간 전체에 스며들었다.

쩌적! 쩍! 쩌저적……!

균열이 커졌다. 틈새가 벌어졌다. 평범한 인간이라면 단지 노출되는 것만으로도 광기에 물들 것 같은 마의 기운이 끝없이 휘몰아쳤다.

"결국."

결국 껍데기밖에 남지 않은 보랏빛 봉인구, 그 속으로부터 어떤 남자의 목소리가 들려왔다.

"서로를 반대편에서 바라보는구나."

너무나도 익숙한 목소리, 그럼에도 이질적인 목소리.

"아들아."

프란 페이지.

그 이름을 가진 거악이 깨어났다.

지금껏 보여줬던 사념체가 아닌, 완벽한 육신으로 마침내.

"참으로 많은 일을 했더구나. 역시 내 아들이라 그런지 추진력 하나는 타고났어. 음, 이래서 핏줄이 진하다고 말하는 건가?"

보랏빛 봉인구가 사라지고, 그 안에 오랜 세월 봉인되었던 프란 페이지의 '본신'이 유유자적 지면으로 내려왔다. 이안과 똑같은 빛깔의 머리카락이 바람에 나부꼈다.

"그런데 말이야. 지금 이 상황은 솔직히 실망스럽구나. 나는 네 아비로서, 하나뿐인 아들에게 아무것도 숨기지 않았다. 있는 그대로를 다 보여줬고, 가진바 힘과 지식까지 몽땅 전수해 줬지. 간이고 쓸개고 다 꺼내줬거늘."

또다시 들려왔다. 이안이 가장 듣기 싫어했던, 저 가증스

러운 프란 페이지의 입으로부터 흘러나오는 단어들. '아비',
그리고 '아들'.

"그래도 명색이 아버지한테, 피를 나눈 부모에게 어찌 이
럴 수가 있단 말이냐? 천륜을 저버리고 도마뱀 놈들과 손을
잡겠다는 것이냐? 이 아비는 인정하기 힘들구나."

아버지, 부모, 천륜.

심기를 건드는 단어들이 연속해서 튀어나왔다. 결국 한계
에 봉착한 이안이 낮게 으르렁거리며 대답했다.

"경고했을 텐데. 아비니 아들이니, 그딴 소리 집어치우라고."

"얼마 전까지야 네 녀석 비위를 맞춰주려고 노력했다만,
이렇게 된 마당에 무슨 상관이 있겠느냐?"

"……하긴."

결국 적으로서 마주했다. 더는 이안의 뜻대로 장단을 맞출
필요가 없을 터. 그 말에 가벼이 수긍한 이안이 하던 말을 이
어갔다.

"인제 와서 상관은 없지."

하나 이안의 반응은 수긍뿐만이 아니었다. 수천 년 전 과
거에서도 한 차례 선보였던 마법, 언어의 힘을 발현시킬 수
있는 '천 개의 입'이 머리 위 허공으로 나타났다.

"어차피 마지막이니까."

그것은 명백한 전투태세였다. 숨 막히는 긴장감이 맴돌았다.

이안과 모든 드래곤 일족, 육신을 되찾은 프란 페이지.

그 인외의 존재들 사이에 말이다.

"이안, 마지막으로 기회를 주마."

프란이 나지막이 읊조렸다.

"늦지 않았다. 지금이라도 좋으니 이쪽으로 건너와라. 아비의 손을 잡고 네 세상을 지키려무나."

그 읊조림에 진실인지, 가식인지조차 알 수 없는 간절함이 묻어났다. 하지만 이안은 저 간절함이 진심이 아님을, 만들어진 가식임을 확신했다. 감정을 숨기고 과장하는데 특화된 미치광이 아니던가?

"당신이 존재하는 한."

이안이 단호하게 말했다.

"내 세상은 지켜지지 않아."

이윽고 천 개의 입이 말할 준비를 시작했다. 드래곤 일족 역시 전투의 진을 완성시켰다. 일촉즉발의 상황이 코앞까지 다가온 거다.

(나불거릴 헛소리가 참으로 많구나. 인간들이여!)

그때, 익숙한 드래곤의 난입이 부자 아닌 부자간의 대화를 끊어버렸다. 끼어든 드래곤의 정체는 바로 젊은 용, 문지기 헤르파이 도토스였다. 이미 이안에게 한차례 큰코다쳤던 그가 명예 회복을 도모하며 조급하게 덤벼들기 시작했다.

(멈춰라! 헤르파이!)

수장 리시스 라덴쥬가 급히 소리쳤으나 헤르파이 도토스를 막아 세우기란 불가능에 가까웠다. 돌이킬 수 없는 강을 건너 버렸으니까.

"천방지축 날뛰는 습성은……."

널따란 곡선을 비스듬하게 그리며 날아오는 헤르파이 도

토스의 모습에, 프란 역시 조롱 섞인 목소리와 함께 손을 뻗었다. 곧게 펼쳐진 왼쪽 손바닥이 헤르파이 도토스의 면전으로 겨눠졌다.

"시간이 지나도 여전하군."

육중한 몸으로도 민첩하게 날아드는 헤르파이 도토스의 발톱이 흡사 검기처럼 날카로운 예기를 뿜어냈다. 마법이나 브레스가 정답이 아님을 알기에, 자신의 압도적인 신체적 조건을 앞세운 육탄전으로 맞설 요량인 것 같았다. 제법 괜찮은 발상이기도 했다.

하지만.

(멸하라.)

그 한마디에.

콰과과과과과광ー!

지축마저 뒤흔드는 충격파가 프란 페이지의 손바닥에서 떠나 헤르파이 도토스를 집어삼켰다.

"흠."

시작부터 드래곤 한 마리를 시원하게 잡아 족친 셈 아니겠는가? 그럼에도 프란의 표정은 썩 좋지 않았다. 오히려 불쾌한 듯 찌푸리기도 했다. 왜? 이유는 쉬웠다.

"도마뱀 놈들과 언제부터 그렇게 친해진 것이냐? 몸까지 던져가며 보호해 줄 정도로 말이다."

원래대로였다면 육신이 찢어지고 박살 났어야 했던 헤르파이 도토스, 한데 그 드래곤이 멀쩡하게 살아 있었다. 그보다 앞장서 충격파를 흡수해낸 존재가 나타났으니까.

"이안."

프란이 그 존재의 이름을 나지막이 불렀다. 눈 깜짝할 찰나 헤르파이의 앞으로 나타나 충격파를 흡수해 낸 존재, 그것은 리시스 라덴쥬도, 아타르 하카도 아닌 급조된 동맹, 이안 페이지였다.

"친해졌다기보다는."

이안이 불러낸 천 개의 입 중 일부가 공간이동을, 나머지는 방어막을 일으켜 성공적으로 막아냈다. 아니, 보호막의 규모만 보자면 성공적이다 못해 '낭비'처럼 느껴질 정도였다.

비록 프란의 충격파가 엄청나긴 했지만, 그럼에도 과분한 대응처럼 느껴질 수준이었다.

"희생이 적을 거라고 장담해서 말이지. 이왕이면 없는 게 좋겠고. 하마터면 시작부터 꼬일 뻔했네."

(…….)

"조심 좀 합시다. 새끼 도마뱀 님."

이안의 말에 헤르파이 도토스가 침묵을 삼켰다. 평소였다면 새끼 도마뱀이라는 모욕적인 언행에 불같이 화를 내을 터, 하나 지금은 아무런 반응조차 내보이기 어려웠다.

'그 짧은 순간에…….'

그럴 수밖에 없었다. 이안이란 인간이 목숨을 구해줘서? 아니, 그보다는 저 프란 페이지가 문제였다.

'바, 발톱이…….'

분명 이안의 방어막이 충격파를 막아줬다. 거의 완벽에 가까울 정도로 말이다. 분명 그랬을 텐데.

'날개까지……?'

부러진 몇 가닥 발톱.

찢겨나간 오른쪽 날개.

인식조차 제대로 못 한 사이, 헤르파이 도토스의 육신 곳곳에 정체를 알 수 없는 상처가 남아 있었다.

(크윽……!)

상처는 비단 발톱과 날개뿐만이 아니었다. 온몸 구석구석에 이르러 크고 작은 상처가 생겨있었는데, 이는 모두 충격파의 극히 일부분, 즉 여파가 닿은 것만으로 생긴 상처들이 분명했다.

'마, 말도 안 되는…….'

이 상처가 무엇을 뜻하겠는가?

이안의 보호가 아니었다면, 정면으로 받아냈다면.

'필시 죽었다.'

문지기, 젊은 용.

헤르파이 도토스는 아무런 흔적조차 없이, 깨끗하게 사라졌을 터.

'이게 선조의 절반을 학살했다는 인간, 프란 페이지의 힘인가.'

만약 죽음을 맞이했다면 개죽음이었겠으나, 어떻게든 살아남았기에 경험이 되었다. 젊은 용들은 그저 이야기와 기록으로만 접했던 프란 페이지의 힘, 그 인간의 위치를 여지없이 체감해 볼 기회였다.

또한.

'그 핏줄, 이안 페이지의 힘.'

이미 며칠 전 한차례 겪어봤던 이안 페이지의 힘, 물론 그때는 인정하지 못했다. 자존심이란 녀석이 허락해 주지를 않았으니까. 그러나 지금은 달라졌다. 저 무지막지한 프란 페이지의 일격을 가볍게 막아내는 존재, 심지어 자신의 목숨마저 구명해 준 은인이 아니던가?

(……고, 고맙소. 이안 페이지.)

"한번 살려주는 게 좋긴 좋네. 말투도 약간 공손해진 것 같고."

이안과 헤르파이가 처음 만났을 때, 그러니까 이안을 우연히 굴러들어온 인간쯤으로 취급하며 마나 하트까지 박살 내버렸던 당시와는 그야말로 정반대의 위치였다.

(그 아이를 구해줘서 고맙다.)

리시스 라덴쥬와 드래곤 일족 전체가 프란 페이지의 사방을 더더욱 좁게 포위했다. 젊은 용들은 모두 프란의 압도적인 경지에 놀란 눈치였으나, 이미 그 힘을 겪어본 적 있었던 나머지 일족들은 오히려 이안을 눈여겨보고 있었다.

(그대의 경지는 우리 일족이 가늠했던 수준보다 더 심대한 경지에 도달한 것 같군.)

단언컨대 수장 리시스 라덴쥬는 물론, 일족의 이인자이자 기민함과 은밀함을 즐기는 아타르 하카조차 조금 전 위기에 봉착했던 헤르파이를 보호할 순 없었을 거다. 그리하고자 마음먹는 순간 이미 모든 게 끝나 버렸을 터이니까.

(이런 존재를 아군으로 만들어준 페어리 퀸, 그 아이에게

평생 갚아도 모자랄 빚을 지었구나.)

문득 페어리 퀸을 떠올린 리시스 라덴쥬. 그가 일족들과 함께 본격적인 진영을 구축하기 시작했다.

이안의 힘이 생각보다 훨씬 강하다는 사실을 확인했으니, 조금 더 공격적으로 나설 필요가 있을 터.

(한때는 모든 일족의 스승이자 지침이었던, 가장 고결한 영혼을 가졌던 인간이여. 오늘에 와서야 타락할 대로 타락해 버린 그대의 영혼을 정화하고자 하오. 나와, 나의 일족, 그리고 가장 강력한 동맹 이안 페이지와 함께 말이오. 부디 당신에게 한 톨이나마 이성이 남아 있다면, 저항치 말고 받아주길 청하겠소.)

리시스 라덴쥬의 정중한 어투에.

"타락? 지금 타락이라 했나?"

프란은 오히려 살기를 내뿜었다.

"친히 정화를 시켜주시겠다? 하! 이거 영광이로군. 위대하신 도마뱀의 지도자께옵서 미쳐 버린 인간 따위를 다 구원해 주시겠다니!"

이안과 대화할 때와는 전혀 다른 분위기였다. 아마 저 살기와 광기로 가득한 모습이 본모습이리라.

"늙은 도마뱀아. 뚫린 주둥이라고 함부로 나불거리는구나. 너무 오래 살아서 그런지 악취마저 가득해."

코까지 틀어막은 프란.

그의 광기가 빠르게 짙어졌다.

"덩칫값도 못 하고 산속에 틀어박힌 도마뱀 놈들한테 힘을 줬더니만 감히, 감히 내 뒤통수를 쳐?"

그 광기가 커지면 커질수록, 특유의 황금빛 기운이 흑색으로 물들었다. 마나 자체가 강력한 마기로 하여금 변질되기 시작한 거다.

"이안!"

이안은 자신에게 뻗어오는 프란의 광기로부터 급히 정신을 보호했다. 마주했을 뿐인데도 형용할 수 없는 혼돈의 끝자락이 느껴질 정도였다. 작금의 프란 페이지란 그야말로 광기의 폭풍, 혼돈의 소용돌이 그 자체인 것 같았다.

"네가 끝까지 저 도마뱀 놈들의 편에 서겠다면, 나도 더 이상 말리진 않겠다. 하나! 그 선택의 참혹한 대가를 감당할 수 있겠느냐?"

완연한 광기로 물들기 직전에 던져진 물음, 혹은 설득. 그럼에도 이안의 대답은 한결같았다.

"다시 한번 말하지만."

오히려 푸른빛의 기운, 즉 마법사로서 가장 순수한 마나의 기운으로 마기를 몰아내며 또박또박 읊조렸다.

"내 세상은, 당신이란 존재가 사라져야 비로소 평화로워져. 그러니까 프란, 아니…… 아버지."

이안이 처음으로 '아버지'란 호칭을 썼다. 비록 입 밖으로 내뱉는 순간조차 소름 끼치도록 불쾌했으나, 그 씁쓸한 현실을 마지막까지 부정할 수는 없으리라.

"이만 끝내자."

선고하듯 내뱉어진 이안의 말과 함께, 마나 본연의 푸르른 기운이 사방으로 폭발했다. 타락한 마기와 순수한 마나의 정면대결이 시작부터 치열하게 펼쳐졌다.

"크크……."

전혀 예상치 못했던 대답일까, 혹은 충분히 예상했던 대답일까, 프란이 음울한 광소를 흘렸다.

동시에 이안을 바라봤다. 아니, 노려봤다.

"아버지라고?"

방금까지만 해도 프란의 눈에는 칠흑의 광기와 황금의 총기가 뒤엉켜있었다.

하나 이제부터, 어쩔 수 없다는 그 읊조림 이후부터 확연하게 달라졌다. 눈동자는 물론 흰자위마저 어둠 속으로 잠식되어 버렸으니까.

"지난 열흘, 네놈이 무엇을 하고 다녔는지 모를 줄 알았느냐? 정말 나를 속였다고 생각했느냐? 크큭! 착각하고 있구나. 너는 내가 만들어낸 도구일 뿐이야. 나를 봉인 속에서 끄집어낼 도구 말이다!"

프란의 음성이 점차 기괴하고도 음울하게 변색 되기 시작했다.

"애당초 너라는 도구의 가치는 딱 여기까지였다. 네 어미도 마찬가지였지. 영원토록 도구를 잉태할 씨받이에 불과했고, 마침내 그 쓸모를 다했다. 오래도 걸렸군."

마치 '악마'라는 존재가 강림한다면 저런 음성이 아닐까 싶을 정도로 비현실적인 목소리였다.

(자, 쓸모를 다한 도구여. 이제 그 오랜 잠에서 깨어나 본

연의 모습으로 각성하라! 내가 바깥세상에 남겨둔 완벽한 '사념체'로서, 오직 내 본신만이 깨울 수 있는 '최후의 사념'으로서!)

"뭐?"

이안이 되물었다. 대체 저 미치광이가 무슨 소리를 하는 걸까? 가장 완벽한 사념체? 최후의 사념?

"궁지에 몰리더니 헛소리를……."

무시와 외면, 불안으로 뒤엉킨 이안의 목소리, 그 한마디가 채 끝맺음을 이루지도 못하는 순간이었다.

화아아아아아아악―!

조금 전까지만 하더라도 사방은 일종의 '대립 구도'를 펼치고 있었다. 프란이 내뿜는 흑색 마기와 이안의 푸른빛 마나가 서로를 밀어내기 바빴으니까. 한데 지금, 프란이 도통 이해할 수 없는 헛소리를 중얼거리기가 무섭게.

"……?"

이안의 푸른색 기운, 그 순수했던 마나의 근원이 변질되기 시작했다. 뿐일까? 어둠으로 잠식되어 버린 프란의 눈동자처럼, 이안 역시 똑같은 모양새를 빚어내기에 이르렀다. 흡사 광기라는 독극물에 중독이라도 당한 것처럼 말이다.

"윽……!"

이안이 고통으로 가득한 신음을 토했다. 그럴 수밖에 없었다. 태어나 처음 맛보는 강도의 두통이 몰려왔으니까. 이 비정상적인 고통을 계속 버티다가는 몇 초 내로 미쳐 버릴 것만 같았다.

(받아들여라.)

"그, 그만……!"

(오랜 잠에서 깨어나라.)

"크으윽……!"

(온전히 살아남고 싶다면, 그 고통에서 영원히 해방되고 싶다면 당장 저항을 멈춰라!)

"도, 도와…… 저놈을……!"

당장이라도 모든 이성이 날아갈 것만 같은 상태, 이안이 마지막 이성을 쥐어 짜내며 외쳤다. 그 대상은 드래곤 일족, 아직 상황조차 파악하지 못한 그들이었다.

(전원, 준비해 둔 그대로 프란 페이지를 친다. 아타르 하카, 그대가 폭발의 여파를 조절하도록.)

(음.)

이안의 요청 탓일까, 지금부터 시작될 예정이었을까. 수장 리시스 라덴쥬의 명령과 앞장섬에 모든 일족이 준비된 움직임을 펼쳤다.

(휩쓸릴 것을 걱정하지 마라. 지금은 이안 페이지에게 뻗친 마수부터 잘라내는 게 최우선, 저 수작질을 끊어내기만 한다면 그가 알아서 빠져나올 터이니.)

붉은 가죽과 비늘을 가진 용. 일족 중 가장 호전적이며 전투에 능한 '레드 드래곤' 일족이 이른바 '집중폭격'에 나섰다.

겉보기로는 사살에 모든 초점을 맞춘 듯 엄청난 규모의 폭격이 프란에게 펼쳐졌으나, 실상은 프란의 수작질을 잠깐이라도 끊어내기 위한 '방해 공작'에 불과했다.

이 정도 화력만 가지고는 놈을 사살하기는커녕 상처조차 낼 수 없음이 첫 번째 까닭이요, 이보다 강도를 올렸다간 무방비 상태인 이안까지 온전치 못할 거라는 걱정이 두 번째였다.

콰과과과과과과과광-!

물론 상황이 좋지 않았을 뿐, 엄연한 드래곤의 힘 아니겠는가?

조절된 폭격이라 할지언정 본연의 질과 규모부터 우월함을 자랑했다. 만약 인간 도시에 떨어졌다면 그 전체를 불태워 버리다 못해 녹여 버릴 만한 열기였으니 말이다.

(그만!)

검게 피어나는 연기와 안개를 바라보며 리시스 라덴쥬가 외쳤다.

(이 정도면…….)

이 정도라면 놈의 정신집중에 큰 유감을 주지 않았을까?

별다른 반격의 기세는 느껴지지 않았다. 적어도 지금 당장은 그랬다. 반격이나 방어보다 이안에게 뻗친 마수의 유지가 더 중요한 걸까?

(전원 위치로.)

일족 모두 숨죽인 채 폭격의 여파가 사라지기를 기다렸다. 과연 어떠한 결과로 말미암아 상황이 전개될 것인가?

지금으로선 이안에게 뻗어진 마수가 잠시나마 끊어지는 게 최선의 결과이리라.

(…….)

폭발의 여파가 빠르게 옅어지기 시작했다. 이 보랏빛 공간에서 유일한 인간이라 볼 수 있는 두 남자의 실루엣 역시 뚜렷해졌다.

(음……?)

한데 그 실루엣의 형태가 조금 이상한 것 같았다. 방금까지만 하더라도 마주 보고 있었던 두 부자가 어느새 한 곳을 바라봤다.

조금 더 정확히 표현하자면, 이안이 프란 앞을 가로막은 모양새였다.

"……."

마침내 모든 시야의 장애물이 사라졌다.

어째서 두 남자가 같은 방향을 쳐다보고 있는 걸까? 그 이유는 간단했다. 이안이 프란 앞에 우두커니 서 강력한 실드 주문을 펼치고 있었으니까. 명백히 폭격으로부터 프란을 보호하기 위한 마법이자 위치, 그리고 자세였다.

(이안…… 페이지?)

리시스 라덴쥬가 그 이름을 조심스레 불러봤다. 하나 이안은 아무런 반응도 보여주지 않았다.

그저 어둠으로 물든 마나의 기운, 마찬가지로 잠식되어 버린 눈동자만 공허하게 뜨여져 있을 뿐이었다.

"크크……!"

그때였다.

프란이 광소를 터뜨리자.

"크크……!"

이안 역시 똑같은 웃음소리를 흘렸다. 비록 목소리와 생김새는 달랐으나 명백한 프란 페이지, 그의 사념으로 거듭난 것 같았다.

"뭐? 타락한 나를 정화하겠다고?"

프란이 말하면.

"뭐? 타락한 나를 정화하겠다고?"

이안도 말했다.

"뭐라고 했더라? 가장 강력한 동맹, 이안 페이지와 함께?"

"뭐라고 했더라? 가장 강력한 동맹, 이안 페이지와 함께?"

"그러니까 이거? 나?"

"그러니까 이거? 나?"

프란, 그리고 이안이 자신의 얼굴을 가리키며 말했다. 한껏 조롱 섞인 표정과 말투는 덤이었다.

"멍청한 놈들. 그 도마뱀 같은 얼굴에도 표정이 다 드러나. 보아하니 설렜나 보구면."

"멍청한 놈들. 그 도마뱀 같은 얼굴에도 표정이 다 드러나. 보아하니 설렜나 보구면."

프란과 이안은 그야말로 일심동체처럼 행동했다. 제아무리 '최후의 사념'이라 하더라도 이렇게까지 움직일 필요는 없겠지만, 반전된 상황을 극적으로 연출하기 위한 프란 페이지의 노림수였다.

"이제 좀 알겠나? 네놈들은 미끼를 문 거야. 내가 자그마치 수백 년간 깔아둔 떡밥 말이지."

"이제 좀 알겠나? 네놈들은 미끼를 문 거야. 내가 자그마치 수백 년간 깔아둔 떡밥 말이지."

"아, 정말이지 오늘만을 기다리고 또 기다렸다. 이때가 오면 네놈들이 어떤 얼굴을 할까, 무슨 헛소리를 지껄일까, 그리고……."

"아, 정말이지 오늘만을 기다리고 또 기다렸다. 이때가 오면 네놈들이 어떤 얼굴을 할까, 무슨 헛소리를 지껄일까, 그리고……."

프란 페이지와 이안 페이지.

두 존재의 입이 동시에 움직였다.

"멸종 직전에는 어떤 표정일까."

프란의 드래곤 일족, 그중에서도 수장 리시스 라덴쥬가 위치한 방향으로 한 발짝 다가서며 말했다. 물론 이안의 육신도 함께였다.

(……그는 어떻게 된 거지?)

실로 당혹스러움이 한계치를 넘어선 상황, 리시스 라덴쥬가 최대한으로 침착하게 물었다.

(영혼까지 소멸된 것인가?)

"오, 영혼이라니. 애당초 이놈은 도구에 불과했어. 진짜 육신을 가진 사념, 표현 그대로 사념'체' 말이야. 오랜 세월 실패작만 낳아 우여곡절이 좀 있었는데, 이번에는 꽤 만족스럽더라고."

프란이 이안의 육신을 멈춰 세웠다. 그러더니 머리를 쓰다듬어주며 자랑하듯 중얼거렸다.

사람을 칭찬한다기보다는, 잘 만들어진 예술품의 자랑을 늘어놓는 느낌이었다.

"뭐, 물론 영혼 비스무리한 건 있었지. 어쨌거나 제 어미의 뱃속에서 잉태된 생명체였으니까."

프란은 이미 자신의 승리를 확신했다.

애초에 이안과 힘을 합쳐 드래곤을 멸족시킬 확률이 7할이라는 발언도 거짓이었다. 봉인에서만 온전히 풀려난다면 혼자서도 가능했으니까. 바로 지금처럼 말이다.

"너무 걱정할 필요 없어. 그간의 노고를 생각해서 특별한 선물을 내려줬거든. 도구로서 쓰임을 완수한 대가, 잘 키운 몸뚱이를 통째로 바친 대가로 말이지. 음, 지금쯤 행복에 겨워하고 있겠군."

어떤 선물을 내려줬다는 걸까? 알 수 없는 발언의 뜻을 채 알아내기도 전에, 프란과 이안의 몸뚱이로부터 방출되던 마기, 그 속에 내제된 광기가 한껏 요동쳤다.

"도마뱀들아. 오랫동안 이 몸을 가두고 지키느라 수고가 많았다. 고생한 너희에게도 상을 줘야겠지. 음…… 이건 어떤가? 고생했던 시간 이상으로 달콤한 휴가를 떠나는 거야. 가만있자, 휴양지는 어디가 좋을까. 공기 좋고, 물 좋고, 조용하고, 너희 덩치를 감당해 줄 만한 휴양지가……."

진심으로 고민에 빠지기라도 한 것처럼 턱을 쓰다듬었던 프란.

"오, 그래! 딱 한곳이 있긴 있군!"

그가 곧 손뼉까지 탁 치며 과장된 행동을 보였다. 나아가 하늘을 슥 올려다보더니 작게 읊조렸다.

"저승, 저승으로 보내주마."

만족스러운 어조였다.

"이안? 자네 갑자기 왜 그러는겐가? 문제라도 생겼나? 말씀을 해보시게. 이안! 이안!"

이안을 괴롭혔던 두통이 사그라졌다. 대신 누군가의 다급한 목소리가 두 귀를 시끄럽게 울렸다.

'뭐지……?'

이안은 의아함을 느꼈다. 방금까지만 하더라도 프란 페이지와 대치하던 상황이 아니었던가?

'게다가 이 목소리는…….'

이안이 고개를 들었다.

먼저 주변부터 둘러봤다. 깔끔하게 정리된 서재였다. 익숙한 서재이기도 했다. 이안 자신의 서재였으니까.

'내가 왜 서재에……?'

한줄기 의문과 함께 목소리가 들려온 방향으로 시선을 옮긴 이안, 그의 두 눈이 휘둥그레졌다.

"아까부터 이상하다 싶더니만, 설마 어디 아픈 건가? 그런 게야?"

이안을 향한 걱정 반, 향후 일정에 관한 결정 반의 눈빛으로 중얼거리는 중년 남자. 그 남자는 이안에게도 무척 익숙한 존재였다.

"라, 라그나르……?"

"응? 갑자기 왜? 뭔가 필요한가?"

그렇다.

눈앞에 뜬금없이 나타난 존재.

그의 정체는 바로 첫 번째 삶에서 이안을 독살했던 '라그나르 그린리버'였다.

심지어 젊은 나이로 최후를 맞이했던 5황자 라그나르조차 아닌, 훗날 '그린리버 통일 대제국'의 황제로 군림하여 이안까지 독살하기에 이르렀던 바로 그 중년인의 얼굴이었다.

'이놈이 왜……?'

머리가 터질 것만 같았던 두통, 그 두통의 후계는 혼돈이었다. 갈피조차 잡히지 않는 혼란 말이다.

'도대체 뭐가 어떻게…….'

"한데 마법사가 아프기도 하나? 그것도 자네 정도 되는 대마법사가 말이지. 고뿔 한번 걸리는 꼴을 구경해본 적이 없는 것 같은데."

이안이 어떤 혼란 속에서 허우적거리든 말든, 라그나르는 자기가 할 말을 이어갔다.

다시금 살펴보니 첫 번째 삶의 라그나르와도 달랐다. 그때보다 조금 더 선해진 인상이라고 표현할 수 있을까?

"그나저나 큰일이구먼. 하필 큰 형님의 명명일을 코앞에 두고서 와병이라니. 알다시피, 형님께서 자네가 오기만을 눈알 빠져라 기다리고 계실 게 아니겠나? 이 제국에 그보다 빤

한 일이 없지. 흐음, 많이 아쉬워하시겠군그래."

큰 형님의 명명일이라니.

이건 또 무슨 소리란 말인가?

'환술인가?'

그렇게 판단을 내린 이안, 황급히 할 수 있는 모든 수단으로 환술을, 혹은 엇비슷한 무언가를 차단하기 시작했다.

하나 그 어떤 마법으로도, 심지어 언어의 힘으로도 눈 앞에 펼쳐진 광경을 지워낼 수 없었다. 오히려 저항하면 저항할수록 아주 이질적인 기억이 이안의 머릿속으로 주입되었다.

'이 기억들은……'

그 기억들은 그랬다.

하나같이 긍정으로 넘쳐났다.

어긋났던 시절이 있었으나 끝내 성군으로 자란 황태자 하이든, 그런 황태자와 진정한 형제애를 나눈 5황자 라그나르, 그들 모두의 친우이자 존재감 하나로 평화통일을 이루어낸 대마법사, 이안.

'도대체……'

세상에서 가장 아름답고 현명한 반려자, 공주 하이리.

노년의 나이임에도 기품과 건강을 유지하는 어머니, 베네사.

그런 그녀와 재혼을 이룬 남자임과 동시에, 통일 대제국의 초대 연금술사장을 역임 중인 래디오.

또한, 신의 영역까지 닿았다고 칭송받는 연금술사, 더글라스.

이외에도 수많은 기억이 떠올랐다. 그 기억들은 마치 물감처럼, '기존의 기억'이란 도화지 위에 덧그려지기 시작했다.

"……."

그로부터 얼마나 지났을까? 어느덧 이안의 눈에 잔뜩 서렸던 의아함이 사라졌다. 심지어는.

"아무것도 아닐세. 요즘 들어 유독 이러는 것 같군. 몸뚱이가 예전 같지 않아. 이 마나란 녀석도 세월에는 장사가 없나 보이."

그 덧씌워진 기억에, 행복만으로 가득한 추억에 완전히 잡아먹혀 버리고 말았다.

5장
자아 각섬

"정말 괜찮은 겐가?"

"글쎄 그렇다니까. 잠시 좀 어지러웠을 뿐이네."

"흠, 그렇다면 다행이고. 하면 어서 큰 형님의…… 이런. 또 형님 소리가 절로 나오는군. 안 되겠어. 오늘부터라도 확실하게 고쳐봐야지."

이안이 눈 앞에 펼쳐진 또 다른 '세상', 혹은 또 다른 '차원'의 자신과 완벽하게 동화되었다.

모든 것이 순조롭고 긍정적이며 평화롭게만 흘러갔던, 프란으로 하여금 무수히 분열된 차원 중 가장 '순탄한 삶'을 영위 중인 자신의 몸뚱이에 깃든 거다.

"한데, 다른 분들께서는?"

"어머니께서는 하이리와 먼저 황궁으로 입궁하셨네. 오래간만에 황실 하녀들의 솜씨를 받겠다며 아침 녘부터 일찌감

치 나섰지. 아버지께선 더글라스와 또 새로운 연구에 한창이
신지라, 시간 맞춰 입궁하시겠다 말씀하셨고."

"즉슨, 자네만 할 일 없는 백수구먼."

"하하! 그런 셈이기도 하지."

여유로이 농이나 주고받은 이안과 라그나르, 실없게 웃었
던 그들이 곧 주제를 돌렸다.

"그럼 할 일 없는 한량끼리 뭉쳐서 가세. 폐하께서 기다리
고 계실 터이니. 아우인 나보다도 자네를 더 반겨주실 터이
지만 말이야."

"에이, 그래도 피는 물보다 진한 법 아니겠나?"

이윽고 새하얀 빛줄기, 텔레포트 주문이 두 중년인을 집어
삼켰다. 목적지는 '그린리버 통일 대제국'의 황궁, 그 내부에
서도 곧 황제 하이든 그린리버의 명명일을 기념하는 축제가
열릴 '대정원'이었다.

"우리가 일등인가?"

라그나르의 물음에.

"항상 그러지 않던가."

중년의 마법사 이안도 가볍게 대꾸해 줬다. 물론 진정한
의미의 일등은 아니었다. 황궁 내 모든 하인이 파티 준비에
한창이었으니까. 더욱 확실한 표현을 빌리자면 '고위 인사'
중 첫 번째란 뜻이리라.

"일단 전하께 먼저 가보겠나?"

"되었네. 지금쯤이면 복장 고르시느라 민감하실 테지."

"자네라면 새벽녘에 찾아가 잠을 깨워도 반겨주실 텐데?"

"그래도 예의가 아니지. 취미 활동 중이시지 않던가?"

"하기야, 폐하께서도 취미는 필요한 법이지."

그들의 소소한 대화가 얼마나 지속하였을까? 이안은 여전히 두통을 느꼈으나, 아주 미미하게 거슬리는 수준에 불과한지라 애써 무시로 일관했다.

"흐음……."

잠시 라그나르가 자리를 비운 사이, 이안은 통증의 근원지를 찾기 시작했다. 확신하건대 물리적인 통증은 아니었다. 정신적 문제로부터 발생한 두통이 분명할 터.

'도통 모르겠단 말이지.'

엄밀히 따지자면 그랬다. 두통이라기보다 간지러움에 가까웠다. 너무 가려운 나머지 머리가 아파지는 경우, 딱 그러한 경우였다. 단지 그 부위가 머릿속 정신일 뿐이리라.

'미치겠군.'

가렵고, 찝찝하고, 무언가 낀 듯 답답하기만 했다.

아무리 마나 호흡으로 정신을 깨끗하게 비워보고자 해도 소용없는 짓이었다. 자그마치 삼십 년 이상 마법사로 살아오며 처음 겪어보는 문제였다.

'뭔가 잊어버린 것 같은데…….'

이안의 고민이 갈피를 잡지 못하는 그때, 명명일 축하 파티에 참석하기로 예정된 인사들이 본격적인 입궁을 시작했다.

다른 누구도 아닌 황제의 명명일인 만큼 온갖 영지의 대영주와 귀족, 고위관료와 마법사까지. 그야말로 제국을 쥐락펴락하는 거두들이 하나둘씩 모여들었다.

"오, 이안 공이 아니십니까?"

"대륙 일통의 주역을 뵈옵니다."

"저희 막내가 공을 그렇게나 존경한답니다. 제 아비보다 이안 공을 더 좋아할 정도이지요. 그래서 드리는 말씀인데, 실례가 되지 않는다면 여기에 사인 한 번만 해주십사……."

분명 황제 하이든의 명명일이다. 한데 사람들은 자연스레 이안 주변으로 몰려들었다. 그 정도가 과할 지경에 이르렀다. 물론 황제가 아직 입장하지 않았으며, 대륙적으로 떨친 이안의 명성으로 미루어보건대 잘못된 상황은 아니었다.

오히려 자연스러운 결과 아니겠는가? 이안에겐 익숙한 상황이니만큼 크게 괘념치 않았다.

"음……."

그런데 오늘만큼은 달랐다. 모든 접근이 기이할 정도로 피곤하게만 느껴졌다. 당장 자리를 피해 버리고 싶었으나, 입장과 위치가 있기에 그럴 수도 없었다.

'정말 몸에 문제가 생긴 건가? 아까부터 왜 이러는 거지?'

그 순간이었다.

[황제 폐하께서 입장하십니다!]

파티장 인근에 설치된 음성 증폭구로부터 황제가 입장한다는 알림이 들려왔다. 덕분에 이안 쪽으로 쏠렸던 모든 이목 또한 그쪽으로 모조리 돌아갔다.

"폐하를 뵈옵나이다."

"폐하를 뵈옵나이다."

"폐하를 뵈옵나이다."

더불어 파티장 내 모든 참석자가 황제 하이든의 입장에 예우를 갖추기 시작했다. 이안 역시 자리에서 일어나 그 인사의 행렬 속으로 스며들었다.

"오, 상아탑주 아니신가?"

예우를 받으며 지나가던 황제 하이든, 그가 인파 속 이안을 발견하더니 반가운 표정으로 말했다. 중년의 나이가 되었음에도 여전히 빛을 발하는 미남자였다.

"아우가 일러주기를 자네 몸이 조금 불편하다고 하던데. 이렇게 나와 있어도 괜찮은 게야? 응?"

"폐하의 걱정은 은혜와 같사오나, 그 친구가 괜한 말씀을 올렸군요. 소신은 괜찮습니다."

"그래? 하면 다행이다만……."

하나 그 반가운 대화도 잠시, 자리가 자리인지라 평소처럼 계속 이야기를 나누기도 어려웠다. 결국 아쉬움만 잔뜩 남겨둔 채, 나중을 기약하며 지나칠 수밖에 없는 황제였다.

'조금만 참자. 조금만.'

한편 이안이 구석진 자리를 잡고 앉아 가벼운 마법부터 폈다. 모두의 시선으로부터 멀어질 만한 주문이었다. 제 존재감을 옅게 만드는 일종의 환술 계열 주문이었는데, 어떻게든 파티 중반까지만 버티다가 적당히 빠져나갈 요량이었다.

"폐하, 저희 영지는 언제나 폐하께서 내려주신 은총과 통치에 감복하고 또 감복하기를 반복하고 있나이다. 지금껏 받기만 해왔던 은혜를 어찌 조금이나마 갚을 수 있을까, 그럼 고민 끝에 준비해 온 저희 영지의 명명일 선물을, 부디 기쁘게 받아주셨으면 하옵니다."

이안이 침묵과 함께 자리를 지키는 사이, 황제 하이든 그린리버의 자리 앞으로는 각지에서 올라온 명명일 선물이 줄을 지었다.

전 대륙에서 올라오는 만큼 각양각색의 진귀한 선물들이 앞다투어 진상되었는데, 그중에서도 구 콜드우드 제국 출신의 대영주 하나가 자신감 넘치는 태도로 비단에 가려진 선물을 대령시켰다. 심지어 하나도 아닌 여럿이었다.

"그것들이 다 무엇이오? 보아하니 동물을 가둔 우리 같은데…… 새장처럼 말이오."

"과연 예리하십니다. 그렇사옵니다. 새장이지요."

"하면 새가 선물이라는 겐가?"

"그렇게 말씀드릴 수도 있겠습니다만, 폐하께서 직접 보시고 판단을 내려주시옵소서."

"어디 대단한 새라도 잡아 온 모양이로군. 그럼 구경이나 해볼까?"

황제 하이든이 자리에서 일어나 선물 앞으로 다가갔다. 그러더니 직접 비단 덮개의 끝부분을 가볍게 낚아챘다.

"봐도 되겠나?"

"물론이옵니다. 폐하."

"하면……."

이내 비단 덮개를 틀어쥔 황제 하이든의 손아귀가 확 당겨졌다. 더불어 새장을 덮고 있었던 붉은색 비단 덮개까지 깔끔하게 걷어졌다.

"······?"

일차적인 내용물은 예상대로 '새장'이었다. 문제는 새장 속에 갇힌 존재였다. 언뜻 새처럼 보이기는 했다. 자그마한 몸집, 새하얀 날개가 일품이었으니까. 그러나 마냥 새라고 볼수도 없었다. 세상 그 어떤 새가 인간과 흡사한 얼굴, 몸통, 팔다리를 가졌겠는가?

"저게 뭐죠?"

"그, 글쎄요······."

"새는 아닌 것 같은데······."

"드워프나 엘프같은 이족인가?"

"아무리 그래도 그렇지, 저렇게 작은 이족이 존재한다고요?"

자그마하고 아름다운 여체, 등으로 돋아난 한 쌍 날개까지. 정말이지 진귀하고도 신비로운 존재가 아니던가? 파티 참석자들의 이목을 집중시키기에 충분한 존재였다.

"어, 어서 말해보아라. 이 새······ 아니, 새가 맞기는 하는가?"

황제 하이든이 선물을 진상한 구 콜드우드 제국 출신 대영주에게 물었다. 대영주 또한 제 생각대로 분위기가 흘러가는 듯, 만족스러운 어조로 대답했다.

"엄밀히 따지자면 새 종류는 아니옵니다. 보시다시피 그보다 더 아름답고 신비로운 생물이지요."

"그래. 그건 알겠다. 잘 알겠는데, 대체 무엇이란 말이더냐?"

"폐하께오서는 혹, 페어리란 이름을 들어보신 적이 있으신지요?"

"페어리? 전설 속에나 등장하는 숲 요정의 이름이 아니던가? 드래곤만큼이나 허무맹랑한 존재로 아는…… 가만. 설마 요 자그마한 생물이?"

"예. 그렇사옵니다. 오직 전설과 신화, 옛이야기 속에서만 존재해 왔던 '숲의 요정'들을 폐하의 마흔하고도 여덟 번째 명명일 선물로 바치겠나이다."

숲의 요정 페어리, 그 예상치도 못한 존재의 등장에 장내가 술렁거렸다. 아무리 그래도 페어리라니, 이 무슨 얼토당토않은 선물이란 말인가? 존재 여부부터 획득 경로까지 모든 요소가 몽땅 의심스러웠다.

"이런 영물을 무슨 수로, 어디서 포획했단 말인가? 내 직접 보고도 믿을 수가 없구나."

"폐하, 외람되옵니다만, 아직 놀라시기는 이르십니다."

"이르다? 그게 무슨 뜻이지?"

"여기 안쪽, 가장 큰 새장도 확인을 해보셔야 하지 않겠사옵니까?"

"허어, 그러고 보니……."

과연 그랬다. 순백의 페어리가 담긴 새장들보다 훨씬 더 커다란 새장, 심지어 새장을 감싼 비단조차 으뜸으로 고급스러웠다.

도대체 어떤 영물이 기다리고 있기에? 황제는 물론 파티에 참석한 고위층 모두의 이목이 그 한곳으로 쏠렸다.

"존경하는 황제 폐하, 그리고 폐하의 명명일을 축하드리고자 모인 여타 귀빈 여러분. 지금 소개해 드리겠습니다. 전설 속 숲의 요정들을 오랜 세월 통치해온 단 하나의 여군주."

이번에는 황제 하이든이 아닌, 페어리를 진상한 구 콜드우드 출신의 대영주가 비단 덮개를 잡았다. 그러더니 있는 힘껏 거두며 소리쳤다.

"페어리의 여왕을!"

드디어 가장 큰 새장의 덮개가 거두어졌다. 동시에 분홍빛 머리칼과 날개를 가진 '페어리의 여왕'이 진귀한 자태를 모두에게 선보였다.

"오오오……."

"저게 페어리의 여왕이라고?"

"확실히 다르긴 다르구먼."

"저거 봐, 우릴 쳐다보고 있어!"

새장 속 페어리 퀸, 그 분홍빛 머리칼과 날개를 가진 소녀가 멍한 눈빛으로 사람들을 둘러봤다.

날개마저 축 늘어뜨린 꼴이 처량하기도 했다. 하나 사람들의 시선은 그 처량함에 전혀 닿지 않았다. 단지 처음 보는 생물을 향한 일차원적인 호기심과 탐욕만 가득할 뿐.

"폐하, 그리고 귀빈 여러분. 조심하십시오. 물론 지금은 새장 자체가 마나 감옥과 같은 원리로 만들어지기도 했고 채워둔 족쇄 역시 동일한 효과의 물건이기에 문제 될 건 없겠습니다만, 알고 보면 굉장한 힘을 가진 마법사입니다."

구 콜드우드 제국 소속 대영주가 말문을 이어갔다. 흡사 준비라도 해온 듯 물 흐르는 설명이었다.

"감히 말씀드리옵건대, 번개를 불러내는 마법에 한해서는 인류 역사를 통틀어 가장 위대한 마법사이신 이안 페이지 공과 필적할 정도의 번개술사이지요. 작고 귀여운 겉모습만 보고 우습게 봤다간 누구든지 크게 낭패를 볼 것입니다."

"잠깐, 페어리라는 존재의 귀함은 충분히 인정하는 바. 하나 이안과 어깨를 나란히 할 마법사라니. 그런 존재를 어찌 포획했다는 거지?"

그 설명에 황제 하이든이 불신 어린 눈빛으로 물었다. 번개 마법에 한해서는 이안과 어깨를 나란히 할 마법사라니?

말이야 좋지, 사실상 상아탑의 고위 마법사조차 가뿐히 뛰어넘는다는 소리가 아니던가? 한데 그런 괴물을 생포해왔다고?

"답은 이것이옵니다."

황제 하이든의 정당한 의문.

그것을 풀어주고자 품속으로부터 보석 하나를 꺼내 드는 대영주였다.

"보석? 좀 더 설명해 보아라."

"예. 아시다시피 좀처럼 구하기 힘든, 최고급 중에도 최상급의 보석 '하트 루비'이지요. 우연히 알아낸 사실이 온대, 잘 세공된 보석만 보면 사족을 쓰지 못하더군요. 저 페어리란 요정들이 말이옵니다."

페어리 일족에게 보석이란 모든 욕구를 충만토록 만들어주는 쾌락과 만족의 수단, 제대로만 이용한다면 능히 가능했을 터.

"……."

이처럼 포획의 수단을 시작으로 경로와 위치에 이르기까지, 페어리와 관련된 온갖 이야기가 파티장 내 오고 가는 한편. 유일하게 단 한 사람만 주류에 끼어들지 않았다.

그는 바로 이안 페이지였다. 다만 페어리 퀸 자체에게는 약간의 관심이 있는 것 같았다. 그 분홍빛 머리와 날개를 가진 생물로부터 좀처럼 시선을 거두지 못했으니까.

'뭐지? 이 느낌은.'

이윽고 주변을 둘러보던 페어리 퀸과 이안의 시선이 허공에 뒤엉켰다. 페어리 퀸은 여전히 멍한 눈빛으로 일관하는 반면, 이안은 그녀와 눈을 마주치자마자 형용할 수 없는 혼란 속으로 빠져들었다. 흐릿하면서도 단편적인 기억의 조각이 날카롭게 꺾여 머릿속을 쿡쿡 찔러대기 시작했으니까.

"윽……!"

실로 기이한 기억의 연속이었다. 생전 처음 보는 저 분홍 머리칼과 날개의 요정과 관련된 장면들이 자꾸만 스쳐 지나갔다.

이안 자신을 인간, 혹은 네놈이라 부르며 마음껏 하대하는 모습, 분홍색 고양이의 모습으로 젊었던 시절의 어머니 곁을 떠나지 않는 모습, 적이 되고 싶지 않다며 호소하는 모습에 이르기까지, 기억에 존재하기는커녕 한줄기 일관성조차 찾아볼 수 없는 기억의 조각들이 점점 뚜렷해졌다.

(너희를 잃고 싶지 않다.)

이안이 제 머리를 감쌌다. 들어본 적도 없는 저 분홍빛 요정의 목소리가 자꾸만 귓가에 맴돌았다.

(기꺼이 내 목숨을 내놓겠다.)

(한 번만 그분들을 믿어다오.)

(인간, 이안 페이지.)

생소하면서도 익숙한 장면과 목소리의 끝은 고요였다. 파티 참석자들의 소곤거림 물론, 페어리 퀸을 두고 나누는 황제와 영주의 대화조차 들리지 않았으니까.

"나, 나는……."

그 고요함 속에서 수많은 기억이 되살아났다.

처음에는 영문조차 모를 정도로 조각조각 흐트러졌던 기억의 조각들이, 점차 한곳으로 모여 완연한 형체를 이루었다.

'나는 이안, 이안 페이지. 30년이란 세월을 거슬러 올라왔던 마법사. 시간을 되돌리기 전보다 훨씬 더 빠른 성장을 이루었으며, 온갖 인외의 존재와 얽혀 버렸다.'

덧그려진 기억 아래 감춰졌던 또 다른 기억, 그 기억이 수면 위를 뚫고 올라왔다.

한번 올라오기 시작한 기억은 마치 기름 위 떨어진 불씨처럼 빠른 속도로 만개했다.

'종국에는 내 아버지이자 미쳐 버린 존재, 내와 주변이 겪었던 모든 갈등의 근본적인 원인 프란 페이지를 제거하기 위하여 드래곤 일족과 손을 잡았다. 분명 두통이 느껴지기 전까지만 해도 나는…….'

감당키가 힘들 정도의 혼란스러움이 이안을 괴롭혔다. 전혀 다른 인생을 살아온 두 명의 이안 페이지, 그 모든 기억이 정돈되지 않은 채 강압적으로 합쳐지는 과정 아니겠는가?

조금만 어긋나더라도 미쳐 버릴 터. 이안이 재빨리 마나 호흡부터 시작했다. 파티장 내 참석자들의 시선 따위 아랑곳하지 않았다.

"후우우우······!"

마침내 두 기억이 조금씩 정돈되기에 이르렀다. 시간 회귀자로서 프란의 가장 완벽한 사념체로 선택받았던 이안, 그리고 프란의 기준으로는 실패작이나 분열된 차원 그 어떤 이안보다도 긍정적이며 순탄한 삶을 살았던 이안. 두 존재의 삶과 기억이 말이다.

"······."

마침내 모든 혼란이 잠들었다. 동시에 깨달았다. 프란 페이지, 그자는 이안에게 선물을 준 거다. 아니, 선물이란 '착각'에 빠져 있으리라.

'프란, 당신은 실수를 저질렀어.'

그 거악이 저지른 단 하나의 실수란 바로 '이안 페이지' 그 자체였다.

뜬금없이 무슨 뜻이냐고? 간단한 논리다. 놈은 자신이 선택한 차원의 사념에게 너무 많은 것을 줬다.

'무려 두 번의 삶을 살았고, 주변에 지켜야 할 것들이 생겼으며, 인외의 권능마저 손아귀에 넣었다. 그 이안 페이지는 더 이상 당신의 사념 따위가 아니야.'

그렇다. 일개 사념체라기엔 너무 많은 것을 가졌다. 고작 기억과 환경의 변화 따위로는 억제하기 힘든 '자아'가, 사념으로서의 완벽함보다 한 단계 더 높은 자아가 이안의 영혼에 각인되어 버린 거다.

'돌아간다.'

물론 뚜렷한 방법은 알지 못했으나 불가능할 것도 없었다. 프란 페이지가 저지른 짓이라면 이안도 충분히 가능할 거다.

특히나 '언어의 힘'까지 모두 기억해낸 이상, 이안의 사전에 불가능이란 없으리라.

'아마 이 세상의 나는 심상 세계에 잠들어 있겠지. 빠져나가 주면 알아서 육신의 주도권을 되찾을까?'

지금으로선 알기 힘든 일, 그러나 시간이 없었다. 설령 어떠한 문제가 발생하더라도 본래의 세상, 즉 프란 페이지와 관련된 모든 문제부터 마무리 지은 뒤 해결해야 할 터.

'일단.'

이안이 급히 주변을 살폈다. 과도하게 펼쳤던 마나 호흡 때문일까? 어느덧 파티장 내 모든 참석자의 이목이 이안에게 집중되고 있었다.

"……."

어찌 될지 모른다. 이 세상의 이안, 그 육신의 안전을 부탁해둘 자가 필요할 텐데.

"라그나르."

이안의 선택은 라그나르였다. 가장 가까울뿐더러 왠지 모를 씁쓸함에 이끌린 탓이었다.

비록 본래의 세상에선 죽고 죽이는 원수였고, 이렇게 얼굴을 마주하는 것도 썩 유쾌하지 않았지만, 적어도 이 세상에서만큼은 둘도 없는 죽마고우인 것 같았으니 말이다.

'하기야, 첫 번째 삶에서도 그랬지. 그때는 둘도 없는 친우였는데. 어쩌다 이렇게 되어버린 걸까.'

씁쓸히 웃었던 이안, 그런 그에게 이 세계의 라그나르가 물었다.

"역시 몸에 문제가 있는 게지? 그런 게지? 대답해 보게나. 어서!"

"라그나르, 잘 듣게. 조만간 내가 쓰러질 수도 있어."

"가, 갑자기 무슨 말을……."

"물론 곧 깨어날 거야. 그러니까 너무 걱정하지 말고 이 몸을, 나를 잘 부탁하네. 아! 그리고…… 저 페어리들 말이지."

"페어리?"

"풀어줘."

"……?"

"리시스 라덴쥬라는 이름을 언급하면 보복하지도 않을 거야. 그러니까 모든 것을 사과하고, 보석도 두둑하게 내어주고. 그렇게 살던 곳으로 돌려보내 주게. 반드시 그래야만 하네. 내 말 알겠나?"

"그, 그건 형님께 상의를 드려보겠네만, 정말 왜 이러는겐가? 도대체 무슨 문제가……."

"그럼 나중에 보자고."

이안이 라그나르의 어깨를 툭툭 털어줬다. 나아가 허공에 대고 언어의 힘을 발동시켰다.

[언령이여. 이 세상은 내가 있어야 할 곳이 아니다. 그러

니 나를 마땅히 존재해야 할 위치로, 본디 내가 소속된 세상으로 돌려보내 다오.]

흡사 누군가에 대한 부탁처럼 느껴지는 몇 마디 읊조림이 언어의 힘으로 주문이 되었고, 권능으로서 화하기에 이르렀다.

[마저 끝내야 할 일이 있으니.]

그 한마디.

언어의 힘으로 빚어진 주문이 끝나기가 무섭게, 텔레포트의 빛줄기보다 수천 배는 더 강렬한 빛기둥이 하늘을 뚫고 벼락 치듯 떨어졌다. 표적은 명백한 이안 페이지, 그 중년인의 내면에서 가장 이질적인 영혼이었다.

콰아아아앙-!

프란 페이지, 그리고 그의 꼭두각시가 된 이안 페이지가 날뛰는 보랏빛 공간에 피비린내가 진동했다.

(크윽! 이런 낭패가……!)

절망스러운 상황에 리시스 라덴쥬가 쓴 물을 삼켰다.

이안과의 동맹으로 우세를 잡았던 드래곤 일족, 그들이 역으로 궁지에 몰리기까지는 말 그대로 순식간이었다.

"도마뱀들아! 어찌 된 것이냐? 아까의 그 기세는 다 어디로 사라졌지? 내 영혼을 정화해 주겠다고 약속하지 않았던가? 대체 그 약속은 언제 지켜줄 생각이냐? 엉?"

프란이 형체조차 알아보기 힘든 검은 용의 시체를 짓밟으려 외쳤다. 이미 그는 광기로 물들다 못해 화신이 되어버린 모양새였다.

"은혜도 모르는 배은망덕한 도마뱀 새끼들! 그러니까 네놈들이 짐승에 불과한 거야! 이참에 모조리 멸종시켜 주마. 씨앗 하나 남기지 않고 모조리 다!"

이 난잡한 흐름 속에서 유추할 수 있듯, 드래곤 일족은 고전을 면치 못했다. 본신을 되찾은 프란 하나만으로도 버거울지언데, 하물며.

(이안 페이지! 내 말이 들린다면 정신을 차려라! 언제까지 놈의 꼭두각시가 되어 조종을 당하고만 있을 참인가? 고작 그 정도밖에 되지 않는 인간이었나?)

검은 용 아타르 하카가 이안의 맹공을 피하며 소리쳤다.

정말 이성을 되찾아주길 바라는 마음도 있었으나, 사실상 발버둥의 외침과도 같았다. 그만큼 상황이 좋지 않았으니까.

계속 이대로 가다간 저 미쳐 버린 프란 페이지의 선언처럼 '멸종'을 맞이할 터. 드래곤이란 종족 자체가 영영 사라진다는 거다.

"입 닥쳐라. 까마귀 도마뱀."

그 외침에 이안, 정확히는 이안의 육성을 빌린 프란의 말소리가 흘러나왔다. 한껏 풍기는 멸시와 조롱이 영락없는 프란 페이지였다.

"오냐, 도망치고 또 도망쳐라. 친히 그 아가리를 찢어줄 테니까!"

한마디 남긴 프란은 제 육신으로 돌아가 다시금 드래곤 사냥에 나섰고, 이안의 육신 또한 텅 빈 눈빛으로 드래곤 일족을 노렸다.

(제기랄!)

아타르 하카가 침통한 목소리를 토해냈다.

멸종이 코앞까지 도달한 상황, 아무리 생각해 봐도, 드래곤으로서의 모든 지혜와 경험을 총동원해도 정답이 나오지 않았다. 과거 프란 페이지를 봉인했던 당시보다 훨씬 더 불리했으니까.

(윽……!)

바로 그 순간이었다.

프란의 꼭두각시가 된 이안은 아타르 하카가 보인 빈틈을 놓치지 않았다. 일시에 면전 앞까지 나타나 손바닥을 정면으로 펼쳤다. 피할 길은 물론 일말 여유조차 차단된 상황, 아타르 하카가 단념하며 읊조렸다.

(내 그릇된 판단과 선택이 일족 전체의 종말만을 앞당긴 셈이로구나. 원통하다. 참으로 원통해…….)

이안의 손바닥으로부터 맞이할 죽음, 아타르 하카는 바로 그 죽음을 겸허히 받아들였다.

하지만 그것도 잠시, 아무리 기다려도 그 죽음은 찾아오지 않았다.

(……?)

아타르 하카가 면전 앞 이안을 바라봤다. 그러고 보니 조금 이상했다. 조금 전까지만 하더라도 인형처럼 딱딱한 눈빛이 아니었던가?

(자네, 설마……?)

그런데 지금은 아니었다. 눈으로부터 명백한 생기가 돌았다.

살아 있는 생명체의, 영혼을 가진 인간의 순수한 눈빛 말이다.

프란의 지배를 받는 중일까? 아니, 그 역시 아닌 것 같았다. 지배를 받을 때의 광기 어린 눈빛과도 달랐으니까.

"쉿, 조용히."

머나먼 차원을 넘어 본연의 육신으로 돌아온 이안, 그가 놀란 눈을 뜬 아타르 하카에게 침묵을 요구했다. 본격적인 반격의 서막이었다.

'다행이다. 아직 긴 시간이 지나지는 않았어.'

이안은 단숨에 본연의 세상으로 돌아온 것이 아니었다.

우여곡절이 참으로 많았다. 여러 차원을 쉴 새 없이 방황했다. 그럴 때마다 새로운 기억과 경험을 받아들였다. 넘어간 차원의 이안 페이지가 수십 년간 보고 겪은 경험들을 말이다.

'적당한 것 같군.'

실로 색다른 경험이긴 했으나, 오랜 시간을 소모한 탓에 목구멍이 타들어 가는 기분이었다.

한데 아무래도 괜한 기우였던 것 같았다. 차원과 차원 간의 시간 차이는 이안이 이해하기 힘든 원리로서 흘러가는 모양새였으니까.

'아직 알아채진 못했나?'

재빨리 프란의 기운부터 살피는 이안이었다. 놈은 아직 이안의 복귀를 알아채지 못한 눈치였다. 드래곤 사냥에 심취한 까닭일까? 말 그대로 '방심'에 빠진 상태라는 거다.

'단숨에 해치운다.'

계획은 간단했다. 더글라스가 연금술 장인 바이온의 정수를 받아 탄생시킨 비약, 이 비약을 놈에게 사용해야 한다.

지금이라면 충분히 가능할 터, 다만 기회는 한 번뿐이리라.

"뭘 하는 게냐, 리시스 라덴쥬! 어차피 막다른 골목 아닌가? 괜한 주접떨지 말고 깨끗하게, 수장으로서 죽음을 받아들여라! 네놈이 선택할 수 있는 최적의 종말일 테니까!"

과열된 프란 페이지의 형상은 그야말로 괴상망측했다. 뿜어지는 마기가 도를 넘어섰다.

검게 물들어 버린 눈은 물론, 피부마저 변색되기에 이르렀다.

뿐일까? 머리칼은 흡사 전설 속 메두사처럼 사방으로 넘실거렸으며, 목소리 또한 사람의 그것이 아니었다. 선한 척 너스레를 떨던 이전의 모습은 어디에서도 찾아보기가 어려웠다.

'더는 사람조차 아닌 것이 된 건가.'

아니, 놈은 애당초 사람이 아니었다. 사람의 탈은 예전에 벗어던졌다. 일말 동정조차 필요치 않으리라.

'가자.'

마침내 이안의 형체가 사라졌다.

목적지는 프란 페이지의 면전, 일 초도 채 소요되지 않았다.

"무슨……?"

순간 흠칫할 수밖에 없었던 프란이었다. 자신의 사념으로

서 다시 태어난 이안 페이지가 갑작스레 눈앞에 나타났으니
말이다. 이런 명령은 내린 적이 없을 터인데.

"어, 어떻게……?"

놀란 듯 내뱉어진 프란의 물음에.

"잘."

이안이 싸늘한 목소리로 대답했다. 동시에 오른손으로는
프란의 멱살을 잡아당겼으며, 왼손으로는 더글라스의 비약
을 꺼냈다.

그야말로 전광석화 같은 움직임이었다.

6장
결착

"······아하!"

이안의 행보에 잠시 당혹감을 느꼈던 프란 페이지.

그가 비약을 발견하더니 코웃음부터 쳤다. 딱히 피하거나 뿌리치지도 않았다. 그저 가소롭다는 반응뿐이었다.

"그래, 너희끼리 그런 얘기를 나눴지. 날 제압하고 그 비약을 입 구멍에 쑤셔 넣으시겠다고? 내 심상 세계로 진입하고자? 좋아. 아주 훌륭한 계획이야. 근데 말이지. 가능하겠느냐? 내가 순순히 입이라도 벌려줄 것 같아? 응?"

프란은 전투 불능에 빠지기는커녕 아주 완벽한 몸 상태를 자랑하고 있었다. 비약을 강제로 복용시키기란 불가능에 가까울 터.

"이안, 네가 어떻게 돌아왔는지는 모르겠다만, 발버둥을 쳐봐야 아무짝에도 소용없는 일이란다. 그 사실이라면 누구보다 더 잘 알고 있을 텐데?"

"글쎄……."

하나 이안은 조금도 물러서지 않았다. 오히려 조금 전 프
란의 발언으로부터 확신까지 생긴 것 같았다. 희미한 미소가
그 증거였다.

"혹시 그거 알아? 나는 더 이상 사념 따위가 아니야. 당신
의 사념으로 살기에는 너무 많은 짐을 짊어졌지. 의도했던
건 아닌데, 어쩌다 보니 그렇게 됐더라."

프란 페이지의 사념으로서보다, 이안 페이지 자신으로서
의 자아가 훨씬 더 강력해졌다.

프란 또한 그 사실을 어렴풋이 느끼고 있었다. 지속해서
이어져 있던 희미한 단말이 완벽하게 끊어져 버렸으니까.

"알 것 같군."

"또한."

이안이 틀어잡았던 멱살을 풀어줬다. 그리고는 약병의 마
개까지 뽑았다.

"오, 직접 떠먹여 주려고?"

"아니."

돌발적인 행동은 그다음 이안이 약병을 역수로 돌렸다. 자
연스레 내용물도 쏟아졌다.

"그럼 깔끔하게 포기 선언이라도?"

"거짓말이었어."

그 한마디와 함께 떨어지던 내용물도 우뚝 멈췄다. 동시에
프란을 향하여 빠른 속도로 뿌려졌다. 제아무리 프란이라도

그 찰나의 순간, 기습적인 비약의 움직임을 모조리 피할 수는 없었다.

"……무슨 짓이지?"

결국 비약의 내용물로 손등 부근이 흠뻑 젖어버린 프란, 그가 조금 불쾌한 목소리로 물었다.

"방금 말했잖아? 거짓말이라고. 이 약, 먹는 약 아니야."

"뭐?"

"굳이 분류하자면."

이안의 목소리가 거기까지 도달한 찰나, 프란에게 급작스러운 변화가 일어나기 시작했다.

"바르는 약에 가깝지."

'바르는 약'이라는 이안의 표현처럼, 손목 언저리에 쏟아진 비약으로부터 기괴한 거품이 끓어올랐다.

"무슨 짓을……!"

"지금부터."

거품은 점차 전신으로 뻗어 나갔다. 어찌나 빠른지 그 프란 페이지조차 당혹감을 감출 수 없었다.

"당신의 불사를 거두겠다."

그 선언처럼, 비약에 담긴 이안의 사념체가 프란의 심상 세계 속으로 진입했다.

과연 놈의 심상 세계에는 수만 명의 프란 페이지가 선홍빛 점막에 갇혀 있었는데, 이안 자신의 심상 세계에서 목격했던 환경과 무척 비슷한 상황이었다.

아니, 갇힌 영혼의 머릿수만 다를 뿐 똑같다고 표현할 수 있으리라.

'상상을 초월하는군.'

프란 페이지, 놈은 시간의 권능을 남용하며 저 머릿수만큼의 차원을 분열시켰고, 저 머릿수만큼의 목숨을 여분처럼 누려왔던 것이다.

'미친 짓도 여기까지다.'

프란 페이지의 심상 세계에 들어온 이안, 아니, 이안의 사념체. 그 존재가 마나를 끌어모으기 시작했다.

비록 본신만큼은 아니었으나 상당한 힘을 운용할 수 있을 터.

"스피릿 커터."

스피릿 커터.

표현 그대로 '영혼을 베는 주문'.

이안이 술식을 발동시키자 곧 회색 빛깔 마법 칼날이 오른손 끝으로 기다랗게 펼쳐졌다.

동부 대초원 불사의 군단을 파훼하는 과정에서 익혀둔 '고위 흑마법'이었다.

"흐읍!"

이안이 그 기다란 칼날을 크게 휘둘렀다.

과거 올리버와의 수련 당시 조금씩 배워둔 제국검술 기본기가 오늘에 와서야 제빛을 보았다.

후우우우우우웅—!

회색 칼날, 스피릿 커터가 휩쓸고 지나간 자리로부터 굉음이 터져 나왔다.

프란의 영혼이 소멸하며 터뜨린 절규이기도 했다. 한번 휘두를 때마다 수백에 달하는 영혼이 소멸했으니, 당연한 결과였다.

"편히 쉬길, 광기로 중독된 영혼이여, 소모품으로 전락한 영혼이여!"

베고, 베었으며, 또 베어버렸다.

프란 페이지의 영혼들을 말이다.

그럴 때마다 절규가 터져 나왔다.

[살려줘! 제발!]

[나는 아무런 죄가 없어!]

[우린 소모품에 불과했다고!]

프란 페이지의 영혼, 그들은 모두 저마다의 억울함을 호소했다. 그럼에도 이안은 멈추지 않았다.

[당장! 당장 멈추지 못하겠느냐?]

[은혜도 모르는 후래 새끼!]

[이 찢어 죽일 놈……!]

이유는 간단했다. 본디 '심상 세계'란 육신을 지배 중인 영혼의 '심장부'나 마찬가지인 공간, 바로 그러한 공간에 오래도록 방치된 영혼들 아니겠는가?

자연히 악영향을 받을 수밖에 없을 터. 심지어 그들은 프란의 영혼이다. 차원이 분열되는 그 시점부터 타락한 존재였을 가능성이 농후하다는 얘기다.

"후우! 후우, 하아……!"

프란의 영혼을 얼마나 베었을까?

이윽고 이안의 손속이 멈췄다. 거친 숨마저 몰아쉬었다.

지친 기색이 역력했다.

"한시라도 빨리 끝내야……."

상대는 프란이다. 사상 최고의 마법사이자 최악의 거악, 프란 페이지 말이다.

필시 새로운 수단으로 반격에 나설 터. 그전까지 모든 영혼을 제거해야만 한다.

"멈춰라."

아직 수천에 달하는 영혼이 남아 있건만, 벌써 프란의 목소리가 들려왔다.

뿐일까? 선홍빛 심상 세계 가장 구석진 곳으로부터 사람의 형체가 빚어졌다. 놈의 정신이 직접 심상 세계 내부로 들어온 거다.

"지금껏 많이 봐줬다. 그래도 내 핏줄로부터 잉태된 사념이니까, 특별대우를 해줬다는 얘기다. 하나, 더는 두고 볼 수가 없겠구나."

프란이 한 글자 한 글자를 씹어뱉기도 하듯 음울하게 중얼거렸다.

"단숨에, 고통 없이 보내주마. 먼저 그 주제넘은 사념 덩어리부터!"

프란의 참모습은 그때부터였다. 놈은 마법사처럼 움직이지 않았다. 무예에 통달한 기사, 마치 올리버처럼 낮고 빠른 보폭으로 거리를 좁혔다. 심지어 기사들의 발검 자세로 마법의 칼날을 뽑아냈다.

푸욱-!

그 마법의 칼날이 이안을, 심상 세계로 침투한 사념의 복부를 관통해 버렸다.

비록 사념체인지라 피를 흘리지도, 고통을 호소하지도 않았으나, 그 몸뚱이만큼은 금방이라도 소멸할 듯 흐릿해지기에 이르렀다.

"큭……!"

그러나 사념도 엄연한 정신체이자 기억의 산물인 만큼, 일종의 '착각'과 가까운 통증을 느낄 수 있었다.

"나가서 기다려라. 친히 목숨을 거두어줄 테니까. 알겠느냐?"

승기를 손아귀에 거머쥔 프란은 확신 가득한 어조로 말했다.

그러나 이안의 반응은 의외였다.

입꼬리를 씨익 올리는가 싶더니.

"걸렸다."

의미심장한 읊조림마저 내뱉었다. 걸렸다, 도대체 무슨 뜻일까?

"끝을 보자. 프란 페이지."

"……?"

[스피릿 익스플로전.]

이윽고 칼날에 꿰뚫린 이안의 사념체. 그 흐릿해져 가는 형상으로부터 균열이 벌어졌다. 지금 당장에라도 폭발을 일으킬 기세였다.

'자폭?'

프란이 단번에 상황을 가늠해 냈다. 이안은 애당초 심상 세계 속 모든 영혼을 광범위하게 공격할 만한 수단이 있었다.

하지만 곧바로 선택하지 않았다. 육신을 지배 중인 프란의 영혼을 심상 세계로 유인함으로서, 잠깐이나마 묶어두기 위한 속임수를 펼친 것이다.

콰아아아아아앙—!

자폭의 여파가 심상 세계의 지축을 잔뜩 뒤흔드는 그때, 사념체로부터 모든 기억을 전수받은 이안의 본신이 곧장 다음 행동에 나섰다.

'지금이다.'

면전에 우뚝 선 프란 페이지의 본신, 그는 어느새 완전무결한 얼음 보호막으로 몸을 가렸다.

드래곤 일족의 힘으로도 단숨에 뚫어내기가 어려운 보호막이었다. 적어도 몇 분가량의 시간을 소요시켜야 뚫어낼 수 있을 터. 심상 세계의 문제에 대응하고자 펼친 방어였다.

'시간이 없어.'

축적된 모든 영혼이 자폭과 함께 소멸하였을 경우, 지금은 기회다. 불사의 원천을 지키고자 심상 세계로 진입해버린 프란 페이지, 놈의 단 하나 남은 명줄을 끊어버리기에 완벽한 기회라는 소리다.

'불사의 힘을 지웠을 뿐, 놈의 힘은 그대로야. 지금 끝내지 않으면 상황은 어느 쪽으로 튈지 모른다.'

분명 불사의 힘을 지웠다. 하지만 그렇다고 해서 놈이 가진 힘까지 사라진 건 아니다. 그렇기에 지금 당장 결착을 시켜야만 한다.

'반드시.'

만약 여기서 끝을 내지 못한다?

상상만으로도 끔찍한 경우였다.

불사의 힘을 잃어버린 프란, 궁지에 몰린 미치광이 괴물, 놈이 어떤 수작을 부리겠는가?

오히려 상황은 악화되어 버릴 터.

[아이스 스피어.]

마침내 언어의 힘이 가미된 얼음덩이가 이안의 손바닥에 생성되었다. 그 어느 때보다 모든 것을 꿰뚫어버릴 듯 날카롭고도 냉랭했다.

'완벽에 가까운 보호막.'

이안이 보기에도 프란 페이지가 펼친 얼음 보호막은 완전 무결했다. 설령 드래곤 일족 전체의 집중적인 공격을 받는다 한들 수십 분은 족히 버틸 정도로 단단했으니까.

'하지만.'

이안은 드래곤과 다르다.

보호막의 본질을 알고 있다.

단지 보고 느끼는 것만으로도 알아낼 수 있는 경지에 이르렀다. 보호막을 이루어낸 술식부터 주입된 마나의 농도와 양, 냉기 마법으로서 근본적인 온도와 결정의 형태, 가미된 보조 마법까지 전부.

'뚫지 못할 것도 없지.'

이안이 빚어낸 아이스 스피어. 그 언어의 힘이 가미된 얼음송곳은 절대 단순하지 않았다.

프란 페이지가 임시로 펼친 얼음 보호막과 동일한 구조의 냉기 마법이었으니까.

꽈드드드득-!

마침내 이안의 아이스 스피어가 얼음 방어막을 꿰뚫었다. 아니, 꿰뚫었다기보다는 스며들었다고 표현하는 쪽이 더 어울릴 것 같았다.

"조금만……!"

이유는 간단했다. 프란이 펼친 얼음 방어막과 이안의 아이스 스피어, 두 냉기가 빚어낸 마법은 지금, 서로를 '동류'로 착각하고 있었다.

"조금만 더……!"

속임수처럼 방어막을 파고들기 시작한 아이스 스피어.

그 예리한 끝부분이 마침내 프란 페이지의 살갗까지 닿았다. 조금만 더 파고든다면 심장마저 관통해 버릴 위치였다.

푹.

이윽고 닿았다.

이안의 아이스 스피어가 프란의 가슴팍 살갗에 말이다.

비단 그뿐만이 아니었다.

그대로 밀어 넣었다. 심장 깊숙한 곳으로 일말 멈칫거림조차 없이 천천히, 그리고 단호하게.

푸우욱-!

살을 꿰뚫는 소리가 들렸다. 붉은 선혈이 얼음을 물들였다. 등 뒤로 튀어나오기까지 했다.

그로부터 정확히 3초 후.

"커헉……!"

여분의 영혼을 지켜내고자 심상 세계로 진입했던 프란, 그 존재가 단말마와 함께 돌아왔다. 동시에 육신 전체를 꽁꽁 감쌌던 얼음의 보호막 역시 와르르 무너져 내렸다. 계획은 성공적으로 통했다.

"전원!"

그 모습을 확인한 이안이 허공으로 날아오르며 외쳤다. 사방에 포진해있는 드래곤 일족, 그 생존자들을 향한 외침이자 명령이었다.

"공격!"

이안은 동맹일 뿐 그 어떤 명령권도 없다.

그는 일족의 수장이 아니니까. 일원조차 아닌 인간에 불과하다. 하지만, 지금 이 순간만큼은.

(동맹의 요청에 따른다!)

(프란 페이지를 멸하라!)

(일족과 동맹을 위하여!)

그 어떤 드래곤도 머뭇거리지 않았다. 따로 명령을 기다리지도 않았다. 젊은 용부터 수장 리시스 라덴쥬에 이르기까지, 표현 그대로 너나 할 것 없이 공격을 독려했다. 또한, 직접 나서기에 이르렀다. 프란 페이지를 대상으로 한 맹공이 펼쳐지기 시작한 거다.

'됐어. 이 정도라면……!'

그 광경에 이안 역시 한 손 거들고 나섰다.

그야말로 인외 최강의 존재들이 퍼붓는 가열찬 맹공 아니겠는가? 제아무리 프란 페이지라 할지라도 불사의 힘을 잃어버린 이상, 결단코 무사할 순 없으리라.

쿠구구구구구구구구구……!

마침내 모든 공격이 멈췄다. 그 맹공은 가히 대제국 하나를. 아니, 인간 문명 자체를 통째로 말살시킬 정도로 어마어마한 규모였다.

아닌 게 아니라, 만약 무차원의 공간이 아닌 바깥세상에서 펼쳤더라면 일대가 죽음의 땅으로 변모했을 터.

"후욱……! 훅! 하아……!"

거칠어진 숨을 고르는 것은 이안뿐만 아니었다. 모든 드래곤 일족이 저마다의 방식으로 지친 호흡을 안정시켰다. 가진 힘에 대부분을 소모하였으니 당연한 결과였다.

"놈은……?"

폭발의 여파가 잦아드는 곳, 프란 페이지가 서 있던 지점을 모두가 바라봤다.

바로 그 찰나였다.

쇄애애애액-!

폭발로부터 피어나 아직도 잦아들지 않은, 여전히 뿌옇기만 한 먼지로부터 난데없는 촉수가 뻗쳐왔다. 광기로 물든 흑색 촉수였다.

쇄애애애애애액-!

쇄애애애애액-!

쇄애애애애액-!

비단 한줄기만이 아니었다. 수십 가닥에 달하는 촉수의 줄기가 연기를 꿰뚫고 사방으로 뻗어 나갔다.

(으윽……?)

(무, 무슨……!)

그 흑색의 촉수는 사방에 포진된 드래곤들을 무작위로 포박했다. 드래곤의 그 압도적인 힘과 권능으로도 감히 벗어날 수 없는 강도였다.

"아직…… 살아 있다고?"

이안의 단말마와도 같은 중얼거림이 채 끝나기가 무섭게, 드래곤을 포박한 수십 가닥 촉수가 다시금 먼지 속으로 빨려들기 시작했다.

쿠우웅-!

촉수에 휘감긴 수십 마리 드래곤이 지면으로 추락했다.

그 부딪치는 소리가 여지없이 들려왔다.

어디 그뿐일까?

다시는 듣고 싶지 않았던, 영영 듣지 않을 거라고 희망했던 흉측한 음성마저 들려왔다.

"감히……."

연기가 걷어지며 들려온 목소리, 여전한 광기로 타오르는 목소리, 광기로 미쳐 버린 인류의 수호자.

프란 페이지의 목소리였다.

"물려준 힘으로 내 등에 칼을 꽂은…… 그 짐승만도 못한 도마뱀과…… 내 씨를 받아먹고 태어난 복제품…… 두 배신자가 잘 어울리는구나. 아주 잘 어울려."

이내 모든 먼지와 안개가 걷어졌다. 그 안에 여전히 군림하는 존재. 프란 페이지의 몰골은 처참했다. 머리는 물론 몸뚱이마저 대부분이 소실되었다.

정상적인 생명체였다면 이미 오래전에 죽었어야 할 상황, 그런데도 프란은 멀쩡했다. 쓰러지기는커녕 말문까지 열 수 있었으니까.

"설마 그 찰나 잔꾀를 부릴 줄이야…… 아까웠어. 나로선 철렁하기도 했지. 가까스로 지켜냈다. 단 하나의 영혼을 말이야. 덕분에……."

곤죽이 되어 서 있기조차 힘겨워 보였던 프란, 그 망가진 육체가 점차 본연의 모습을 회복해 냈다.

심상 세계 속 자폭으로부터 지켜낸 마지막 영혼 한 기, 그 혼백을 재료 삼은 마지막 '불사의 힘'이었다.

"나도 신중함을 되찾았다. 정신머리가 바짝 드는 기분이로군."

촉수에 잡혀 추락했던 수십 마리 드래곤, 그들은 이미 뼈만 앙상하게 남은 채 처참히 박살 나 있었다.

더는 불사의 존재가 아닐지언정, 그는 여전히 최강의 존재이자 최악의 존재, 프란 페이지였다.

"너희들…… 평생을 살아도 큰 뜻 하나 품지 못할 아둔하고 가여운 족속들을 위해서라도……."

그 존재의 눈으로부터 흑광이 소용돌이쳤다. 사람의 것이 아닌 것 같았던 목소리 또한 정상적으로 돌아왔다.

뿐일까?

내뿜는 마기조차 불사의 힘을 잃기 전처럼 날뛰지 않았다.

한층 더 단단하고도 정갈하게 정돈되어 주변을 맴돌았다.

"수단과 방법을 가리지 말아야겠다. 문득 그러한 생각이 드는구나."

마치 깨달음이라도 얻어낸 사람처럼 읊조린 프란. 그가 허공에 공간을 열어 그 너머로 건너갔다.

동시에 이안은 깨달을 수 있었다. 놈이 노리는 게 무엇인지를 말이다.

프란 페이지가 향한 곳. 그곳은 이안이 가족을 피신시켜 둔 은신처, 자세하게 말하자면 드래고니안 일족의 거주지인 '드래곤 레어'였다.

이안은 혹시 모를 사태에 대비하여 가족들을 모두 피신시켜 뒀다. 물론 사념으로서 연결되어 있었던 만큼 소용없는 짓이었지만 말이다.

"프, 프란 님……?"

그 난데없는 등장에 가장 먼저 놀라는 쪽은 장인들이었다.

동부 대초원의 스람과 클레반을 제외한 다섯 장인 모두가 놀라움을 감추지 못했다.

오랜 세월 사라졌던 존재, 또한 그만큼의 세월을 기다렸던 존재가 눈앞에 나타났으니까.

"나의 장인들아. 오랜만이구나."

"어째서…… 어째서 이제야……."

"바빴다. 지금도 바쁘지. 그러니까 나중에 얘기하도록 하고……."

프란이 한쪽 손을 들었다. 동시에 옆으로 휘휘 저었다.

저리 비켜보라는 의미였다.

"잠시 자리 좀 비켜주겠나? 그 뒤쪽 동굴에 숨겨둔 내 아내, 베네사와 이야기를 나누어야겠으니."

드래곤 레어의 깊숙한 곳에는 베네사와 래디오, 더글라스가 있었으며, 그 입구를 장인들이 틀어막은 상태였다. 물론 클레반의 일부 조각상도 방어진을 함께 구축했다.

"머, 멈추십시오. 프란 님."

프란의 등장에 우물거리는 장인들, 그중 재봉사 베르톨도가 용기를 내며 나섰다.

"대단히 외람되옵니다만, 이 뒤로는 오직 이안 페이지. 그분의 통행만 허락되었습니다. 설령 그분의 아버지이신 프란님이라 해도 비켜 드릴 수가 없습니다. 부디 양해를 부탁드리겠습니다."

조금은 위축되었으나 또박또박한 어조, 프란도 그런 베르톨도가 의외인 듯 입술을 동그랗게 떴다.

"호오, 베르톨도. 언제부터 그렇게 배짱 있는 사내가 되었지? 역시 오래 살고 볼 일이야. 음, 세월의 힘이란 게 대단하긴 대단하구먼."

너스레를 떠는 입과 달리, 프란의 눈매는 사뭇 날카로워졌다. 정갈하게 흘러나오는 마기 또한 짜증이 나는 듯 부르르 떨렸다.

"하나 거기까지, 이 이상의 반항은 나도 눈감아줄 수가 없겠어. 그러니까 비켜다오. 밀린 대화는 이후에 천천히 나눠줄 테니까."

"다시 한번 말씀드리지만."

하지만 그러면 그럴수록 베르톨도의 마음가짐은 완고해졌다. 다른 장인들도 마찬가지였다. 이안에게 들었던 프란 페이지의 변화를 쉬이 믿을 수 없었다. 해서 직접 만나 보고자 했고, 그 뜻을 방금 이뤘다.

"더 이상의 접근을 금하도록 하겠습니다. 이 뒤로는 오직 이안 페이지 님만이 지나가실 수 있습니다."

더불어 깨달을 수 있었다. 이안 페이지의 말이 사실임을, 장인들이 알던 프란 페이지, 그 존재가 영영 사라졌음을.

"하하, 이런……."

프란이 웃었다.

헛웃음에 가까웠다.

"도마뱀도 그렇고, 핏줄도 그러더니만, 이제 네놈들까지 나를……."

헛웃음의 다음은 '일그러짐'.

흉악하게 일그러지는 표정이었다.

"배신해?"

그 말 한마디면 충분했다.

앞을 지키던 장인들도, 용용이를 포함한 클레반의 전투용 조각상들도 모조리 튕겨 나갔다. 아니, 튕겨 나가다 못해 박살이 나버렸다.

"바로 이래서 필요하다는 거다. 이래서! 마땅히 보호받아야 할 인간과 무리에서 쳐내야 할 인간의 구분 말이다! 너희처럼 호시탐탐 기회만 노리는 기회주의자들, 그 쓰레기들을 걸러내기 위해서라도!"

그 강력했던 용용이마저 손짓 한 번에 박살이 났다. 장인들이라고 다르겠는가? 평범한 인간이었다면 저세상으로 건너갔을 터. 하지만 그들에게는 '불사의 힘'이 존재했다. 다시금 형체를 이루어냈고, 자리에서 일어나 프란을 가로막았다.

"……."

그 끈질긴 모습에 프란이 고개를 갸웃거렸다. 도무지 이해할 수가 없다는 감정의 발현이었다.

"어째서 이렇게까지 하는 것이냐? 죽음을 내려주겠다는 약속 때문에? 그 정도야 내 손으로도 충분히 가능하다. 지금 당장에라도 말이지. 그러니까 잠깐만 물러나 있으라는 거다. 너희들이 원하는 그 죽음, 내 친히 내려줄 터이니."

"물론, 그 약속이 가장 중요합니다. 저희들은 이만 질긴 생을 마감하고 싶으니까요. 단."

프란의 말에 베르톨도가 답했다. 어느 때보다도 결연한 목소리였다.

"이왕 같은 값이라면, 조금이라도 선한 쪽과 도움을 주고받는 게 마음 편하지 않겠습니까? 마지막 가는 마당에 말이죠. 물론 그 이안이란 분도 크게 선한 양반은 아닌 것 같습니다만, 지금의 프란 님께서는 변해도 너무 변하셨습니다."

"내가 그리도 많이 변했나."

"네. 확실히 변하셨지요."

"흐음, 그렇단 말이지."

베르톨도의 일갈에 수긍이라도 하는 것처럼 턱을 만지작거린 프란, 그가 뿌연 입김을 내쉬며 말했다.

"뜻은 알았다."

그러자 사방으로부터 촉수가 튀어나와 다섯 장인을 붙잡았다. 몸뚱이는 물론 입도 뻥긋하지 못하도록 철저하게 포박했다. 단 몇 초 사이에 이루어진 완벽한 제압이었다.

"동의하진 못하겠다만."

훤히 뚫려버린 길목, 둥지의 안쪽 동굴을 향해 프란이 나아갔다.

"베네사, 내 아내여."

동굴의 안쪽은 불빛 한 점 없이 어두웠다. 소란을 듣고 급히 꺼버린 것 같았다.

그래 봐야 프란을 속일 순 없겠지만, 무슨 바람인지 장단에 놀아나 주는 프란이었다.

"내가 왔소. 그대와 무려 천 년 가약을 맺은 프란 페이지, 당신의 하나뿐인 동반자 말이오."

그 어둠 속으로 프란의 나직한 목소리가 퍼져 나갔다. 광기라곤 한 점 찾아볼 수 없는 청명한 목소리였다. 특유의 너스레조차 없었다.

"너무 먼 시간으로부터 돌아왔구려. 한시라도 빨리 그대의 아름다운 미소를, 입술을 만나고 싶소."

프란의 계속되는 부름에.

"프란······?"

어둠 속으로부터 이안의 어머니, 베네사가 대답했다. 그녀는 프란의 변화와 관련된 이야기를 유일하게 듣지 못한 사람이었다. 큰 충격을 받을까 염려했던 이안의 배려였다.

"정말······ 당신인가요?"

"그렇소. 어서 이쪽으로."

이윽고 어둠 저편으로부터 사람의 인기척이 들려왔다. 하지만 그 기척은 베네사의 소유가 아니었다.

"페이지 부인, 저 남자는 부인께서 기억하시는 그 남자가 아닙니다. 이안 님께서 설치해 준 보호막으로 돌아가십시오. 절대 한 걸음도 나오시면 안 됩니다."

베네사와 프란의 사이를 가로막은 존재, 그 남자는 래디오였다. 그가 품속에 감췄던 매직 랜턴을 앞세우며 천천히 걸어 나왔다.

"오, 연금술사여."

프란 역시 래디오를 알아봤다.

이안의 눈과 감정으로 익숙하게 봐왔던 존재였으니까.

"그간 내 아내, 그리고 아들을 정성껏 보살펴 줬더군. 진심으로 감사하게 생각한다. 하지만 이건 가족 간의 문제, 낄 자리가 아님을 누구보다 잘 알고 있겠지."

프란이 가족이란 선을 그었다. 한데도 래디오는 물러나지 않았다. 오히려 콧방귀를 뀌며 일갈했다.

"가족 간의 문제? 웃기는 소리 집어치우시오. 이안 님께 다 들었소. 그대가 어떤 존재인지 말이오."

래디오의 음성은 명백하게 떨리고 있었다. 이안만큼, 어쩌면 이안보다 강한 존재를 가로막지 않았던가?

"당신이란 자는 더 이상 베네사 부인의 반려자도, 이안 님의 아버지도 될 수 없소. 단지."

그런데도 밀리지 않았다. 물러날 생각조차 없었다.

기세만큼은 호각을 이뤘다. 일생을 몽땅 털어낸 기백이리라.

"추악한 괴물에 불과할 뿐!"

그 단호한 외침과 함께, 래디오가 두꺼운 겉옷을 좌우로 펼쳤다. 랜턴 불빛이 그 내부를 비췄다.

"다가오지 마라. 거기서 한 걸음만 더 뻗는 즉시, 여기 달린 모든 폭약을 터뜨려 줄 테니까! 당신도 연금술을 좀 안다고 들었다. 그렇다면 이 약들이 무얼 뜻하는지, 대충이나마 짐작할 수 있겠지?"

프란의 외투 안쪽으로 다양한 '약병'이 주렁주렁 매달려 있었다. 금방이라도 폭발할 것처럼 펄펄 끓어오르는 비약, 회복 약인지 폭약인지 구분하기 힘들 정도로 순한 비약 등 가짓수만 수십에 달했다.

"그것은 바이온의 폭약인가?"

"알면 그쯤에서 멈춰. 손끝 하나 움직이지 말라고! 알고 있잖아? 조금만 자극해도 터지는 거."

단순한 폭약이 아니었다. 무려 연금술사 바이온의 정수로부터 탄생한 폭약, 거기다 래디오 부자의 특제 폭약까지 다양하게 섞였다.

"확실히, 정면에서 휘말린다면 위험할 것 같군. 다른 폭약도 아니고 바이온, 그 친구의 작품이라…….

엄살이라도 떨어주는 걸까, 아니면 진심으로 말하는 걸까.

알 수 없는 프란의 어조였다.

"하지만, 연금술사여."

프란이 하던 말을 이어갔다.

"그 폭약, 터뜨릴 수나 있겠느냐? 나의 죽음은 고작해야 일 할 미만의 가능성이겠으나, 그대는 필시 죽게 될 터인데."

옳은 얘기였다. 죽음이 확정적인 쪽은 래디오뿐이었으니까.

"그 폭약은 많이 고통스러울 거다. 육신이 촛농처럼 녹아 내리겠지."

래디오 또한 그 사실을 알기에 식은땀만 주룩주룩 흘렸다. 한데도 물러나는 법이 없었다. 오히려 있는 힘껏 소리치기에 이르렀다.

"하! 대단한 마법사라고 하더니만, 보아하니 물에 빠지면 입만 둥둥 뜨겠어? 엉? 어디 자신 있으면 들어와 보든지! 들어와! 들어오라고!"

래디오의 도발이 통한 걸까?

이윽고 첫발을 내디딘 프란.

그가 건조한 육성으로 말했다.

"당최 이해하기 어렵군. 그대가 나의 아내를 어찌 생각하는지는 알고 있다. 하나, 목숨마저 내던질 정도였던가? 정녕 그럴 가치가 충분한 감정이었나?"

진심으로 궁금하다는 말투였다.

그 말문은 거기서 끝나지 않았다.

"진심이라면, 정말 가치가 있다고 여긴다면 즉시 행하여 보아라. 정신과 육체가 녹아내리는 고통을 감수해 보라는 얘기다. 하지만 허세에 불과하다면, 그쯤하고 비켜서는 게 좋을 거다. 난 지금 인내심이 바닥났거든."

한 걸음, 또 한 걸음.

프란의 보폭이 점점 뻗어왔다.

"······모르긴 몰라도."

놈의 접근에 식은땀만 흘렸던 래디오, 그가 결심한 듯 입을 열었다.

"당신을 막아야 한다는 것. 아니······ 막는다고 막힐 위인은 아니겠지만, 하다못해 바짓가랑이라도 붙잡고 늘어져야 한다는 건 알겠어."

"······."

"당신이 왜 여기까지 찾아왔을까, 쉬운 이유겠지. 페이지 부인을 간악한 마법의 재물로 쓴다든가, 인질 삼아서 이안 님을 협박한다든가. 무엇이 되었든 나와 내 아들, 페이지 부인과 이안 님께 엿 같은 상황을 선사해 줄 거야. 내 말 틀렸나?"

래디오의 추측은 정확했다. 프란은 불사의 힘을 잃었다.

궁지에 몰린 셈 아니겠는가?

"아니라고는 못 하겠군."

"그럼 됐어. 충분해."

홀가분한 어조로 중얼댄 래디오가 뒤쪽의 베네사에게 말했다.

"페이지 부인. 아니, 베네사 부인. 더글라스를 잘 부탁합

니다. 뭐, 이제 다 크긴 했습니다만. 그래도 말이죠. 아직 애
니까요. 애."

드래곤 레어 깊숙한 곳에 이안이 설치해둔 보호막, 그 내
부로 돌아간 베네사와 더글라스에게 말하는 래디오였다.

비록 들리지 않을 거리였지만, 그는 아랑곳하지 않고 덤덤
한 어조를 이어갔다.

"더글라스, 잘 지내라. 애비가 아무리 고민을 해봐도, 이
방법밖에는 없을 것 같구나."

이윽고 래디오의 손아귀가 품속 폭약으로 향했다. 동시에
약병 하나를 잡았다. 이제 깨뜨리기만 하면 연쇄적인 대폭발
이 벌어질 터.

"자, 그럼 이제."

래디오도 잘 알고 있었다. 목숨을 걸어도 저 프란 페이지
란 괴물을 죽일 수 없다는 사실을. 이안이 말하길 자신과 필
적하거나, 혹은 그 이상의 존재라고 경고했으니까.

하지만.

"바짓가랑이나 붙잡아볼까?"

시간이나마 끌어볼 수 있으리라, 놈의 수작질을 늦출 수
있으리라.

곧 모두를 구하고자 나타날 이안.

그에게 시간적 여유를 선사하리.

"흡!"

프란이 약병을 꽉 움켜잡았다. 원채 강도가 약해빠진 유리
였다. 이런 상황에 최적화된 병이니까.

곧바로 으깨지기에 이르렀다.

"어리석은……."

래디오의 마지막 선택에 조소를 선사하는 프란이었다.

그는 자신감으로 넘쳤다. 저깟 연금술사가 아무리 희생한다 한들, 일말 손해조차 입지 않고 목적에 도달해낼 자신 말이다. 단지 흥미로운 장단에 박자만 맞춰줬을 뿐. 적어도 프란 스스로가 생각하기로는 그랬다.

"바로 이래서 인간이란 구분이 필요하다는 거다. 네놈처럼 어리석은 자들이 멸종한다면, 세상은 그 자체로 완벽하며 무한한 평화와 번영을 누릴 테니까."

아까부터, 아니, 어쩌면 인류의 수호자를 자처하기 시작한 순간부터 늘어놓았을 궤변과 함께, 프란이 강력한 보호막을 구축했다. 폭발의 여파에서 자유롭기 위함이었다.

"……?"

하지만 래디오와 프란.

두 남자의 예상과는 달랐다. 분명 래디오는 약병을 으깼다. 한데도 폭발이 발생하지 않았다.

아무리 기다려도 마찬가지였다. 도대체 뭐가 어찌 된 상황일까? 불발탄이라도 만들어 온 걸까?

"그 정도 했으면……."

래디오는 물론 프란조차 의아함으로 물든 그때, 누군가의 목소리가 들려왔다. 특히 래디오에게는 구세주처럼 느껴질 법한 목소리였다.

"충분하십니다."

폭약의 문제가 아니었다. 으깨진 약병이 문제였다.

으깨졌지만, 으깨지지 않았다. 갑자기 무슨 헛소리냐고?

간단했다.

"래디오 님. 아니······."

누군가의 마법으로 약병의 형태가 완연하게 유지되고 있었다. 애당초 내용물이 외부 공기와 만날 수 없었으니, 불발은 당연한 이치였다.

"새아버지라고 불러드릴까."

마법의 술자는 이안 페이지가 래디오 앞에 등장했다.

시간 벌이는 성공적이었다.

7장
제로 클래스

"위험한 물건부터 치우고."

이안이 가벼운 마법으로 래디오의 폭약을 몽땅 끄집어냈다. 그러더니 아공간 주머니 속에 담았다.

"이, 이안 님……!"

"그만 물러나세요. 여기서부터는 제가 이어받도록 하겠습니다."

그리고는 래디오 앞에 우뚝 서 프란을 고요한 눈으로 바라봤다. 이제부터는 제2차전의 서막이자, 긴 싸움의 막바지였다.

"처리? 네놈 혼자서, 나를?"

"그래. 나 혼자, 당신을."

가벼운 말장난.

분위기가 가라앉았다.

"도마뱀 족속들은 어디 가고?"

"모르는 척 좀 그만하지."

이안이 낮게 으르렁거리며 말하자, 프란 역시 차갑게 웃어 보였다.

"네놈은 빠져나오지 않았더냐?"

프란은 단순히 자리만 옮긴 게 아니었다. 보랏빛 무차원의 공간을 빠져나옴과 동시에, 강력한 안티매직 주문으로 이안과 드래곤 일족의 추적을 늦추고자 했다.

"솔직히 말하는데, 조금 놀랐다. 한평생 발전이 없는 도마뱀 족속들이야 말할 것도 없고, 네놈 역시 당분간은 그 방해의 기류에 묶여 있을 것이라 생각했거늘……."

프란의 여유로움에는 근거가 존재했다. 애당초 지금처럼 빠르게 추적해올 줄 예상치 못했던 거다. 아무리 짧아도 반나절은 족히 걸릴 것이라 여겼으니까. 한데 설마하니 몇 분도 채 버티지 못할 줄이야.

"아마 예전 같았다면, 그러니까 당신을 봉인에서 끄집어낸 직후까지만 하더라도 불가능했을 거야."

"뭐 얼마나 지났다고? 설마 그 짧은 사이에 깨달음이라도 얻었다, 그런 헛소리를 지껄이려는 거냐?"

"……당신. 인제 보니 시간만 되돌릴 줄 알지, 분열된 세상에 대해서는 아무것도 모르나 보군."

이안의 목소리가 확신으로 가득했다. 애당초 프란 페이지는 차원을 분열시킨 근원 아니겠는가? 이안처럼 차원마다 또 다른 자신이 존재하지 않을 터, 경우부터가 달랐다.

"내가 분열된 세상을 모른다니? 너, 이안 페이지란 이름의 실패작 중 인간으로서 가장 이상적인 평온을 누리는 개체, 그놈이 속한 세상을 찾아 친히 보내주지 않았더냐?"

분명 그랬다. 프란은 그러한 세상을 잘도 찾아 선물이랍시고 이안을 이동시켰다. 하지만 이안의 말뜻은 그러한 뜻이 아니었다. 프란과 이안에게는 근본적인 '차이'가 존재했으니까.

"지금껏 당신에게 분열된 차원이란 그랬겠지. 어떤 시간적 소모도, 큰 고민도, 혼란도 없이 그저 산책하러 나가는 것처럼, 그렇게 드나들 수 있었던 곳. 맞나?"

"뭐, 크게 다르지는 않다만."

"나는 달라, 아니, 달랐었다."

이안의 두 눈에 이채가 서렸다. 젊은 얼굴과 전혀 상이한 눈빛, 전보다 더 노회해진 느낌이었다.

"당신과 달리 나는 이곳, 본래의 차원으로 돌아오기까지 수많은 차원을 떠돌아다녔다. 상상하는 그 이상의 세월이 필요했지."

그 말에 프란도 조금은 놀란 기색이었다. 하지만 담긴 뜻까지 이해한 것 같지는 않았다. 그저 처음 듣는 얘기에 대한 반응이었을 뿐.

"당신 눈에는 내가 단숨에 돌아온 것처럼 보이겠지만, 실상은 그렇지가 않아. 실로 긴 시간 떠돌았고, 많은 것을 고민했지. 그리고……."

이안의 말문이 잠시간 멈췄다.

전율하듯 손까지 떨었다.

어째서일까?

"깨달았다."

깨달음을 얻었다는 한마디, 그 말에 프란의 경계심이 솟았다. 단순한 허언처럼 느껴지지 않았으니까.

"무엇을 깨달았지?"

"언어의 힘보다 높은 곳."

"……뭐?"

"마법의 정점을."

'마법의 정점' 그 표현에 한껏 치솟았던 프란의 경계심이 풀어졌다. 옅은 미소마저 지어 보였다. 의도가 명백한 미소, 분명한 비웃음이리라.

"무슨 헛소리를 하나 했더니."

프란이 조소로 일관하는 순간 실로 경악스러운 일이 벌어졌다. 적어도 프란에게는 그랬다.

쾅—!

자그마한 폭발, 마법으로 빚어진 폭발이 프란의 눈앞에 일어났다. 많이 쳐줘야 벌레 하나 죽일 법한 폭발이었다. 결단코 경악이란 표현을 남발할 규모가 아니라는 거다.

"……?"

그럼에도 프란은 경악했다. 단순하면서도 정확한 이유였다.

'아무것도 감지되지 않았어.'

프란은 마나를 느낀다. 상대의 마법이 발동되는 순간, 그 마법에 소모되는 마나의 흐름과 규모 등을 한 박자 빠르게 감지할 수 있었다. 그것이 프란 페이지가 지닌 '특별한 재능' 중 하나이자, 이안을 손톱만큼도 두려워하지 않는 근거였다.

'절대로, 절대로 불가한 일이다.'

한데 그 재능이, 마법사로서 최상의 축복이나 마찬가지인 재능이 발동되지 않았다. 자연히 혼란스러울 수밖에, 경악할 수밖에 없으리라.

'혹 마법이 아니라 속임수인가?'

프란이 다른 경우를 떠올렸다. 분명 그렇게 여기고자 했다. 확신마저 품기 직전이었다.

하지만.

콰앙-!

또 면전에 터져 나왔다. 아주 자그마한 규모의 폭발이, 프란조차 감지할 수 없는 마법이.

쾅! 쾅! 콰광! 쾅!

심지어 연쇄적으로 일어났다. 위치는 각각 프란 페이지의 면전, 귓가, 뒤통수, 정수리 위에 이르기까지 다양하고도 가까웠다.

"언어의 힘은 한계가 있어. 결국 마나를 빌려야 하니까, 하지만 나의 깨달음은 다르다. 마나가 필요치 않아. 자연 만물을 밑거름 삼아, 생각대로 이루어지는 권능이지."

프란은 그 말을 믿기 어려웠다. 하나 곧 새로운 사실을 깨달을 수 있었다. 정말이지 무심코 지나쳤던 한 가지가 불현듯 떠올랐다.

'그, 그러고 보니……'

조금 전. 연금술사 래디오가 자폭을 시도했던 당시, 이안은 분명 마법으로서 폭약 병의 깨짐을 막았고, 아공간 주머

니로 옮겨 담았다. 그때도 마찬가지였다. 마나의 태동조차
느끼지 못했었다는 뜻이다.

"굳이 명칭을 부여하자면."

마나가 감지되지 않는 혼란. 그 혼돈으로 마비된 프란의
사고에 나지막이 읊조려주는 이안이었다.

"제로 클래스."

"제로…… 클래스?"

'제로 클래스' 마법. 프란이 넋 빠진 사람처럼 그 명칭을
따라 했다.

'만약에, 앞으로도 계속 마나의 흐름을 감지할 수가 없다
면…….'

그 차이는 크다. 표현 그대로 예측할 수 없는 공격, 단순
한 변칙을 넘어서 무로부터 펼쳐지는 공격에 노출되는 셈이
아니겠는가? 심지어 프란은 그 당연한 감각에 익숙할 대로
익숙해져 버린 상태였다.

'이건…… 위험하다.'

프란의 본능이 경고했다. 그럴 수밖에 없는 상황이었다.

불사의 힘을 잃어버렸다. 한데 이제는 선천적으로 타고났
던 마나의 감지력마저 통하지 않는다고?

"하, 하지만……."

프란은 인정할 수 없었다. 흥분과 긴장으로 말까지 더듬었
다. 단언컨대 처음 겪어보는 혼란이었다.

"아까는 어째서…… 도마뱀 놈들과 있을 때는 어째서 이런
힘을 선보이지 않았지? 기회였을 텐데?"

이안이 듣기에도 당연한 물음. 응당 대답을 내어주기 시작했다.

"그때만 해도 확신이 없었거든."

"확신……?"

그랬다.

이안은 확신할 수 없었다. 깨달은 경지에 대한 확신 말이다.

"그랬었는데, 당신이 내 가족을 본격적으로 노려준 덕에 얘기가 달라졌어. 몸과 마음이 급박해지니까, 내 주변이 당신이란 미치광이의 손아귀 아래 유린당할 거라는 생각을 하니까. 비로소 본능이란 놈이 제 할 일을 하더군."

프란 페이지.

그자가 모든 깨달음의 '마침표'를 찍어준 셈이었다.

"아까 해줬던 얘기, 한 번 더 해줄까? 당신은 내게 너무나도 많은 것을 내어줬어. 시간, 반드시 지켜야 할 사람들, 그들을 지켜낼 수 있는 강력한 힘, 게다가……."

이안이 어깨를 쭉 폈다. 가슴도 당당하게 열었다.

"재능까지 줬잖아?"

그가 마지막으로 내뱉은 말.

실로 오만했으나, 근거가 있기에 누구도 반박할 수 없는 한마디.

"당신마저 뛰어넘을 정도로 압도적인 재능을, 그게 당신의 실수야."

이안의 말이 끝나기가 무섭게, 깊숙한 동굴이었던 사방 풍경이 '평야'로 돌변해 버렸다. 마음껏 날뛰기에 부족함이 없

는 평야 말이다. 단순한 환상 따위가 아니었다. 이안이 직접
펼친 텔레포트였으니까.

"무, 무슨……?"

그 어떤 속임수조차 아닌, 순수한 마법에 당해 버린 상황.

당혹감이 물밀 듯 밀려왔다.

수천 년 만에 처음이었으니까.

"내가 이 말을 몇 번이나 하는 건지 모르겠는데, 마지막으
로 딱 한 번만 더 할게. 당신과 나의 싸움. 그 질긴 악연, 꼬
여 버린 시간."

참으로 길었다.

라그나르에게 당했던 독살부터 무려 삼십 년이란 세월의
회귀, 전혀 알지 못했던 인외의 존재.

그리고 모든 문제의 근원까지.

"오늘로서, 모든 것을."

정말이지 머나먼 길을 걸어왔다. 이제 정착지에 도달할 차
례였다. 모든 갈등, 싸움, 악연의 결착.

이안은 바로 그것을 원했다.

"청산하자. 프란 페이지."

그 말은 제안 따위가 아니었다. 일종의 선전포고와도 같았다.

'어찌 대응해야 하는 거지? 선공? 방어막? 그것도 아니라
면…….'

이안이 손을 뻗어 프란에게 겨눴다. 그럼에도 어떠한 마나
의 발현, 혹은 일말 흐름조차 감지되지 않았다. 평소였다면
콧방귀나 뀌고 말았겠지만, 지금은 상황이 급변했다.

'우선 자리부터 피하고, 놈의 힘을 가늠해 보는 것이 우선 인가?'

프란이 눈매를 가늘게 좁혔다. 나아가 온 정신을 한곳으로, 이안이 펼쳐 보인 손끝으로 집중시켰다.

"일단."

마침내 이안이 입을 열었다.

새로운 경지에 도달한 마법사.

그 존재의 첫 번째 선택.

지이이이익……!

이안이 쭉 펼친 손날을 허공에 대각선으로 갈랐다. 그러자 종잇장이라도 베는 것처럼 쭉 찢어지는 소리가 들려왔다. 심지어는.

"커헉……?"

좀처럼 듣기 힘든 프란의 신음이 바람 빠지듯 흘러나왔다. 뿐이랴? 놈의 검지 한마디가 붉은 선혈을 흩뿌렸다. 심지어 바닥으로 툭 떨어지기에 이르렀다.

"손가락 하나."

일말 감정조차 느껴지지 않는 이안의 목소리, 그 목소리가 점점 프란 페이지에게 다가왔다. 그러면 그럴수록 프란의 뒷 걸음질은 빨라졌다. 수천 년에 달하는 생애 처음으로 맛보는 어마어마한 공포였다.

"자, 잠깐! 멈춰라, 이안!"

그 순간부터 프란은 최강자로서, 아니, 최강자'였던' 존재로서의 자존심도 아비로서의 자존심도 본신으로서의 자존심까지 모두 버렸다.

"잠시 말을, 아비의 얘기를……!"

하지만 아무런 소용이 없었다. 이안은 멈추지 않았으니까. 오히려 더욱 강하게 압박했다.

"다음은."

이안의 목소리는 마치 '선고자.'

'죽음의 사신'과도 같았다. 아니, 명백한 사신이었다.

푸확—!

또다시 붉은 피가 솟구쳤다. 이번에는 그 양이 다소 많았다. 손가락으로 끝나지 않았으니까.

"팔 하나."

손가락이 아닌 팔뚝, 왼팔 전체가 뜯겨나갔다.

깔끔하게 소멸시킬 수 있음에도, 이안은 굳이 고통을 증가시켰다.

"크아아아아아아아아악—!"

프란의 흔치 않았던 비명, 곧 흔해질 예정인 그 단말마가 힘껏 메아리쳤다. 동시에 방어막을 펼쳤다.

"헉! 허어억! 하악……!"

방어막 속에 몸을 숨긴 프란. 당장은 안전하다고 여긴 걸까? 거친 숨을 몰아쉬기 바빴다.

하지만.

"거기 숨는다고 안전할까?"

이안이 고개를 까닥거리며 물었다. 얼마 전까지만 해도 프란 페이지가 악마와도 같았다면, 지금은.

"글쎄, 내 생각은 좀 다른데."

그 아들이자 본디 사념이었던 존재, 이안 페이지야말로 사악한 악마처럼 느껴졌다. 아무래도 작금의 싸움에, 선악이란 구분되지 않는 것 같았다.

'파쇄 마법인가? 아니, 관통 마법일 수도 있겠군. 아까도 비슷한 선택을 했었으니. 뭐가 되었든 이 보호막만큼은 절대 뚫을 수 없다.'

프란의 머리가 빠른 속도로 회전했다. 온갖 경우의 수를 나열했고, 이내 안도했다.

지금 자신의 펼친 보호막은 어떠한 수단으로도 뚫리지 않을 터. 가히 완전무결에 가까운 절정의 보호막이었다.

'감지가 되지 않을 뿐, 위력은 다를 것이 없을 거다. 그랬다면 진즉에 보여줬겠지. 굳이 손가락과 팔뚝 가지고 장난만 치지는 않…….'

계산은 프란의 주특기였다. 하지만 오늘만큼은 달랐다. 그 특기가 통하지 않는 경지에 이안이, '제로 클래스'의 마법사가 있었으니까.

"흐음."

보호막 앞으로 뚜벅뚜벅 걸어온 이안, 그가 프란이 펼친 보호막을 위아래로 훑어보는가 싶더니.

똑똑!

마치 문이라도 두드리는 것처럼 보호막을 노크하기에 이르렀다.

"과연, 대단한 방어막이야."

짤막한 감상도 빼놓지 않았다. 그만큼 완벽한 보호막이었다.

"근데."

물론 마법사로서 객관적인 평가로는, 말미에 첨언 한마디가 더 추가되기 전까지는 그랬다.

"거추장스러워."

강력한 보호막에 대응하는 이안의 자세, 그것은 과연 어떠한 마법일까? 프란이 계산했던 대로 파쇄, 혹은 관통 계열의 마법일까?

"그러니까."

이윽고 이안의 팔이 움직였다. 정확히 말하자면 '주먹'이었다. 오른쪽 주먹이 강하게 쥐어졌다.

쿵!

이안은 마법을 쓰지 않았다. 아니, 엄밀히 따지자면 마법의 일환이긴 했다. 다만 겉보기로는 전혀 마법처럼 볼 수가 없었다. 저 엉성하면서도 무식한 '주먹질'을 보고 어찌 마법이란 단어가 떠오르겠는가?

쿵!

하지만 결과를 보라.

저 엉성한 주먹질이, 보호막은커녕 나무판자조차 제대로 부수기 힘들 것 같은 주먹질이 보호막에 균열을 일으켰다.

콰지직-!

마침내 이안의 주먹이 보호막을 꿰뚫었다. 두 눈으로 보고도 믿기 힘든 광경에 프란은 당혹감을 감추지 못했다. 하지만 그것도 잠시.

"그쯤하고 나오자."

이안의 주먹이 쭉 펼쳐졌다. 동시에 프란의 멱살을 잡았다. 바깥으로 끄집어내기 위함이었다.

콰장창창-!

멱살 잡은 손을 무자비하게 잡아당긴 이안, 자연스럽게 프란 페이지의 몸뚱이 역시 보호막을 박살 내버리며 바깥으로 튀어나왔다.

"크헉……?"

보호막 안에서 강제로 뽑혀 나온 프란, 그가 바닥을 나뒹굴었다.

'이, 이런……!'

그는 이해할 수가 없었다. 처참하게 당하고 있는 자신의 꼴이, 순식간에 초월적인 경지를 이루어낸 이안 페이지의 힘이 말이다.

'말도 안 되는……!'

무언가 해야만 했다.

본격적인 대응이든, 나중을 그리는 도망이든 선택이 필요하다는 거다.

하지만 그럴 수가 없었다.

콰앙! 쾅! 콰광-!

예측할 수도, 감지할 수도 없는 공격이 연쇄적으로, 심지어 다양하게 펼쳐졌으니까.

심지어 목숨을 단번에 끊어버릴 만한 공격도 아니었다. 그야말로 작은 피해가 깨작깨작 들어오는 상황, 프란의 심리를 극으로 몰아넣기에 충분했다.

"이 개자식……!"

"그럼 당신도 개네."

어느새 붉은 피가 프란의 몸뚱이를 흠뻑 적셨다. 온갖 살덩이가 사방으로 튀었다. 그럼에도 프란은 쓰러지지 않았다. 본능처럼 발동되는 강력한 치유마법이 그의 육신을 재생시켰으니 말이다. 피만 홍건할 뿐, 실질적인 피해는 협소했다.

"크아아아아악! 죽인다!"

버티다 못한 프란이 당장 발휘할 수 있는 최고의 폭발 마법을 일으켰다. 본인조차 휩쓸릴 정도로 파멸적인 주문이었지만, 그 결과는 미미하다 못해 처참할 지경이었다.

휘오오오오오오-!

이안이 만들어낸 홀, 그 허공에 뜬 새까만 구멍 속으로 프란의 모든 마법이 빨려 들어갔다. 한 점 마나의 찌꺼기조차 남기지 않았다.

"잘 먹었다."

"뭐……."

"맛은 없네."

프란은 진심이었다. 조금 전까지는 그랬다. 순간적이나마 함께 죽을 심정으로 펼쳤던 마법이란 거다. 한데 놈은 그 마법을 기괴한 구멍으로 모조리 빨아들여 버렸다.

"……."

프란이 두 주먹을 피가 날 정도로 말아 쥐었다. 그야말로 엄청난 굴욕감에 시달렸다.

본디 상황이란 게 이토록 급변할 수가 있는 것이었나? 그런 의문이 생길 정도였다.

"머리가 복잡한가 봐."

프란 페이지가 생전 처음 맛보는 혼돈과 자괴감으로 몸부림치는 그때, 이안의 음성이 그를 깨웠다.

"고민 좀 덜어줄까?"

믿을 수 없는 제안과 함께, 이안의 왼손 끝이 가로를 그었다. 그러자 프란의 머리카락 한 뭉치가 검에 베인 듯 잘려나갔다. 조금만 더 깊었다면 머리카락이 아닌, 머리통의 윗부분까지 잘려나갈 위치였다.

"빗나갔군."

"……!"

후두둑 떨어지는 머리카락에 프란이 정신을 바짝 차렸다. 이러다가는 정말로 죽음을 맞이할 것만 같았다. 고작해야 자신의 사념에 불과했던 모조품 따위에게 말이다.

'정면대결은 피해야 한다.'

이안을 이길 수가 없다는 사실, 그 굴욕적인 현실을 인정하는 프란이었다. 적어도 순수한 힘으로는 그랬다. 살고 싶다면, 먼저 엄청난 힘의 차이부터 받아들여야만 했다.

'어떻게든 몸부터 빼내야…….'

도망은 이미 시도해 봤다. 물론 모조리 실패였다.

공간이동 계열의 마법 자체가 발동되지 않았다. 자신이 보랏빛 무차원의 공간에 펼쳤던 방해기류, 그보다 더 강력한 무언가가 공간이동을 가로막았다.

'역시…… 감정으로 호소하는 방법밖에 없는 건가? 그래도 아비라는 입장을 잘만 살려본다면…….'

프란은 얼마 전까지만 해도 이안의 심리를 그대로 전달받았다. 그렇기에 충분히 알고 있었다.

겉으론 냉정한 척, 무자비한 척 연기를 하고 있지만, 그 내면에 얼마나 순해 빠진 영혼이 담겨 있는지를.

"프란. 아니, 아버지."

"……?"

"마지막으로 하나만 묻자."

마침 이안이 먼저 말을 붙였다.

절호의 기회가 찾아온 것 같았다.

"내 어머니."

모든 대소사를 종결 내기 전에 풀어두고 싶은 문제가 있었다.

이안으로서는 중요한 문제였다.

"당신이 보여줬던 과거, 그 세상이 조작된 게 아니라면, 어머니께서는 당신과 같은 시대의 사람이셨다. 당신처럼 오래도록 존재했다는 얘긴데, 처음에는 어머니께도 불사의 힘이 깃든 건가 의심했다. 하지만 장인들처럼 과거를 기억하시는 것도 아니지, 심지어 전생에는 돌아가셨다. 병으로 말이야."

의문점이 한둘이 아녔다.

이안의 목소리가 계속 이어졌다.

"그저 모든 것을 당신의 조작으로 치부한다면 얘기가 편하겠다만, 안타깝게도 믿을 수밖에 없더군."

현재의 이안은 프란조차 초월해 버린 존재였다. 현실과 환상을 구분치 못할 리가 없을 터.

"도대체 뭐지? 어머니께 무슨 개수작을 부린 거냐? 대답에 따라서 당신의 처우를 달리할 생각이야."

"살려주기라도 하겠다는 건가?"

"아니, 그 선택지는 없어. 아무 탈 없이 편하게 죽느냐, 혹은."

이안의 말이 단호하게 떨어졌다.

"고통 속에서 죽느냐."

"크크……."

결국, 죽음뿐. 한데도 프란은 희망을 느꼈다. 이안의 약점이나 다를 것 없는 어미, 베네사에 관한 이야기가 아니겠는가? 녀석의 감정을 건드리기 충분한 소재였다.

"내 아내, 그리고 네 어머니인 베네사는 특별한 존재다. 그깟 장인 따위와 비교될 사람이 아니야."

"해서?"

"그녀와 나는 평생을 약속한 동반자이며, 한날한시에 모든 것을 마감할 반쪽이기도 하지."

"요점만 말해."

"요점을 말하고 있는 거다. 그녀는 나와의 연결로 오랜 세월을 존재할 수 있었으니까."

두 남자의 대화가 뚝 끊겼다. 이안 쪽에서 끊어낸 거나 다를 것이 없었다. 생각할 시간이 필요했으니까.

"함께 마감한다는, 그 말……."

"옳지, 그게 바로 요점이다."

"자세하게 말해봐."

"내가 죽으면."

프란이 회심의 미소를 지었다. 물론 겉으로는 표현하지 않았다.

"배네사, 그녀 역시 죽게 된다. 이 세상의 베네사뿐만 아니라, 분열된 모든 차원의 베네사가."

"헛소리……."

"오, 미리 말한다만, 증명할 길은 어디에도 없어. 그러니까 자신이 있다면, 내 말을 믿지 못하겠다면 지금 당장 죽여보아라. 나를."

이안이 크게 흔들렸다. 예기치 못한 당당함이었다.

"하지만 전생에서는……."

"죽지 않았다."

"뭐……?"

"성공작을 잉태해 줬으니 그 답례로 오랜 굴레에서 벗어나게 해줬을 뿐이다. 너, 그리고 나와 관련된 기억을 지우고 자유롭게 풀어줬지. 네 녀석에게 선물했던 것처럼, 일개 인간으로서 가장 완벽에 가까운 삶을 누릴 수 있도록 배려해 줬다."

이안의 전생.

인즉 독살을 당했던 차원, 그 세상의 베네사는 죽지 않았다.

"물론 그녀, 네 녀석의 진정한 친모 역시 죽게 되겠지. 영문조차 모른 채로. 내가 죽는다면 말이야."

궁지에 몰렸던 프란, 그의 절박함이 점차 옅어졌다. 사태가 다시금 통제권 내로 들어오는 것 같았다.

"이안, 신중하게 선택하는 편이 좋을 거다. 때에 따라 큰 후회를 맞이할 수도 있으니까. 협박이 아니라 충고야. 부탁이기도 하지. 나도 내 반쪽을 잃고 싶지 않아."

"……."

"그래, 이렇게 하도록 하는 것이 어떻겠냐? 나를 보내다오. 보내만 준다면 나 또한 다시는 네 녀석의 눈앞에 나타나지 않으마. 지체 없이 다른 차원으로 넘어가 그 세상에서 이상을 실현하도록 하지."

미끼는 던져졌다. 입질도 강하게 왔다.

이제 건져 올릴 차례. 프란이 신중하게 말했다.

"어차피 내 목적은 도마뱀 놈들의 봉인에서 벗어나는 것. 네 녀석의 입장도 마찬가지 아니더냐? 나만 사라진다면 완벽한 삶을 누리겠지. 굳이 어머니를 잃지 않아도 돼."

아주 그럴듯한 절충안까지 내놓았다. 어미 베네사를 끔찍이 생각하는 이안이라면 이 먹음직스러운 미끼에 혹할 수밖에 없을 터.

"정말인가?"

잠시 침묵에 빠졌던 이안의 입술이 느리게 떨어졌다.

"정말 그렇게 해줄 수 있어?"

드디어, 드디어 물었다. 프란이 흡족하게 대꾸했다.

"이제 와서 무슨 수작을 부리겠느냐? 네놈 손짓 한 번이면 모가지가 날아갈 판국인데. 오히려 보내만 준다면 내 쪽에서 환영이다. 이 차원은 오롯이 너에게 주도록 하지."

낚싯대가 수면으로 솟아올랐다. 이제 낚아채기만 하면 그만일 터.

"그렇다면……."

이안이 조심스레 읊조렸다. 망설이는 기색이 역력했다.

팟!

하지만 그 망설임도 잠시. 이안의 눈에 총기가 돌아왔다. 동시에 육신마저 사라졌다.

블링크 주문과 비슷했다. 단지 그보다 더 빠를 뿐, 목적지는 프란의 면전이었다.

"확인 좀 해볼까?"

확인을 운운하는 이안.

그의 양손이 뻗어졌다. 프란의 머리통을 낚아챘다.

벗어날 기회조차 없었다. 워낙에 빠르고 강력했으니까.

"무, 무슨 짓을……!"

[기억 훔쳐보는 짓.]

이안의 영역 '제로 클래스'. 그 경지에는 어떠한 술식도, 주문도, 하물며 언어의 힘처럼 한마디 말조차 요구되지 않았다. 필요한 건 오직 이안의 생각, 그리고 행하고자 하는 것, 오직 두 가지뿐이었으니까.

"음……."

프란의 기억을 음미했던 이안.

음미라고 해봐야 일 초 남짓이지만 충분했다.

"당신, 예전부터 느끼는 거지만."

기억을 모두 읽어낸 이안이 잡았던 손을 풀어줬다. 간단하게나마 감상평도 늘어놓기 시작했다.

"입만 열었다 하면 거짓말이 자동으로 튀어나와. 그치?"

8장
마지막 매듭

"뭐, 뭐라고……?"

"거짓말 좀 그만하라고."

싸늘하게 읊조린 이안은 손바닥을 쭉 펼쳤다.

표현 그대로 펼쳤을 뿐이었다. 하지만 그 결과는 무지막지했다.

쿠웅!

프란의 몸뚱이가 마치 투석기로 쏘아진 바위처럼 튕겨 버렸으니까.

어디 그뿐일까? 땅바닥에 처박힌 채로 엉금엉금 기어 나와야만 했다. 언어의 힘은커녕 단순한 플라이 주문조차 방해를 받았으니 말이다.

"이, 이놈이……!"

"아직 정신을 못 차렸군."

쿠우웅-!

응징은 거기서 끝나지 않았다. 이안의 가벼운 발길질 한 번에, 프란이 엉금엉금 기어서 올라왔던 땅덩어리 일대가 움푹 꺼지기 시작했다. 마치 모래 늪처럼 빨려 들어간다고도 표현할 수 있으리라.

"크허어……!"

어렵사리 빠져나온 프란, 그가 구토라도 하듯 숨을 내뱉었다. 동시에 절망감을 느꼈다.

태어나서 처음으로 맛봤다. 봉인을 당했을 때도, 그 후 수백 년을 보낼 때도 느껴볼 수 없었던 감정이었다.

"어찌, 어떻게 이럴 수가……!"

더는 상황을 반전시킬 수단도, 계략도, 일말 기회조차 사라진 것 같았다. 자신의 힘이 통하기는커녕 시도조차 해볼 수 없는 상대, 이안은 그러한 존재가 되어버린 거다.

"발버둥 쳐도 소용없어. 더는 당신의 세 치 혀에 놀아나지 않아."

"크으…… ."

"당신의 기억, 지식, 계획. 그 전부 다 내 수중으로 들어왔거든."

물론 모든 것이 거짓은 아니었다. 오히려 진실에 가까웠다. 문제는 단 하나의 거짓, 프란과 베네사가 함께 죽는다는 그 '협상의 수단'만큼은 명백한 거짓말이었다.

'어머니는 돌아가시지 않는다.'

단, 프란과 베네사의 사이에 어떤 연결고리가 존재함은 사실로 드러났다.

때문에 프란이 사망한다면, 해서 그 고리가 끊어진다면, 오랜 세월 프란의 도구로서 존재했던 베네사는 평범한 인간이 된다.

평범하게 늙고, 허락된 세월을 소진한 뒤 죽음을 맞이한다는 얘기였다.

'괜찮아.'

그 기억을 읽어낸 순간, 이안은 그렇게 여겼다.

평범한 사람이 되는 것, 한 번의 삶만 주어지는 것, 진심으로 괜찮다고 생각했다.

'나 역시 모든 것을 끝내고…….'

눈앞에 닥친 모든 일이 끝난다면, 해결해야 할 실타래들을 전부 다 풀어낸다면 이안 자신도 평범한 인간으로서 자연 만물의 섭리에 따라 흘러가고자 했으니까.

만약 그 이상을 바랐다가는, 프란과 똑같은 괴물이 될 것 같았으니까.

'그렇게 될 수는 없지.'

이안의 뜻은 확고했다.

그렇기에 똑바로 볼 수 있었다.

자칫 미래가 될 수도 있는 존재, 한때는 인류의 수호자였던 존재, 최초의 마법사, 프란 페이지를.

"……아버지."

이안이 속삭이듯 읊조렸다. 지금껏 프란에게 일관했던 목소리 중 가장 적의가 없는 음성이었다.

"과거의 당신은, 마땅히 존경받을 만한 존재였어. 먹이사슬에서도 하층이었던 인류, 그 보잘것없었던 족속들을 오직 혼자의 힘과 의지로 지켜냈으니까. 당신이 아니었다면 세상은 지금과 많이 달랐겠지."

이안은 진심을 담아 말했다.

그 여느 때보다 말이다.

"나는 그릇이 좁아서, 세상을 보는 시야가 좁아터져서, 설령 몇 번의 삶을 반복한다 해도 아버지, 당신처럼 할 순 없을 것 같아. 고작해야 기억 조금 읽었을 뿐인데도 머리가 다 아플 지경이거든."

이안은 스스로의 한계를 알았다. 그렇기에 진심으로 인정할 수 있었다. 적어도 과거의 프란 페이지는, 세상 누구보다 위대한 존재였다.

"하지만, 지금의 당신."

물론 모든 것은 과거일 뿐 지금은 얘기가 달랐다.

"너무 많은 것을 감당하고자 했고, 끝내 감당할 수 없었던 당신."

지금부터 이안이 말하고자 하는 존재란 바로 '현재의 프란'이었다.

"아무런 대책도 없이, 무분별하게 차원을 분열시켰고, 봉인 속에서 탈출하고자 천년가약을 맺었던 아내, 그리고 핏줄마저 도구로 전락시켰으며, 대초원의 수많은 생명조차 협박의 수단으로 희생시켜 버린 당신. 더는 인류의 수호자란 칭호가 무색하기만 한 당신."

이안은 작금의 프란 페이지, 그가 저지른 만행을 하나하나 읊조렸다.

"숭고했던 이상은 땅속 깊은 곳까지 떨어져 버렸고, 그 텅텅 비어버린 가슴에 추악함만 욱여넣은 당신, 프란 페이지란 이름의 존재는."

"⋯⋯."

"슬슬 퇴장할 때가 온 것 같아."

"⋯⋯."

"이 세상에서, 영원히."

이안이 프란의 눈을 바라보며 말했다. 모든 수단과 계략이 실패로 돌아간 탓일까, 공허함만 남은 듯 초점마저 잃어버린 눈빛이었다.

"당신이 그랬었지. 인류는 충분히 분류시킬 수 있다고. 나도 일정 부분은 동감해. 비록 그 분류의 조건이 다를지언정 말이야. 다만⋯⋯."

잠시 말문을 멈췄던 이안.

그가 프란과의 거리를 벌렸다.

동시에 하던 말을 이어갔다.

"그 분류라는 건, 피차 똑같은 인간만이 정의할 수 있는 영역이야. 더 이상 인간으로 보기 힘든, 당신과 같은 '괴물'의 영역이 아니라."

'괴물'이라는 표현에 공허했던 프란의 눈빛이 꿈틀거렸다. 의미심장한 눈초리였다.

화가 난 건지, 혹은 부정이라도 하고 싶은 건지. 단언할 순 없었지만, 적어도 조금 전까지의 공허했던 눈빛과는 달랐다.

"나는 인간으로서, 당신의 피를 이어받은 혈육으로서, 괴물로 변해 버린 당신에게 안식을 선고하고자 해. 그럴 힘이 있고, 책임과 의무가 있으며, 마땅히 매듭을 지어야 할 순간이니까."

그 순간, 새하얀 빛으로 이루어진 줄기가 솟아나 프란의 육신을 포박했다. 프란이 불러냈던 시꺼먼 촉수와는 전혀 상이한, 그야말로 깨끗하기 그지없는 빛의 줄기였다.

"부디."

동시에 이안의 두 손이 모아졌다. 손과 손 사이로 약간의 공간까지 만들었다. 그러자 모인 손바닥 사이로 자그마한 구체가 맺혀졌다. 새하얀 빛의 구체였다.

"언젠가는."

하나 그 구체는 '빛'이 아니었다. 커지면 커질수록 빛으로서의 면모, 그리고 구체로서의 면모도 사라져 갔다. 대신 활활 타오르는 '불꽃'으로서 본색을 드러내기 시작했다. 육신은 물론 타락해 버린 영혼조차 말끔하게 정화할 정도로 순수한 백색의 불꽃, '백염'이었다.

"평범한 아버지와 아들로. 사람이 힘들다면 한낱 짐승으로라도."

이안으로부터 탄생한 백색의 불꽃, 그 백염이 빠른 속도로 커졌다. 그야말로 '제로 클래스'라 명명된 경지의 정수가 담긴 불꽃이었다.

"다시 만날 수 있기를."

마침내 거대한 백색 불꽃이 이안의 손아귀를 벗어났다. 빠르지는 않았으나, 우직하게 뻗어 나갔다.

"머, 멈춰……."

새하얀 불꽃을 목도한 프란.

그가 사정하듯 중얼거렸다.

"멈춰, 멈춰, 멈춰……! 멈춰라! 멈추라고! 당장 이걸 풀어!"

중얼거림은 곧 증폭되었다.

절규와 괴성으로 번졌다.

"이안! 내 말을 들어! 반드시 그래야만 한다! 네놈이 읽었다는 그 기억, 전부 다 조작된 거다! 내가 죽는다면 네 어미도 죽어! 후회하지 말고 당장 멈춰라! 이안! 이안!"

프란이 자신을 포박한 백색 빛줄기에서 벗어나고자 발버둥쳤다. 하나 그러면 그럴수록 더욱 강하게 조여질 뿐이었다.

"나는 네 아버지다! 조금의 오해가 있었을지언정 네 아버지라는 얘기다! 설마 아비를 이렇게 죽일 셈이냐? 정녕 그럴셈이냐? 이안!"

심지어 부모와 자식의 관계마저 들먹거리기 시작했다. 그만큼 절박하고 또 절박했으니까. 실로 오래토로 기다려왔던 복귀이거늘, 죽어버리면 다 무슨 소용이겠는가?

"이아아아안-!"

프란 페이지, 그 최후를 눈앞에 둔 존재가 이안의 이름으로 울부짖었다. 수천 년간 쌓아온 감정의 소용돌이가 울부짖음에 휘몰아쳤다.

화아아아악!

마침내 새하얀 불꽃이 프란 페이지, 그 낡은 존재를 집어삼켰다. 또한 하얗게 불태우기 시작했다.

"……."

동시에 프란의 울부짖음도 점점 잦아들었다. 새하얀 불꽃으로 타들어 갈지언정 한 줌 비명조차 지르지 않았다. 따지자면 통증이 없는 쪽에 가까웠다. 백염은 단순한 불꽃이 아니었으니까. 단순히 육신을 태운다기보다는, 더욱 근본적인 '내면'을 불사르는 쪽에 더 가까웠다.

쿠구구구구구구……!

그래서일까? 놀랍게도 불꽃은 프란 페이지 외에 아무 곳에도 옮겨붙지 않았다. 흙바닥은 물론 한 포기 잡풀조차 멀쩡했다.

오직 프란의 육신과 영혼만을 불태웠으며, 완전한 소멸의 길로 인도했다.

"편히 쉬어."

이는 이안이 '아버지'에게 선사하는 마지막 배려였다. 또한 인류의 존속을 성공적으로 이끌어냈던 '수호자'이자, '최초의 마법사'에게 보내는 최소한의 대우이기도 했다.

"아버지."

이안이 나지막하게 읊조렸다. 프란으로서는 마지막으로 듣게 될 아들의 목소리이기도 했다.

"……."

새하얀 불꽃과 함께 조금씩 소멸하여가는 프란의 입술이 들썩거렸다. 아주 미세한 움직임이었다. 소리마저 들리지 않았다.

그럼에도 이안은 그 입술이 말하고자 하는 바를 정확히 읽어낼 수 있었다.

고맙다, 이안.

고마움, 그것은 백염으로 모든 광기와 마기로부터 해방된 프란, 그가 영원한 안식 속으로 빠져들기 직전 이안에게 건넨 작별인사였다.

"고맙기는."

이안이 혼잣말을 중얼거렸다.

어쩌면 그럴 수도 있겠다 싶었다.

프란은 봉인으로부터 벗어나고자 자신을 이용한 것이 아니라, 모든 광기로부터 해방되고 싶었던 게 아닐까? 그런 잡다한 생각 말이다.

화르르르……

끝 모르고 불타올랐던 새하얀 불꽃이 조금씩 화력을 잠재웠다. 그 화기에 집어삼켜 졌던 프란의 육체 또한 흔적마저 찾아볼 수 없었다.

"허억……! 하, 후우우우……."

동시에 이안의 무릎도 꿇어졌다. 거친 숨 또한 참아내지 못했다.

더는 버티고 서 있을 기력조차 없었다. 강력한 존재의 영혼을 정화함과 더불어 완벽한 소멸까지 도모했던 마법이 아니던가?

제아무리 이안이라도 가진바 모든 힘을 남김없이 쏟아낼 수밖에 없었으리라.

'끝난 건가. 정말로.'

이안이 힘겹게 주변을 둘러봤다. 광활한 대지가 눈에 들어왔다. 한 점 바람도 살랑거렸다.

평화로웠다.

'이렇게……'

방금 전까지 겪었던 모든 일이 흡사 꿈 자락처럼 느껴질 정도로.

'……아니.'

불어오는 바람을 만끽했던 이안. 그의 스르르 감겼던 두 눈이 일순간 번뜩거렸다. 모든 게 끝나지 않았음을 자각한 탓이었다. 아직 몇 가지 문젯거리가 매듭을 기다렸다.

'가장 중요한 일이 남았다.'

가장 중요한 일. 이안이 제 가슴팍을, 심장이 뛰는 그 가슴팍의 진동을 느끼며 중얼거렸다.

'제자리로 돌려놔야겠지.'

그렇다. 프란은 본래의 차원으로 돌아오는 과정에서 수없이 많은 차원을 떠돌아다녔다.

그 여파로 수많은 영혼을 심상 세계에 쌓아야만 했다. 비록 원했던 일은 아니었지만, 결과적으로 프란과 똑같은 만행을 저질러버린 셈이었다.

'이대로 내버려 둔다면, 영혼을 그저 여분의 생명쯤으로만

여겼던 프란과 다를 것이 없으니까.'

모든 영혼을 본래의 차원으로 되돌려놔야만 한다. 이안에게는 그러한 의무와 능력이 있었다.

"당장 움직여야……."

이안이 자리를 털고 일어났다, 아니, 일어나려고 노력했다.

하지만.

"윽……!"

도저히 일어날 수가 없었다. 모든 힘을 다 쏟아낸 후유증. 당분간은 거동이 힘들 것 같았다.

'……조금만 쉴까?'

결국 다시금 주저앉아 버린 이안은 아예 뒤로 벌러덩 누워버렸다. 푹신한 흙바닥이 등을 반겼다.

"좋구나."

지칠 대로 지쳐버린 몸뚱이가 노곤함으로 푹 물들었다. 조금이나마 쉬는 것도 나쁘지 않을 것 같았다.

"평생 이렇게 쉬고 싶다."

실없는 바람.

하지만 그 바람과는 달리, 이안의 흔적은 얼마 지나지 않아 홀연히 사라져 버렸다. 그가 마지막으로 매듭을 묶어야 하는 일, 그 문제의 해결을 위한 움직임이었다.

(그대는…….)

이안의 첫 번째 행선지는 바로 보랏빛 무차원의 공간, 프란 페이지의 봉인지이자 드래곤 일족의 임시 영토였다.

프란이 소멸함과 동시에 펼쳐졌던 방해 마법도 사라졌지만,

그럼에도 드래곤 일족은 바깥세상으로 빠져나오지 않았다. 이안이 승리했음을 짐작했고, 곧 찾아올 거라 여겼으니까.

(엄청난 존재가 되었구나.)

수장 리시스 라덴쥬가 이안의 변화를 단번에 알아봤다. 과연 '엄청난 존재'라는 표현이 어울렸다.

(더는 견제의 대상조차 될 수 없겠군. 그대가 마음먹기에 따라 우리 일족은 세상에서 영영 지워질 수도, 생존할 수도 있을 터이니.)

리시스 라덴쥬의 말에 생존한 드래곤 일족 구성원들이 술렁거렸다.

이전까지의 이안만 해도 충분히 강력한 존재였거늘, 이제는 그마저도 초월해 버렸다는 걸까? 도무지 가늠하기가 어려웠다.

"그렇게 되었습니다."

이안도 순순히 그 벌어진 힘의 격차를 인정했다. 명백한 사실이었다. 지금 이안에게 드래곤 일족이란 여흥 거리조차 되지 않을 터.

"본의 아니게 상황이 편해지기도 했죠. 더 이상 일족 여러분을 경계하지 않아도 되니까요. 이 마당에 무슨 수작을 부릴 수 있겠습니까?"

이안의 말은 다소 건방졌다. 자신이 이만큼 강해졌는데, 감히 드래곤 일족 따위가 중상모략을 꾸밀 수 있겠느냐는 뜻이었으니까.

(진실이 더 아픈 법이라더니, 정말이로군. 인정할 수밖에

없겠어.)

그러나 리시스 라덴쥬는 조금도 불쾌해하지 않았다. 오히려 답지 않은 너스레와 함께 넘어갔다.

(해서, 프란 페이지. 그 존재의 마지막은 어떠했지? 끝내 타락한 영혼에서 해방되지 못했는가?)

"적어도, 마지막 순간만큼은."

리시스 라덴쥬의 물음에 이안이 대답했다. 크게 침통하지도, 그렇다고 후련하지도 않은 목소리였다.

"편해 보였습니다."

(그런가…….)

그 대답에 리시스 라덴쥬가 옛 추억을 떠올렸다. 따지고 보면 이곳 누구보다도 프란 페이지와 가까웠던 인물 아니겠는가?

뜻을 함께하는 스승과 제자로서 많은 교류가 존재했을 것이니 말이다.

(좋은 곳으로 갈 수는 없겠지. 홀로 짊어진 무게만큼, 악행도 확실하게 저질렀던 존재이니…….)

"쉴 수 있는 게 어디겠습니까."

(확실히, 그 존재는 너무 오랫동안 달려왔어. 깨끗한 비단길이든, 울퉁불퉁한 자갈밭이든, 일단 앉아서 쉬는 것만으로도 행복하겠군.)

수천 년 만에 소멸을 맞이한 존재, 프란 페이지를 가슴 속으로 묻은 리시스 라덴쥬가 이안을 바라봤다. 지금부터는 보다 현실적인 문제에 두 발을 들이밀 순서였다.

(그대는 이제 어찌할 요량이지?)

"무엇을 말입니까?"

(모르는 척하지 말게. 그대의 궁극적인 목표가 프란 페이지, 그리고 우리 일족 모두의 소멸임을 모르는 바 아니니까. 나는 지금 그 생각이 여전하냐는 물음을 건네고 있는 것이라네. 이전까지야 부족한 힘에 어쩔 도리가 없었겠다만, 지금은 충분하지 않던가?)

리시스 라덴쥬의 말이 옳았다. 본디 이안은 프란 페이지와 드래곤 일족, 양측 모두가 사라지는 것을 진정한 평화라고 여겼다. 하지만 9클래스를 넘어선 0클래스. 즉 '제로 클래스'라고 명명한 경지에 오르기 전까지는 사실상 이룰 수 없는 목표였기에, 조금이라도 더 나은 쪽과 동맹을 맺었던 거다.

'하지만, 지금이라면.'

충분히 가능했다. 혼자의 힘으로 프란 페이지와 드래곤 일족, 양측 모두를 눈앞에서 치우기에 부족함이 없었다. 리시스 라덴쥬의 물음은 바로 그러한 배경을 가졌다.

"조금 전에도 말했습니다만."

이안이 그 물음에 대답을 내놓기 시작했다. 드래곤 일족과 대면한 이래 가장 안정된 목소리였다.

"상황이 편해졌습니다. 굳이 피를 보고 싶진 않네요. 심지어 따지고 보면, 여러분이 제 삶에 끼어든 적도 없고 말이죠. 전부 다 프란, 그자의 계략이었을 뿐이니까."

이안은 드래곤 일족을 향했던 경계와 의심으로부터 완벽히 자유로워졌다.

여차여차 많은 까닭이 존재했으나, 가장 근본적인 이유로
는 '강력한 힘'을 얻어낸 덕분이었다.

"페어리의 여왕님과 드래고니안 일가분들의 얼굴을 봐서
라도, 잠깐이나마 함께 싸웠던 순간을 생각해서라도, 저희의
동맹은 당분간 유효한 것으로 하겠습니다."

(진심으로 하는 말인가?)

"혓바닥을 놀릴 필요나 있겠습니까? 거듭 말씀드립니다
만, 이렇게 된 마당에 말입니다."

인정할 수밖에 없었다. 이안이 마음만 독하게 먹었다면,
이 보랏빛 무차원의 공간으로 돌아온 순간 일족 전체를 멸종
시켰으리라.

(적어도, 우리 일족이 먼저 그대가 제안한 동맹을 파기하
는 경우란 존재하지 않을 걸세. 칼자루는 전적으로 그대 손
에 쥐어졌으니.)

"그야 뭐, 두고 볼 일이겠죠. 부디 진심이기를 바랄 뿐입
니다."

(거짓이 아니다.)

"하면 다행이고요."

어깨를 으쓱거린 이안, 그가 대화의 주제를 돌렸다. 가장
먼저 드래곤을 찾아온 본론이기도 했다.

"그래서 말인데, 저는 당분간 이 세상, 그러니까 이 차원
을 비우고 다른 차원에 머물 예정입니다."

(그게 무슨 뜻이지?)

"프란 페이지가 무분별하게 분열시킨 차원을 수습하고자

합니다. 자세한 설명은 나중에, 돌아와서 드리겠습니다만, 일단 알고는 계시라고요. 일종의 경고이기도 하죠."

간단한 의미였다. 볼일 좀 보고 올 생각인데, 괜히 허튼수작 부리지 마라. 그런 의미 아니겠는가?

(허어, 차원을 넘나드는 진리조차 깨우친 모양이로군.)

"언제든지, 어떠한 형태로든 돌아올 수 있습니다. 물론 지금 가진 힘 그대로 말이지요."

쉽게 말해서, 허튼수작을 부릴 경우 언제든 돌아와 응징할 수 있다, 그런 뜻이었다. 듣는 귀에 따라 협박처럼 들릴 수도 있을 터.

"그 당부를 드리고자 제일 먼저 찾아온 겁니다."

한동안 자리를 비워야 하는 일이니만큼, 이안 자신과 드래곤 일족 간의 관계를 확고히 정립해 둘 필요가 있었다. 바로 그래서였다.

(우리는 무모하지 않다. 오랜 시간 봉인을 유지하며 지칠 대로 지치기도 했지. 그저 오늘의 싸움으로 잃어버린 동족, 그리고 프란 페이지를 봉인하는 과정에서 방치할 수밖에 없었던 동족들의 유해를 수습할 생각일 뿐이네. 너무 많이 늦었지만, 마땅히 해야 할 일이니까.)

리시스 라덴쥬가 말했다. 단지 말뿐이었으나, 여러 정황을 고려해볼 때 신뢰성이 떨어지지는 않았다.

"좋습니다. 오래간만에 만끽하실 자유, 마음껏 누리시길 바랍니다. 단, 인간이 이룩한 문명에 해가 되지 않는 선에서 말이지요."

(물론. 애당초 우리는 인간들의 문명에 해를 끼친 적이 없다. 그래서 프란 페이지와 대립했던 것이니까. 그대도 잘 알고 있지 않던가?)

"그건 그렇긴 합니다만."

이안은 드래곤 일족에게 자유를 줬다. 계속 가두는 수도 있겠으나, 굳이 그 방법을 선택하지 않았다.

"그럼 나중에 뵙죠."

이안이 손을 흔드는 그때, 무리 틈에 섞여 이안과 리시스 라덴쥬의 대화를 지켜보던 젊은 용, 헤르파이 도토스가 이안에게 다가왔다.

(인간. 아, 아니, 동맹이시여.)

"음?"

(자, 잠시 내 말을 들어주시오.)

"뭡니까?"

이안의 물음에 젊은 용 헤르파이 도토스가 그 육중한 몸뚱이를 움찔거렸다. 말투마저 한층 공손해졌다. 복잡 미묘한 표정도 일품이었다. 대체 전하고 싶은 말이 뭘까?

(고······.)

"고?"

(고, 고맙소.)

젊은 용 헤르파이 도토스가 전하고 싶은 말은 바로 '감사의 인사'였다. 프란 페이지의 공격으로부터 목숨을 구명해 준 고마움 말이다.

"뭐가 고맙다는 겁니까?"

(그, 그것은…….)

"생각이 잘 안 나는데, 자세한 설명 좀 부탁해도 되겠습니까?"

(그게…….)

사실 이안이라고 감사의 까닭을 모를 리가 있겠는가, 그저 장난이나 걸어보고 싶었을 뿐이었다. 저 자존심 대단했던 드래곤이 지금은 귀엽게만 느껴질 정도였으니까.

"농담입니다. 앞으로는 인간이라고 무시만 하지 마시고요."

(무, 무시라니. 나는 단지…….)

젊은 용 헤르파이 도토스가 말끝을 흐렸다. 자신의 건방졌던 순간들이 주마등처럼 지나간 탓이었다.

(……미안하오. 내가 너무 어리석어 동맹께 큰 실례를 범했었소.)

"사과받자고 꺼낸 말은 아닌데, 아무튼 미안하다니 잘 받겠습니다. 피차 앞으로 조심하면 되겠죠."

이안이 피식 웃으며 읊조렸다. 젊은 용 헤르파이 도토스의 육중한 바라락을 툭툭 쳐주기도 했다. 실로 완벽한 '윗사람'의 자태였다.

"수습을 끝내고 돌아오거든, 종종 찾아뵙도록 하겠습니다. 그럼."

이안의 인사.

그리고 사라질 때까지 모든 일족이 긴 목을 숙였다.

일족에게 자유를 선사해 준 존재. 그 인간을 향한 경의의 표시였다.

"허억! 헉! 후우우……!"

동부 대초원의 격전지.

삼국 토벌대, 그린리버 진영.

그 수많은 호흡 소리 가운데.

"이긴 건가. 우리가……?"

붐 스틱을 손에 쥔 미청년, 황태자 '하이든 그린리버'가 힘겹게 읊조렸다. 체력과 정신력을 몽땅 쏟아내지 않았던가? 안도감과 함께 휘청거리는 육신이 그 증거였다.

"정말, 정말로……."

그가 어렵사리 버티며 주변을 둘러봤다. 그 나직한 읊조림처럼, 더 이상 대초원의 땅덩이 위로 살아 움직이는 좀비란 목격되지 않았다. 단 한 마리도 남김없이 널브러져 꼼짝도 할 수 없었으니까.

"단장…… 아니, 부단장. 거기 있나? 아직 살아 있기는 하겠지?"

황태자의 중얼거림에.

"부단장 폴, 여기 있사옵니다."

제2 황실 기사단의 부단장이자, 단장 올리버가 후방으로 물러난 지금 황태자의 첫 번째 호위기사인 기사 '폴'이 한달음에 달려왔다.

"하명하시옵소서. 전하."

폴 역시 지칠 대로 지쳐 보였다. 그럼에도 한 치의 흐트러

짐 없이 완벽한 면모를 뽐냈다. 과연 올리버가 아끼는 수하다웠다.

"부단장도 힘들 텐데 미안하지만, 쉴 틈이 없겠어. 지금부터는 부상자를 얼마나 빠르게 치료시설로 후송하느냐, 그 싸움이니까."

"지당하신 말씀이시옵니다. 준비된 작전에 따라, 모든 부상자를 적절하고 재빠르게 인도할 수 있도록 전력을 기울이겠나이다."

폴의 대답에 황태자가 고개를 끄덕였다. 나아가 품속으로부터 통신구 하나를 꺼내 폴한테 건넸다.

"이건 후방, 그러니까 상아탑의 마법사 쪽과 연결된 통신구야. 그들과 협력하여 속히 통솔하도록."

황태자는 부상자 후송 및 치료와 관련된 지휘권을 부단장 폴에게 넘겼다. 결코 무책임한 떠넘김이 아니었다. 황태자 자신보다 훨씬 더 경험이 많으며, 임무를 완벽하게 수행할 수 있는 인재였으니까.

"명을 받드옵니다. 전하."

"어서, 어서 가봐."

"하오시면."

"음."

달려가는 부단장 폴을 지켜본 황태자, 그가 다시금 제자리에 주저앉았다. 더는 버티고 서 있을 힘조차 없었다. 근성도 마찬가지였다.

'더 움직일 수 있으면 좋겠는데.'

적절한 인재에게 적절한 임무를 맡겼으니 되었다만, 그래도 황태자 하이든은 아쉬움이 남았다.

'아직은 욕심일까.'

더도 말고 덜도 말고, 딱 할 수 있는 일만 해내자. 그것이 지난 몇 년간 황태자가 되새기고 또 되새겼던 다짐이었다.

한데 막상 그 너머에 닿을 것 같으니 욕심도 생겼다. 더 완벽하게, 흡사 아바마마처럼 모든 문제에 관여하고 싶었다.

"후우."

대초원의 흙바닥은 푹신했다. 왠지 모를 포근함마저 느껴졌다. 육신과 오감을 지배했던 긴장감. 그 긴장감이 눈 녹듯 녹아들었다.

"이안은……."

팽팽한 긴장감이 해소되자 곧장 그 생각부터 들었다.

"성공했을까?"

이 모든 사태의 근본적인 원인을 제거하겠다며 나섰던 이안 페이지, 그 위대한 마법사이자 둘도 없는 친우가 걱정되는 황태자였다.

"……내가 무슨 걱정을, 당연히 성공했겠지. 그 녀석이 누군데."

하지만 그 걱정도 잠시. 황태자가 고개를 저었다.

이안 페이지가 누구던가?

곧 완벽한 모습으로 나타나 사태의 종결을 널리 천명해줄 터.

"멈춰라. 저분께서는 전하시다."

"압니다. 앞장서 저희 같은 것들과 함께 해주신 전하를 어찌 몰라뵙겠습니까? 단지 한 번이라도 가까이서 뵙고 싶은 마음에…….."

황태자의 생각이 갈무리되는 그 순간이었다.

주변으로부터 웅성거림이 들려왔다. 바로 사방에 포진되어 황태자를 지키는 기사들과 토벌대 병사들의 목소리였다.

"나는 괜찮으니."

그 광경에 황태자가 말했다.

옅은 미소도 함께였다.

"오게 두어라."

"하, 하오나…….."

"괜찮대도."

황태자의 명이 떨어졌다. 제2 황실 기사단 전체가 한 걸음씩 물러났고, 함께 싸운 병사들이 황태자 하이든의 근처로 우르르 몰려왔다.

"그래, 전할 말이라도 있느냐?"

황태자가 묻자, 잠시 눈치를 살피던 병사들이 넙죽 엎드렸다. 뿐만 아니라 하나둘 목소리도 내기 시작했다. 할 말이 있는 것 같았다.

"전하! 저희 같은 놈들과 함께 싸워주셔서 영광이었습니다! 하물며 그 신비로운 지팡이로 목숨까지 구명을 해주셨으니, 이놈들은 평생의 은혜로 여기며 제국과 전하께 충성을 다할 것이옵니다!"

덩치 큰 대머리 병사 하나가 우렁차게 다짐했다. 그는 좀비 무리에게 몇 번이고 물어뜯길 위기를 맞이했으나, 전부 황태자의 기묘한 지팡이로부터 발사된 매직 미사일 덕에 목숨을 건질 수 있었다.

"충성을 다할 것입니다!"

"충성을 다하겠습니다! 전하!"

"영광, 또 영광이었습니다."

한 무리가 몰려와 황태자 하이든에게 무릎을 꿇자, 그 광경을 보며 눈치만 살피던 병사들도 하나둘 몰려들기 시작했다.

부상 탓에 끼어들 수 없는 이들만 제외한다면 거의 모든 생존자가 몰려왔다.

"……."

황태자가 눈을 껌뻑거렸다.

이런 기분, 생전 처음 느껴봤다.

도대체 이 기분을 무어라 표현할 수 있을까? 흥분? 쾌감? 만족감? 아니, 그보다 훨씬 더 높은 곳에 군림하는 환상적인 느낌이었다.

'잘은 모르겠지만.'

아무리 생각을 해봐도 마찬가지였다. 감히 정의할 만한 단어가 떠오르지 않았다. 그러나 딱 한 가지, 이것 하나만큼은 확실했다.

'좋다. 정말 좋다. 귀족들을 골탕먹이던 시절보다도, 온갖 술과 음식으로 밤을 지새우던 나날보다도, 그 어느 때보다도.'

방황 속을 거닐던 과거, 열등감과 분노로 가득했던 시절.

그 넘쳐나는 화를 식히고자 선택해왔던 기행, 그로부터 얼었던 만족감 따위와는 차원이 달랐다.

'내가 왜 그렇게 살았을까, 그런 후회가 들 정도로 기쁘구나.'

무릇 사내로서, 그리고 일국의 지도자로서 누려야 할 만족 감과 쾌감이 한계를 모른 채 몰려왔다.

"그대들이 왜……."

이윽고 황태자가 입을 열었다.

정말이지 한참을 고민했다. 어떤 말로 시작해야 할지. 그 고민의 결과였다.

"왜, 그대들이 영광스러운가?"

그 첫마디는 다소 새로웠다.

듣기에 의문스럽기도 했다. 그러나 황태자는 멈추지 않았 다. 하고 싶은 말을 몽땅 쏟아냈다.

"어째서 나와 함께한 것이 평생의 은혜란 말인가? 그 말은 내가, 이 제국과 대륙 모두가 그대들에게 올려도 부족한 말 일지언데."

황태자의 말에 모여들었던 병사들이 눈을 동그랗게 떴다. 기사들도 마찬가지였다. 황태자는커녕 황제에게조차도 저런 말을 듣기란 불가능에 가까울 터. 그것이 높은 곳에 군림하 며 아래를 내려다보는 상전의 덕목이니까.

"손가락질만 받았던 얼간이 황태자, 그 보잘것없는 놈과 목숨 걸고 싸워준 그대들이야말로 나에게는 평생의 은혜이 자 영광이다."

하지만 황태자는 달랐다. 그의 말은 단언컨대 진심이었다. 열등감으로 몸부림쳤던 나날들. 그 허투루 보낸 세월이 송구스러울 정도로 은혜로웠으며, 또 영광스러웠다.

"고맙다. 진심으로. 나 같은 얼간이와 함께 싸워줘서, 나 같은 얼간이를 믿어줘서, 나 같은 얼간이에게 충성을 맹세해 줘서……."

갑작스레 눈물이 흘렀다.

황태자의 눈으로부터 말이다.

"저, 전하?"

"어찌 그러십니까?"

"저희가 무슨 실수라도……."

모두를 당황케 한 눈물에는 참으로 다양한 감정과 회한이 담겨 있었다.

후회, 쾌감, 행복.

하지만 그중에서도 '후련함'이란 감정이 컸다. 바로 오늘, 동부 대초원의 전투가 있기 전까지만 해도 전부 다 떨쳐낼 수 없던 열등감, 그 응어리진 열등감을 마침내 벗어던진 '후련함' 말이다.

[우와앙! 벌써 다 끝났네!]

어색한 기류가 그린리버 제국 진영 내에 감도는 그때였다.

"……?"

누군가의, 많아 봐야 10대 초반 정도로 들리는 소년의 쾌활한 목소리가 쩌렁쩌렁 울렸다. 고성능 증폭구로 한껏 커져버린 목소리였다.

[우웩! 저게 다 후손님께서 말씀하신 좀비인가? 힝, 무서워…….]

방금만 해도 목숨이 오갔던 전장. 그 일대를 깨우기 시작한 소리. 밝고 명랑한 소년의 음성이 증폭구를 타고 사방으로 뻗어 갔다.

[그래도 참아야지. 따지고 보면 불쌍한 사람들, 그리고 몬스터들이니까…… 참! 여러분, 안녕하세요! 저는 이안 님께서 보낸 사람인데요! 뒤처리를 도와드리라고 하시더라고요. 음, 이 친구들 아시죠?]

명랑한 목소리의 주인. 그는 바로 조각의 장인 클레반이었다. 녀석은 과거 그린리버디움 복구공사 당시 투입했던 작업용 조각상 '불끈이' 수백 기와 함께 포탈을 넘어오고 있었는데, 그 자태가 참으로 위풍당당했다.

상황이 상황인지라 더더욱 그렇게 보이는 것 같았다.

[많이 지치셨을 테니까, 뒤처리는 저희들이 도와드리기로 했어요! 후손 이안 님께서 그러시는데, 언데드의 시신은 최대한 빨리 처리하는 게 좋다고 하시더라고요.]

클레반은 이안의 부탁에 따라, 대초원의 뒷수습을 위해 투입된 장인이었다. 가장 적절하기도 했다.

[그래서! 저와 불끈이들이 달려왔답니다. 하핫, 다들 반가워요!]

그 정신없는 등장에 그린리버 진영 측은 물론, 로 공국과 콜드우드 제국 소속의 토벌대조차 어안이 벙벙했다.

심지어 불끈이들의 압도적인 덩치가 위압감마저 내뿜었다.

'저런 게 있었으면…….'

동시에 모두가 떠올린 생각. 국적, 나이, 직책, 성별마저 초월한 채 모두가 떠올린 단 하나의 의문.

'진즉에 쓰지 않고, 왜?'

저 육중한 불끈이들이 전투에 참가했다면? 보다 수월하게 풀어나가지 않았을까? 그러한 의문이 토벌군 전체를 강타했다.

[아아!]

그 기류를 읽기라도 한 걸까?

클레반이 손뼉을 탁 치며 말했다.

[불끈이들은 싸움을 못 해요! 진짜로요. 평화주의자거든요. 채식만 하기도 하고요. 큰 덩치만 보고 오해하시면 안 돼요! 다들 아셨죠?]

이안 앞에서도 한차례 펼쳤던 설정 놀이, 그 놀이를 삼국 토벌대에게 마음껏 펼친 클레반이 불끈이들을 통솔했다.

대초원 바닥에 널브러진 좀비의 시체들, 그리고 본 드래곤의 뼈를 한곳으로 가지런히 모았고, 삼국 마법사들과 협력하여 몽땅 불태우기에 이르렀다. 물론 억울하게 희생된 생명을 기리는 애도의 표현도 빼먹지 않았다.

[아이쿠, 냄새야!]

장대했던 대토벌은 명랑함으로 똘똘 뭉친 클레반과 자칭 '평화주의 조각상' 불끈이들의 등장과 활약으로 순식간에 마무리되어 갔다.

주어진 임무를 완수한 삼국 토벌대가 공식적으로 해체되

었다. 포탈이 존재하기에 서로의 국가로, 자신들의 영지로, 준비된 치료시설로 수월하게 돌아갈 수 있었다. 황태자 역시 약간의 휴식만 취한 뒤, 곧장 황제를 알현하여 토벌의 대략적인 정황과 성과를 보고했다.

"더는 잘했다느니 장하다느니 그렇게 어린아이 다루듯 칭찬하지 않으마. 일국의 황태자이자 짐의 후계로서 당연한 업무를 수행한 것이니까. 무슨 뜻인지 알겠느냐?"

황제 테리 그린리버가 말했다. 그는 이제 황태자 하이든 그린리버를 과거의 얼간이처럼 다루지 않았다. 오직 어엿한 황태자로서, 훌륭한 후계자로서 대접해줬다.

"물론이옵니다. 마땅히 그럴 일이지요. 황은이 망극하나이다. 폐하."

"녀석, 그렇다고 폐하는."

한평생 아바마마란 호칭으로 일관했던 황태자 아니겠는가?

조금 어색하긴 했지만, 나쁘지 않았다.

"그래. 상아탑주에게 소식은?"

"송구하오나, 소자도 아직 들은 바가 없사옵니다. 그렇지 않아도 상아탑주의 저택에 찾아갈 계획이온데, 허락해 주시겠습니까?"

"허락이랄 것이 있겠느냐? 편할 대로 다녀오너라. 무언가 소식이 있다면 꼭 아비에게 기별해 주고."

"그리하겠사옵니다. 폐하."

"……그냥 평소대로 부르는 게 어떠하겠느냐? 어른스러워진 건 좋다만, 막상 들으려니까 좀."

직전까지가 황제로서의 뜻이었다면, 지금부터는 평범한 아버지로서 바라는 점이었다.

장남이지만 막내 같은 황태자마저 어른스럽게 변하고자 하니, 영 아쉬운 모양새였다.

"폐하, 옛말에 말이지요. 있을 때 잘하라는 말도 있지 않습니까?"

평범한 아버지가 된 황제, 황태자 역시 장단을 맞췄다.

"폐하의 그 철없던 아들. 얼간이 하이든 그린리버가 그리우시겠지만, 있을 때 잘하셨어야지요."

"뭐?"

황태자의 재치 있는 응수에 기막힌 듯 되물었던 황제 테리 그린리버. 그가 곧 너털웃음을 터뜨렸다.

"하하하하! 녀석, 이제 내 앞에서 말장난도 할 줄 알게 되었구먼?"

"저주받은 드래곤조차 단칼에 베는 검공을 호위기사로 두었으며, 말해봐야 입만 아픈 대마법사, 상아탑주마저 친우로 두었습니다. 세상 두려울 게 어디 있겠습니까?"

"하하! 오냐, 그렇겠지. 무릇 지도자에게 가장 우선시되는 덕목이란 개인의 능력도, 타고난 혈통도 아닌 '운'이라고 하더군. 특히나 인재를 얻는 '인복' 말이지. 아마 그 분야에 한해서는 태자, 네가 대륙 역사상 최고일 게다. 하하하하!"

한바탕 웃음과 농담으로 마무리된 알현, 황태자는 이내 길을 나섰다. 푹 쉴 법도 하나, 예정대로 이안의 저택부터 방문

할 참이었다.

"소신이 모시겠습니다! 전하!"

황태자의 호위는 부단장 폴이 도맡았다.

그 또한 지칠 만큼 지쳐 방전의 수준에 이르렀으나, 어쩌겠는가? 그 상관이자 첫 번째 호위기사 올리버는 이미 방전의 수준을 넘어 기절해 버렸으니 말이다.

"자네도 그만 푹 쉬지 그러나? 병사 몇 명만 함께 가면 되는데."

"아니 될 말씀이시옵니다. 황실의 기사가 쉴 수 있는 순간은 오직 심장에 칼이 꽂혔을 때, 기사로서 숨을 다하는 그 순간뿐이옵니다."

부단장 폴이 짐짓 근엄한 어조로 읊조렸다. 평소에도 기사로서 자부심이 대단한 인물이니만큼, 그 행실과 언행도 기사 그 자체였다.

"그래?"

"그렇사옵니다. 전하."

어느덧 황궁을 빠져나온 황태자와 폴, 그리고 몇몇 기사들까지. 그 발걸음이 계속해서 상아탑주 이안 페이지의 저택으로 향했다.

"흐음, 그렇단 말이지."

부단장 폴의 근사한 발언을 곰곰이 생각해 봤던 황태자. 슬슬 그의 장난기가 발동되기 시작했다.

"그런데 말이야. 부단장."

"하명하시옵소서."

"올리버는 멀쩡히 살아 있는데?"

"……예?"

"심장에 칼도 안 꽂혔고, 죽지도 않았어. 그냥 좀 무리해서 쉬고 있는 거지. 그럼 올리버는, 자네의 상관은 사실 기사가 아닌 건가?"

"헙……!"

순간 부단장 폴의 숨통이 턱하고 막혔다.

자부심 한번 부렸다가 허를 찔려 버렸다. 요즘 너무 어른스러워진 탓에 잊고 있었다. 황태자 특유의 짓궂음을 말이다.

"소, 소신의 말은 그런 것이 아니오고. 단지 황실의 기사로서……."

"아, 올리버는 황실의 기사도 아니다? 그냥 길바닥에 굴러다니는 칼 찬 나부랭이일 뿐이다? 이거 올리버가 꽤 솔깃할 얘기로군."

"저, 전하……!"

부단장 폴을 놀려먹는 재미가 쏠쏠한 그때, 도시에는 대대적인 연회가 베풀어지고 있었다. 수도 그린버디움 뿐만 아니라 제국 전체가 연회로 밤을 지새웠다. 성공적인 토벌을 기념하는 연회였다.

"부단장, 자네도 저기 껴서 한잔하지그래? 아, 술을 싫어했던가?"

"전하, 기사에게 술이란 맹물에 불과할 뿐이옵니다. 마셔도 취기가 오르기는커녕 멀쩡하기만 하니, 어찌 즐길 수가 있겠사옵니까?"

제 가슴을 탕탕 치는 부단장 폴.

그새를 못 참고 허세를 부린다.

"올리버는 잘 취하던데."

"……."

"주정도 부릴 줄 알고."

"……."

"이거 아무래도 검공이란 칭호를 폴, 그대에게 넘겨줘야겠어."

"전하……."

"하하핫!"

역시 놀림감 중 으뜸은 기사. 그 중에도 부단장 폴이 최고였다.

"벌써 다 왔군."

만족스럽게 혀를 놀렸던 황태자. 그의 발걸음이 일순간 멈췄다. 따르던 이들도 마찬가지였다.

상아탑주, 이안의 저택.

그 앞에 도착했으니까.

'아직 이안은 없겠지만…….'

이안이 돌아왔다면 진즉에 황제를, 그리고 황태자 자신을 찾아왔을 터. 한데도 여기까지 찾아온 이유는 간단했다.

무언가 소식이 있을까 싶은 마음 반, 직접 이안을 기다리고 싶은 마음이 반이었다.

"저, 전하께서 어연 일로 발걸음을 하셨습니까? 기별이라도 해주셨다면 준비를 했을 터인데……."

황태자의 방문에 급히 달려 나온 래디오와 더글라스, 그리고 베네사였다. 드래곤 레어로 피난을 떠났던 그들이 어느덧 돌아와 있었다.

"궁금해서 참을 수가 있어야지. 이안에게는 아직 소식이 없느냐?"

황태자가 다급한 어조로 물었다.

"그……."

하나 돌아오는 대답, 그리고 이안 일가의 표정은 크게 밝지만도 않았다. 오히려 어두운 편에 속했다.

"그것이……."

잠시간 침묵했던 래디오.

그가 느릿하게 입을 열었다.

"……전하, 송구하오나 잠시, 잠시만 이쪽으로 와주시겠습니까?"

"음? 아, 그러도록 하지."

황태자가 의구심 어린 눈빛으로 래디오의 뒤를 따르기 시작했다. 목적지는 2층에 자리한 이안의 침실, 어째서 여기까지 온 걸까?

"지금 이안 님께서는 이 문 너머에서 곤히 주무시고 계십니다."

"뭐? 이안이 벌써 돌아왔단 말이냐? 한데 왜 아무런 기별도……."

말끝을 늘어뜨린 황태자. 불안한 느낌이 불쑥 들었다.

'서, 설마…….'

황태자가 급히 문을 열었다. 래디오의 언급처럼, 침실에는 이안 페이지의 모습이 보였다. 새하얀 침대 위로 가지런하게 누워 있었다.

"……!"

그 모습에 가슴이 철렁 내려앉는 황태자였다. 꼼짝없이 죽은 줄로 알았으니까. 하지만 가까이서 확인해 본 결과, 이안은 여전히 숨을 쉬고 있었다. 혈색도 나쁘지 않았다.

"이안 님께서는……."

뒤따라 침실로 들어온 래디오가 천천히 말문을 열었다.

"아직 끝내지 못한 문제를 해결하시는 중이라고 하셨습니다."

"끝내지 못한 일이라니?"

"소인도 자세한 설명은 드릴 수가 없습니다만, 분명 그리 말씀을 남기셨습니다. 여기, 편지로 말이죠."

침대 옆 탁자에 놓인 양피지 한 장을 집어 황태자한테 건네는 래디오였다. 이안이 직접 자초지종을 설명해 놓은 '친필서신'이기도 했다.

"대체 무슨 일이기에……."

황태자가 편지의 내용을 살폈다.

꽤 장문의 내용이 담겨 있었다.

"나의 가족, 그리고……."

나의 가족, 그리고 친구들에게.

많이 놀랄 것을 알고 있습니다. 하지만 어쩔 도리가 없더군요.

먼저, 저는 죽은 것이 아닙니다.

잠시 다른 세상에 있을 뿐이죠. 반드시 매듭을 지어야 하는 일. 그 일을 마저 끝내고자 합니다.

자세한 건 설명이 어렵습니다만, 곧 돌아올 테니, 걱정 마십시오.

"다른…… 세상?"

다른 나라도 아니고, 다른 대륙마저 아닌, 다른 '세상'이라니? 황태자로서는, 아니 이안을 제외한 모든 사람에게는 뜬구름과도 같은 얘기였다.

하지만 이 편지의 필자가 이안이라는 점으로 미루어볼 때, 결코 허언은 아닌 것 같았다.

"이 편지를……."

이 편지를 전할 만한 분들께 모두 보여드렸다면, 과감히 찢어주세요.

"찢어라……?"

마지막 글귀는 그랬다. 찢어달라는 내용이었다.

보여줄 사람이라면 가족, 그리고 황태자 정도일 터. 즉 지금이 찢어야 할 순간이었다.

"그렇지 않아도 전하께 편지를 보여 드린 뒤, 편지에 적힌 그대로 행하여 주심을 부탁할 계획이었습니다. 혹 실례가 되지 않는다면, 그렇게 해주시겠습니까?"

래디오가 정중하게 부탁했다.

황태자 역시 고개를 끄덕거렸다.

"못할 것도 없지."

마침내 이안의 바람 그대로, 래디오의 요청대로 편지지가 쭉 찢어지기에 이르렀다. 모든 것은 황태자의 손아귀로부터 비롯되고 있었다.

찌이이이익······!

천천히, 신중하게 갈라진 편지지. 처음에는 별다른 반응이 없었다. 평범한 종잇장이나 마찬가지. 바로 그때였다.

화르륵!

두 쪽이 나버린 편지지가 푸른 불꽃으로 휘감겼다. 하지만 뜨겁지는 않았다. 오히려 기분 좋은 포근함이 황태자의 손끝에 전해져 왔다.

"······?"

편지를 집어삼킨 푸른색 불꽃, 그 불덩이가 이내 문자를 그렸다. 한 가지 내용이 아니었다. 총 네 부류의 글귀를 동시다발적으로 이루어내기 시작했다.

어머니, 많이 당황스러우시겠지요. 갑작스레 나타난 아버지, 그리고 이후의 일들 전부. 돌아가서 그간의 모든 이야기를 다 해드리겠습니다. 조금만 더 기다려 주세요.

전언의 첫 번째 대상은 어머니, 베네사 페이지였다. 비록 내색은 하지 않았으나, 지금 가장 당혹스러움을 느낄 사람은 그녀였다. 오래전 죽은 줄만 알았던 남편, 프란 페이지와 관련된 일이었으니까.

래디오 님, 그리고 더글라스. 뭐 딱히 드릴 말씀은 없군요. 전 인정했으니까, 알아서 잘 해보세요. 새 아버지가 되시든, 족보에 동생을 하나 추가해 주시든, 북치고 나팔을 부시든. 뭐가 되었든 힘내시길.

새 아버지라 함은 래디오. 동생이라 함은 더글라스를 뜻할 터. 래디오의 얼굴이 순식간에 붉어졌다.
"커, 커흠……!"
그의 헛기침과 동시에.
세 번째 전언이 나타났다.

장인분들께는 여러모로 죄송합니다. 조금만 더 기다려 달라는 말씀밖에 드리지 못하겠군요. 하지만 일전에 맺었던 약속만큼은 반드시 지키도록 하겠습니다. 이미 방법을 알고 있으니 걱정하지 마시고요.

장인들에게 내려진 영생의 축복, 혹은 불사의 저주를 거두어주겠다고 약속했던 이안이 아니겠는가? 바로 그 약속에 관한 이야기였다.

마지막으로, 제가 예상하기로는 한달음에 달려왔을, 해서 편지까지 직접 찢어주셨을 황태자 전하.

네 번째 전언에 모두가 흠칫했다. 특히 황태자의 반응이야 말로 일품 그 자체였다. 어디선가 지켜보기라도 하는 걸까? 그런 의심이 들 정도로 정확하게 들어맞았으니까.

성공적인 토벌을 축하드립니다. 아마 깨달으신 바가 많으시겠죠. 없다고 하셔도 있는 걸로 하겠습니다. 능히 그러셔야 하니 말입니다.

가벼운 농담으로 시작된 전언에 황태자가 피식 웃었다.

곧바로 찾아뵙지 못해 죄송합니다. 이번 사태의 근본적인 원인과 그 원인으로부터 파생된 여러 문제를 해결하고자 부득이하게 자리를 비워야 할 것 같습니다. 물론 부재의 기간이 길지는 않을 겁니다. 그러니 전하께 오선 지금처럼만, 계속 그렇게만 앞으로 쭉 나아가십시오.

이안의 전언은 딱 거기까지였다.
"……."
잠이 든 이안의 주변, 그 침소로 모여든 황태자, 래디오, 더글라스, 베네사까지 모두가 침묵을 지켰다.
"반드시 해야 할 일이 있다고 하니, 어쩌겠는가? 마음씨 넓은 우리가 기다려 주는 수밖에."
그 침묵을 깨는 쪽은 황태자였다. 분위기를 풀기 위한 농담이었다. 나아가 정답을 얘기하기도 했다.

"전하의 말씀이 옳으시옵니다. 이안 님이 괜한 소리를 하실 분은 아니니까요. 금방 돌아온다고 하셨으니, 모두 조금만 더 기다려봅시다."

래디오 역시 공감을 표했다.

애당초 이안 페이지가 누구던가.

범인들은 이해할 수 없는, 높다란 경지를 거니는 존재가 아니겠는가? 오직 그곳에서만 보이는 풍경들이 존재할 터. 이해하려고 시도하는 것 자체가 어불성설이리라.

"그래도."

황태자의 나지막한 목소리가 흘러나왔다. 이해는 하지만, 그럼에도 일말 아쉬움이 묻어났으니까.

"좀 쉬다 갔으면 좋았을 텐데."

금방 돌아오겠지, 곧 만날 수 있겠지, 황태자를 비롯한 가족들. 모두가 그렇게 여겼다.

"······!"

이안이 눈을 떴다.

벌써 몇 번째인지 모르겠다.

"······여긴 또 어디지?"

익숙한 듯 주변부터 둘러봤다. 동시에 자신의 몸뚱이도 살폈다. 작은 손, 작은 발, 작은 다리. 흡사 아이와도 같은 몸이었다.

"어우, 따가워."

심지어 누워 있는 장소도 저택의 침대처럼 고급스러운 침구가 아니었다. 어디 창고에라도 처박힌 듯 푸석푸석하고, 냄새나며, 더러운 짚단에 나뒹굴고 있었으니까.

'이 나이, 그리고 이 정도의 푸대접이라면…… 아, 생각났다.'

이안은 이안이 아니었다. 갑자기 무슨 헛소리냐? 표현 그대로다. 정신은 이안이되, 몸뚱이와 환경은 전혀 다른 세상의 이안이란 거다. 이안은 벌써 수백 번째 차원을 돌아다니며 심상 세계의 영혼을 제자리에 돌려놓고 있었다.

'내가 겪어본 차원 중에서…….'

일개 '인간의 기준'으로서 가장 불행하다고 표현할 수 있는 이안 페이지, 그 소년이 속한 세상이었다.

'제자리로 되돌려놓는 건 문제가 되지 않지만, 이대로 괜찮을까?'

본래의 주인, 소년 이안 페이지의 영혼을 활성화하고 떠나는 것쯤이야 어려운 일이 아니었다. 심상 세계로 들어가 해당 영혼을 자유롭게 풀어준 뒤, 그 안에서 목격한 모든 기억을 지워주고, 조용히 빠져나가면 그만이었으니까.

'예전이라면 모를까, 지금은 손쉬운 일이긴 한데, 문제는…….'

더는 심상 세계로 진입하고자 특별한 비약을 조제 하고 마실 필요가 없었다. 하고자 한다면 능히 궁극적인 마나 호흡의 경지로서 단번에 진입할 수 있었다.

'이 꼴로 두고 떠나기가 좀 그렇단 말이지. 아무리 그래

도…….'

이안이 정석대로 육신의 영혼을 주인에게 되돌려준 뒤, 곧장 다른 차원으로 향한다면 이 세상의 이안은 예전과 같은 삶을 살게 된다.

'명색이 이안 페이지인데.'

이 세상의 이안은 정말이지 안타까움으로 가득했다. 전 차원의 이안 중 가장 비참할 정도였다.

'어떻게 그 재능을 가지고도 이럴 수가 있냐. 세상 모른다니까.'

다른 차원의 이안들은 그래도 마법사로서 두각을 나타냈다. 자연히 삶의 질도 높았다. 하지만 이 세상의 이안 페이지는 크게 달랐다.

'마법사는커녕, 매질이나 당하는 주점 하인이라니.'

이 세상의 이안 페이지, 그 13살 소년의 인생은 기구했다. 콜드우드 제국 태생이며, 아픈 어머니를 보살피고자 불량배들이 운영하는 주점에 하인으로 들어갔다. 하루가 다르게 매질만 당하며 노동을 해온 세월이 어느덧 3년째, 입에 풀칠하는 것조차 버거운 나날의 연속이었다.

'어지간하면 넘어갈 텐데.'

명백히 다른 차원의 일이다. 어떻게든 간섭을 줄여야 한다. 하지만, 아무리 생각을 해봐도, 백 번 천 번을 양보한다해도.

'이건 좀 아니지.'

그렇다.

이건 아니다. 외면하기가 힘들다. 이 또한 이안 페이지 자기 자신이 아니던가?

심지어 어머니까지 편찮으시다.

'조금만 도와주자. 조금만.'

적어도 매질은 당하지 않으며 살 수 있도록, 아무한테나 무시당하며 살지 않도록 약간의 도움만 주자.

"뭐야, 이 새끼 일어났네?"

바로 그때였다. 굳게 닫힌 창고 문 바깥으로 누군가의 목소리가 들려왔다. 한껏 째진 남성의 것이었는데, 콜드우드 제국의 언어였다.

"그렇게 뺨을 후려쳐 지랄을 해도 감감무소식이더니만, 꼴에 살고는 싶었나 봐? 엉? 오늘도 못 일어나면 아주 강물에 처박아버리려고 했었거든."

무척 야비한 인상의 콜드우드인.

놈이 킬킬거리며 문을 열었다.

"아무튼 잘됐다. 그 썩은 동태눈깔 좀 그만 껌뻑거리고 튀어나와 봐. 네놈 할 일이 쌓여 있으니까."

이 세상의 기억을 살피자면, 눈앞에 저놈이야말로 매질의 주범이었다. 이름은 람바오, 주점을 운영하는 뒷골목 일파의 일원이었다.

"어쭈? 한숨 때리더니 미치기라도 했냐? 말로 할 때 안 나와? 엉?"

이안이 꼼짝도 하지 않자 건들거리며 접근하기 시작한 불량배 람바오, 놈이 평소처럼 주먹을 올렸다.

"와 나, 요 새끼 봐라? 오냐, 기억이 안 난다면 나게 해줘 야지."

이안의 머리채, 혹은 귀때기를 잡아 비틀기 위해서였다. 구타의 본격적인 서막이기도 했다. 하지만.

"속상하네."

"엉? 뭐라고?"

"고작 이따위 놈들한테 착취당하고 사는 나라니, 이거야 원."

당하고만 있을 이안이 아닐 터, 이 상황에서 아주 적절한 대응. 두말할 것도 없이 마법이었다.

간단한 마법이면 충분했다.

꽈드드드득······!

웬 소리 하나가 터져 나왔다. 손가락뼈가 부러지는 소리 같았는데.

"크허억······?"

그 후속작은 '비명'이었다.

의문으로 잔뜩 뒤엉킨 소리였다.

"끄····· 끄아아아악−!"

무려 뼈가 꺾인 거다. 그것도 오른쪽 손가락 전체가 말이다. 고통은 빠르게 퍼졌다. 미약했던 신음이 괴성으로 번질만큼 엄청났다.

"무, 무슨····· 무슨 짓을······?!"

"다행인 줄 알아. 손가락 몇 개면 싸게 먹힌 거니까."

곧장 주점을 빠져나온 이안, 문제는 지금부터였다. 과연 이 상황에서 무엇을 어찌 바꿔줘야 할까?

'우선 어머니부터.'

이 세상의 기억을 따르자면, 젊은 어머니는 병석에 누워 있었다. 다른 세상일지언정, 어머니는 어머니 아니겠는가?

일단 그 건강부터 되찾아줄 필요성이 강하게 느껴졌다.

"어머니."

어머니를 모신 누추한 흉가. 아닌 말이 아니라 정말로 '흉가'였다. 이런 열악한 환경 속에서 어머니를 모시고 살았으니, 병세가 호전되기는커녕 악화만 되었을 뿐이리라.

"일이 바빴던 거니? 요 며칠 오지 않아서 걱정…… 콜록! 콜록콜록……! 으음…….."

어머니 베네사가 힘겹게 몸을 가누며 말했다. 그 모습에 이안의 표정 역시 안타까움으로 물들었다. 제아무리 다른 차원의 문제라고 한들, 가슴이 미어터질 것 같은 슬픔은 어찌할 도리가 없었다.

"잠시만 누워 계세요."

이안이 발휘할 수 있는 치료 계열 마법을 총동원하기 시작했다. 제로 클래스의 영역은 마나가 필요하지 않기에, 덜 성장한 마나 하트의 한계로부터 자유로울 수 있었다.

"이, 이안? 이게 무슨……."

"한숨 푹 주무시고 나시면."

몸속 깊은 곳으로부터 일어나기 시작한 변화에 당혹감을 감추지 못하는 베네사, 그런 그녀에게 다정한 목소리로 속삭이는 이안이었다.

"달라지실 겁니다. 많은 것들이."

"무, 무슨 말······."

"깨어나시면 봬요."

치료의 다음은 간단한 수면 마법. 지금으로선 한숨 주무시는 편이 여러모로 옳았다.

'자, 그럼.'

이 세상의 이안 페이지, 평생 당하고만 살아온 13살배기 꼬마에게 '기반'을 마련해 줄 차례가 왔다.

'아무래도 마법사가 좋겠지.'

마나 반응 검사를 통해서 마나 브레인과 마나 하트의 존재만 인정받은 상태, 더도 말고 덜도 말고 딱 그 선에만 걸쳐둔다면 앞으로의 생은 탄탄대로일 터. 문제는 시기가 지났다는 거다.

길바닥을 전전하는 사이, 대대적인 검사가 펼쳐지는 시기를 놓쳐 버린 것이다.

'뭔가 괜찮은 방법이······.'

여러 달을 기다려 다시금 대륙적으로 펼쳐질 마나 반응 검사에 참여할 수도 있겠으나, 너무 멀었다.

"흐음."

한참을 고민했던 이안, 그가 마침내 그가 방법 한 가지를 떠올렸다. 단순하면서도 확실한 방법이었다.

'역시, 그 수밖에는 없겠어.'

결정까지 내려졌다.

이제 남은 건 행동뿐, 이안이 자리에 앉았다.

나아가 마나 호흡을 펼쳤다.

심상 세계로 진입할 수 있는, 궁극적 형태의 마나 호흡이었다.

팟!

이윽고 이안의 정신체가 심상 세계로 진입했다. 그곳에는 프란과의 격전 도중 본래의 차원으로 돌아오는 과정에서 불가피하게 삼켜 버린 영혼들이 잠들어 있었다.

'그래도 많이 줄었다.'

이안은 수많은 차원을 떠돌며 심상 세계 속 영혼을 제자리로 돌려놨다. 그래서 망정이지, 얼마 전까지만 해도 이 선홍빛 공간이 잠든 영혼으로 가득했었다. 흡사 프란 페이지의 심상 세계처럼 말이다.

"어디 보자, 이 꼬맹이가⋯⋯."

그가 찾는 '꼬맹이'란 작금의 세상, 인즉 '13살배기 이안 페이지'의 영혼을 뜻했다.

"찾았다."

구석진 곳에 자리 잡은 꼬맹이. 이안이 그 잠든 영혼을 깨웠다.

[⋯⋯?]

감겨있던 눈을 뜬 '꼬맹이' 이안. 녀석이 눈앞에 이안과 마주했다.

[아앗⋯⋯!]

그러더니 깜짝 놀라며 허겁지겁 도망쳤다. 문제는 도망칠 곳이 마땅치가 않다는 점, 기껏해야 육신을 고정해 줬던 선홍빛 점액 고체 뒤로 숨는 게 전부였다.

[저, 저리 가요……!]

'꼬맹이 이안'이 선홍빛 점액 고체 뒤에서 고개만 빼꼼 내밀었다. 어찌나 경계심으로 가득한지 깨운 입장으로서 민망할 지경이었다.

"겁먹을 거 없어. 다 봤잖아? 내가 착한 사람은 아니지만, 나쁜 놈도 아니라는 거."

심상 세계에 잠든 영혼들. 그들은 꿈으로서 세상을 본다.

육신의 지배권을 소유한 영혼. 즉 이안이 보는 세상을 말이다.

[그, 그래도…… 사람도 막 죽이고…… 손가락도 꺾어버리고…….]

"마지막은 솔직히 좀 통쾌했지?"

[그, 그런…….]

'꼬맹이 이안'은 분명 그랬다. 무언가 반박을 하고 싶었다. 하지만 그러기가 어려웠다.

'통쾌하다'는 그 감정.

잘은 모르겠지만.

[그, 그런 것 같기도…….]

조금 알 것도 같았다. 찌릿하게 전해오는 느낌.

감히 형용할 수 없는 만족감. 이것이 바로 통쾌함 아닐까?

"거봐, 너나 나나 그게 그거야."

[…….]

"나도 네 나이 때는 그렇게 순수한 얼굴도 할 줄 알았다고."

[…….]

"그래도 인물은 어렸을 때가 더 낫긴 하네. 그립다. 그리워."

[……]

다른 사람이지만 같은 존재.

특히나 이안 페이지 특유의 성질머리는 멀리 가지 않았을 터. 결국, 그놈이 그놈이라는 얘기였다.

"아무튼 꼬마야. 이제 다시 네 자리로 돌아갈 차례다. 봐서 알겠지만, 어머니도 곧 건강해질 거야. 그러니까 이제 알아서 잘살아봐."

어머니의 병이 회복된 것은 분명 행복한 일이었다. 그 말을 듣는 순간 '꼬맹이 이안'의 표정이 화사하게 피었을 정도였으니까. 이미 알고 있었음에도 말이다.

[하, 하지만……]

문제는 그다음부터였다. 주점의 불량배, 람바오를 혼내줬다고 끝난 것이 아니다.

놈은 도시 내 첫 번째를 다투는 거대 조직의 일원이다. 분명 보복을 하고자 우르르 몰려들 터. 꼬맹이 이안 혼자만의 힘으로는 결코 감당할 수 없으리라.

"뭘 걱정하는지는 알고 있다."

이안이 말했다.

모를 리가 있겠는가.

단지 좋은 수를 갖고 있을 뿐.

"근데 있잖아. 필요 없어."

[……네?]

"걱정할 필요 없다고."

이안이 '꼬맹이 이안'의 머리를 거칠게 헝클어뜨리며 읊조렸다.

"그동안 네가 봐온 것들, 곧 기억 속에서 지워질 거다. 영원히."

심상 세계 구석진 곳으로 밀려난 이후, 마치 꿈처럼 접했던 이질적인 기억과 경험들. 그 모든 것들이 머릿속에서 지워질 거란 얘기였다.

"단."

이안의 말문은 끝나지 않았다. 아직 본론이 남아 있었으니까.

[……?]

이안이 손바닥을 펼쳤다.

동시에 푸른빛 구체를 빚어냈다. 기본이라 할 수 있는 공격 마법, 바로 한 구의 매직 미사일이었다.

"이 주문 하나만 기억에 남겨주도록 하마. 그럼 불량배 따위에게 보복당할 일도 없을 거고, 자연스럽게 마탑이 되었든, 상아탑이 되었든 알아서 찾아오겠지."

모든 기억과 일체화된 지식을 지우되, 매직 미사일의 술식과 발동의 조건만큼은 남겨줄 생각이었다.

"물론 처음에는 심문 마법으로 추궁을 하겠다만, 별수 없을 거야. 기억 자체가 존재하지 않는데 뭘 어쩌겠어? 그냥 온종일 두들겨 맞다 보니 각성하게 되었다, 그 정도만 해도 문제없이 넘어갈걸? 따지고 보면 사실이니까."

이안에게는 벌써 한차례 경험이 존재했다. 뿐만 아니라 마법사란 족속들의 습성을 잘 알고 있었다. 마법을 맹신하는 만큼 자신들의 심문 마법 또한 의심하지 않을 터, 전생의 이안한테 그랬던 것처럼 말이다.

"천재니 뭐니 하면서 엄청 피곤하게 굴겠다만, 매질 당하며 사는 것보다야 낫잖아? 어머니도 훨씬 수월하게 모실 수 있을 거고. 그치?"

[……]

'꼬맹이 이안'은 이안이 하는 말을 전부 이해하지 못했다.

그럼에도 몇 가지만큼은 비교적 제대로 이해할 수 있었다. 특히 매질에서 자유로워진다는 점과 어머니를 조금 더 수월하게 모실 수 있다는 부분이 무엇보다도 만족스러웠다.

[자, 잘은 모르겠지만…… 그렇게 할게요. 아, 아니…… 그렇게 해주세요! 부탁할게요. 아저씨!]

아저씨 소리는 참으로 간만에, 아니, 처음 접하는 것 같았다. 심지어 자기 자신에게 듣다니. 기분이 묘해지는 이안이었다.

"뭐, 좋은 게 좋은 거니까."

이안이 두 손을 뻗었다. 나아가 꼬맹이 이안의 머리를 가볍게 쓰다듬기 시작했다. 약속대로, 계획대로 작별의 시간이 찾아왔다.

"아무튼 작별이다. 꼬마야."

[우음……]

이안의 인사에 '꼬맹이 이안'이 머뭇거렸다. 하고 싶은 얘기라도 있는 걸까?

[저기, 아저씨.]

"응?"

[사실요. 아직 잘 모르겠어요.]

"뭘?"

[꿈인지, 아니면 진짜인지요.]

하룻밤 꿈, 당연히 그럴 거다. 고작 13살짜리 꼬마가 받아들이기에는 너무나도 방대하고 비현실적인 기억과 경험이었을 테니까.

[그래도…… 진짜일지도 모르니까 인사드릴게요. 고맙습니다. 우리 엄마 안 아프게 해주셔서요.]

'꼬맹이 이안'의 목소리는 진심으로 가득했다. 역시 이안은 이안이었다. 어머니를 생각하는 저 모습만 봐도 단박에 알 수 있으리라.

"알면 됐다. 잘 보살펴 드리고."

[네! 맡겨만 주세요! 아저씨!]

"오냐."

그 말은 곧 작별인사로서 가치를 다했다.

이안의 정신체가 눈 녹듯 녹아내렸고, 선홍빛으로 가득했던 심상 세계 또한 소용돌이치며 무너지기 시작했으니까. 그 어지러운 공간 속에서 '꼬맹이 이안' 역시 두 눈을 감았다. 거부할 수 없는 졸음이 몰려온 탓이었다.

"……."

시간이 얼마나 흘렀을까?

어머니를 모셔둔 열악한 흉가.

'꼬맹이 이안'이 눈을 번쩍 떴다.

"으음……."

가장 먼저 머리가 아팠다. 왠지 모르게 혼란스러웠다.

하지만 그것도 찰나에 불과할 뿐. 곧 모든 것이 정상적으로 돌아왔다.

마땅히 지워질 기억은 전부 지워졌다.

"엄마는……."

어머니는 주무시고 계셨다. 오늘따라 혈색이 좋아 보였다. 호흡도 꽤 안정적인 것 같았다.

"휴, 다행이다."

아무래도 오늘은 '꼬맹이 이안'의 기도가 통한 모양이었다. 그래 봐야 잠깐일 테지만, 병세가 악화하는 것보다야 백 번 천 번 낫겠지.

콰앙-!

'꼬맹이 이안'이 안도하는 그때였다. 흉가의 낡아빠진 문 짝이 쾅하고 떨어져 나가버렸다. 바깥으로부터 가해진 충격이 원인이었다.

"누, 누구……?"

'꼬맹이 이안'의 당혹감으로 가득한 목소리가 채 끝나기도 전에.

"누구긴 누구야 이 개새끼야!"

험악한 목소리가 들려왔다. '꼬맹이 이안'에게도 익숙한 음성이었다. 주점을 운영하는 폭력배들의 목소리였으니까.

그중에서도 평소 '꼬맹이 이안'을 자주 구타했던 람바오가 잔뜩 씩씩거리며 들어왔다.

"너 이 새끼! 오늘 아주 뒈질 줄 알아라. 네 어미랑 같이 쌍으로 찢어다가 개밥으로 던져줄 테니까!"

놈은 어찌 된 영문인지 한쪽 손을 붕대로 칭칭 감았다. 심지어 손가락마다 부목까지 고정해 뒀다.

"가, 갑자기 왜……."

작금의 상황을 도무지 이해할 수가 없는 '꼬맹이 이안'이었다. 물론 저 폭력배들이야 개자식이 분명하긴 했지만, 지금처럼 불쑥 찾아와 난리를 쳐댄 경우는 '꼬맹이 이안'으로서도 상당히 생소했다.

"갑자기 왜 이러시……."

퍽!

이윽고 람바오의 발길질이 '꼬맹이 이안'을 가격했다. 복부에 꽂힌 탓일까? 일말 비명조차 내지르지 못했다. 그저 뿜어지는 거품과 함께 널브러져 꿈틀거릴 뿐이었다.

"끄으윽……!"

"뒈져! 뒈져! 뒈지라고!"

퍼억! 퍽! 빠악 - !

놈의 무자비한 발길질이 계속되었다. 입구마저 가로막혔다. 도망칠 방법조차 존재하지 않았다. 눈앞이 깜깜해졌다. 통증마저 무감각해지기 시작했다.

'설마 나, 죽는 걸까?'

그런 생각이 들었다.

두려웠다.

'이렇게…….'

조금 억울한 것도 같았다.

이렇게 죽어날 인생이었다니.

'나는 왜 태어난 걸까? 고작 이렇게 맞다가, 허구한 날 두들겨 맞다가 죽으려고……?'

의식이 점점 흐릿해졌다.

죽음이 목전인 것 같았다.

"뭐야, 설마 벌써 뒈지시려고? 안 되지 안 돼. 아까 주점에서도 말해줬잖아? 너한테는 아직 할 일이 있다니까 그러네."

주점의 관리인이자 폭력배 람바오, 놈이 '꼬맹이 이안' 앞에 쭈그리고 앉아 이죽거렸다. 자꾸만 할 일이 남아 있다는 둥 헛소리를 지껄이기도 했다.

"자! 죽는 건 나중으로 하고, 일단 눈부터 좀 떠봐. 옳지. 그렇게 앉아서 여길 봐. 여기. 까꿍! 잘 보이지?"

급기야 '꼬맹이 이안'의 상체를 일으켜 세우더니 벽에 기대어 앉혔다. 그 방향은 아직 깨어나지 못한 어머니를 향하고 있었다.

"잘도 주무시네. 네 어미라는 년."

그러고 보니 이상했다. 분명 엄청난 난리였다.

한데도 깨어나지 않으셨다고?

'그럴 리가…….'

'꼬맹이 이안'이 떨어졌던 고개를 올렸다. 퉁퉁 부어터진 눈도 최대한 크게 떴다. 어떻게든 어머니의 상태부터 살펴보기 위함이었다.

"오, 드디어 보는군."

람바오는 어느새 어머니의 곁으로 다가가 '꼬맹이 이안'을 바라보고 있었다. 아주 음흉하고도 끈적거리는 눈빛, 그리고 목소리였다.

"지금부터 네가 해줄 일은 말이다. 음, 간단히 말하자면 네 어미를 팔아넘기는 일이야. 짭짤한 거래가 잡혔거든? 예쁘장하고, 피부 하얗고, 엉덩이 크고, 조용하고, 적당히 가지고 놀다 '처분'하기에 부담이 없는 노리개. 그런 계집 하나 찾으시는 분이 계시더라고."

순간 '꼬맹이 이안'의 이마에 핏줄이 잔뜩 솟아났다. 어머니를 어떤 부자, 혹은 귀족에게 노리개로 팔아넘기겠다는 뜻이었으니까.

"그 조건을 듣자마자 딱, 농담이 아니라 진짜 딱! 하고 네 어미가 생각나더라니까? 흐흐, 어차피 곧 뒈질 년, 쓸데없이 밥만 축내는 년. 너도 좀 홀가분하지 않겠냐?"

"……."

놈의 가뜩이나 음흉했던 목소리. 그 끔찍한 말소리가 더더욱 기괴하게 꿈틀거렸다. 단지 듣는 것만으로도 불쾌감이 자극될 정도였다.

"근데 있지. 세상 만물에는 다 순서라는 게 존재하는 법 아니겠냐? 그간 병 옮을까 봐 꾹 참았는데, 글쎄 그 나리께서 얘기를 듣더니만 '성수'까지 내어주시더라."

'성수'란 현시점 최고급 연금술로 빚어낸 값비싼 비약의 별명이었다. 베네사의 병은 태생적으로 나약한 몸에 영양 부족과 더러운 환경 등 여러 요소가 빚어진 수준이었기에, 성수한 병으로도 제법 그럴싸한 호전을 바랄 수 있었다.

"역시 귀족 나리들은 통이 크다니까? 그 변태 같은 취향한번 만족하자고 돈을 얼마나 쓰는지 모르겠어. 뭐, 우리한테는 고마운 고객이시지."

반대로 따지자면, '꼬맹이 이안'은 그 성수 하나 구할 능력이 없어 어머니를 치료하지 못했던 거다.

"그래서 말인데. 이왕 이렇게 된 거 우리가 순서를 좀 엄격하게 세워보려고. 그냥 팔아넘기기엔 뭐랄까, 너무 아까워. 여러모로."

폭력배 람바오가 입맛을 다시며 중얼거렸다. 다른 무리도마찬가지였다. 놈들의 눈과 입, 머릿속에는 온통 더러운 생각만 가득했고, 심지어 그 생각에 지배를 당했다.

"거기 앉아서 감상이나 하라고. 우리가 네 어미를 어떻게가지고 노는지 말이야. 그게 이상한 속임수로 내 손가락을분지른 대가니까."

상황은 확실해졌다. '꼬맹이 이안'조차 이해할 정도로 더러운 악의, 그리고 노림수가 체감되었으니까.

"……돼."

"엉? 뭐라고?"

"안 돼……."

거의 혼수상태나 다를 것이 없는 '꼬맹이 이안,' 녀석이 힘겹게 웅얼거렸다. 명백한 반대의 의사였다.

"하! 안 되긴 뭐가 안 돼?"

"그, 그만…… 그만둬……."

"지랄하고 자빠졌네."

'꼬맹이 이안'의 간곡한 요청을 무시한 채, 깨어나지 못한 베네사의 육신 쪽으로 양손을 뻗는 람바오였다. 일단 일으켜 세운 뒤 성수부터 복용시킬 요량인 것 같았다.

"이래도 안 일어나? 야, 네놈 어미 벌써 뒈진 건 아니지? 숨은 쉬는데…… 맛이 가버리기 직전인가? 그건 좀 곤란한데. 흐음……."

놈의 추악하고 더러운 손이 베네사를 더듬었다. 냄새나는 입김 또한 어머니의 얼굴에 흠뻑 닿았다.

"그만……."

"그래도 반반하긴 하다니까? 교태부리는 창녀도 좋지만, 가끔은 또 이렇게 별미를……."

바로 그 순간이었다.

"그 손!"

'꼬맹이 이안'의 고성이 터져 나왔다. 뿐만 아니라 대칭으로 모은 손바닥 사이로부터 푸른빛 구체가 진동하며 빚어졌다. 이안이 남겨두고 간 유일한 기억, '매직 미사일'이었다.

"치우라고!"

유일하게 남겨졌던 기억은 마치 본능처럼, 육신에 새겨진 버릇처럼 행동으로 먼저 나타났다. 특히 끓어오르는 분노야말로 그 기억을 끄집어내기에 적절한 자극제였다.

"이 개자식아아아아—!"

아까부터 떠올렸던 의문. 도대체 왜 태어난 걸까? 두들겨 맞다가 죽으려고?

그 의문이 방금 해소되었다.

'꼬맹이 이안'이 태어난 이유. 그것은 어머니, 베네사였다.

콰-!

이윽고 '꼬맹이 이안'의 손아귀를 떠나 폭발해 버린 매직 미사일 한 구. 그 폭발의 표적은 당연하게도 불량배 중 하나, 람바오의 흉측한 '머리통'이었다.

아쉽게도 죽지는 않았다. '꼬맹이 이안'의 매직 미사일은 기껏해야 나무 방망이로 후려 맞는 수준에 지나지 않았으니까.

"끄흑……!"

물론 나무 방망이로도 사람은 죽일 수 있다. 최소한 기절초풍이다. 평범한 불량배인 람바오 역시 마찬가지였다. 그 자리에 털썩 나자빠져 흰자위만 보였다. 혀도 빠졌다.

"허억! 헉! 하아……!"

자신도 모르게 매직 미사일을 발동시켰던 '꼬맹이 이안' 녀석이 거친 숨을 몰아쉬었다.

직접 행하고도 믿기 어려운 광경이 펼쳐졌다.

'이, 이게…….'

자신이 무언가를 쐈다. 심지어 공포의 대상이었던 불량배 람바오마저 쓰러뜨렸다. 단 한 방에 말이다.

'뭐지……?'

알 수 없는 노릇이었다. 마치 누군가를 공격하고자 주먹이 쥐어지는 것처럼, 아주 자연스럽게 무언가가, 매직 미사일이 발동된 거다.

우우우우웅-!

한번 발동시킨 이후부터는 탄탄대로였다.

머릿속에 떠오르는 술식, 그 이질적이면서도 익숙한 기호 몇 글자가 자동으로 떠오르더니, 곧바로 마력의 구체가 빚어졌으니까.

'뭔지는 모르겠지만……'

'꼬맹이 이안'은 지금 이게 마법이란 자각조차 없는 것 같았다. 워낙에 정신이 없기도 없거니와 평생 마법사는커녕 관련된 서책마저 읽어본 경험이 없었으니 말이다.

'이길 수 있다. 내가!'

하지만 그거 하나는 확실했다.

지금 '꼬맹이 이안' 자신은 이 정체 모를 구체로 하여금 불량배 무리를 이길 수 있다. 충분히 쫓아낼 수 있다는 거다.

"당장……."

'꼬맹이 이안'이 매직 미사일을 빚어냈다. 방금 불량배 람바오를 쓰러뜨린 구체보다 곱절은 더 커다란 크기였다. 동시에 한계이기도 했다.

"내 집에서 꺼져!"

두 번째 푸른색 구체가 '꼬맹이 이안'의 손아귀를 떠났다. 당혹감에 휩싸여 눈만 껌뻑거리는 불량배 무리가 새로운 표적이었다.

"으…… 으아아아악!"

"피해! 피하라고!"

허겁지겁 피하기 시작한 불량배 무리들, 하나 좁아터진 집 구석에 피할 곳은 마땅치 않았다. 아비규환이란 표현이 실로 적당했다.

콰아아앙-!

두 번째 매직 미사일은 사람을 맞추지 못했다.

빗나갔다고도 표현할 수 있었다. 다만 흉가의 벽면에 부딪혀 그 일대를 폐허로 만들어 버렸다. 고작해야 나무 방망이 수준이었던 위력을 넘어서 버린 거다.

"히익……!"

그 광경에 불량배 무리의 눈동자가 잔뜩 흔들렸다. 동공도 확장되었다. 그들은 '꼬맹이 이안'과 달랐다.

몇몇은 실제로 마법사란 존재를 목격했던 경험이 있으며, 호사가들의 이야기나 소문 등 다양한 풍문으로 접해본 경험이 많았다. 그렇기에 쉬이 알아볼 수 있었다.

'마법, 틀림없는 마법이다……!'

저 꼬맹이가 빚어낸 구체, 그리고 폭발을 일으키는 구체.

저것은 단언하건대 '마법'이었다.

'마법사였다고……? 저놈이?'

자그마한 꼬마, 불과 며칠 전까지만 해도 주점의 하인이었던 꼬맹이가 마법사로서 등장한 거다.

'도, 도대체 무슨 수로……?'

모두가 똑같은 생각을 떠올렸다. 하등 쓸데없는 물음이기도 했다. 마법사는 그냥 타고나는 거다.

방법 따위가 존재하겠는가?

"도, 도망쳐."

찰나의 적막함. 그 속에서 누군가 중얼거렸다.

모두를 깨운 한마디이기도 했다.

"마법사라고, 마법사!"

"마법사……?"

"저 꼬맹이가……?"

"마법사라면…… 마탑에서……."

"히…… 히이익……!"

평범한 이들에게 '마법사'란 어떤 존재던가? 또 그들이 속한 '마탑'이란 어떠한 단체던가?

그야말로 경외의 대상이자 제국의 문명, 전쟁사, 국력의 중심이며, 일부 특정한 각도로 바라보자면 황실보다 더 높은 곳에 군림하는 존재. 그것이 바로 이 세상의 '마법사'였다.

"이, 이런……."

마법사를 건든다. 마탑의 심기를 거스른다. 이 행위가 무엇을 뜻하겠는가?

"염병할……!"

더는 이 도시에서 살 수 없다. 아니, 이 제국에서 살 수 없다. 하면 어떻게 대처해야 할까?

"튀, 튀어!"

"밀지 마, 이 새끼들아!"

"으아아아아아아악!"

한시라도 빨리 도망을 치는 것.

오직 그 길만이 살 길이니.

"동작 그만!"

불량배들이 그 도주의 길을 허겁지겁 밟으려는 찰나, '꼬맹이 이안'이 모두에게 외쳤다. 무려 마법사의 부름 아니겠는가? 일단 멈추지 않고는 배길 수가 없으리라.

"저거도 데려가야지!"

'꼬맹이 이안'이 손가락으로 가리킨 곳에는 불량배 람바오가 여전히 나자빠져 있었다. 깊게 기절했거나, 혹은 기절한 척을 하고 있을 터.

"예, 예! 나리! 죄송합니다! 예!"

불량배들은 어느새 '꼬맹이 이안'을 대하는 말투부터 제대로 고쳐먹었다. 하물며 존칭까지 사용했다.

"……."

몇 초나 채 걸렸을까?

정말이지 순식간이었다. 몰려왔던 다수의 불량배. 그놈들이 흉가에서 사라지기까지가.

"……."

다시금 텅텅 비어버린 흉가, '꼬맹이 이안'이 자신의 손바닥을 물끄러미 바라봤다. 마법, 분명 놈들은 마법이라고 했다. 뿐인가? 자신을 마법사라고도 부르는 것 같았다.

'……마법사라고?'

마법사라니.

그게 사실일까?

다른 누구도 아닌.

'내가……?'

좀처럼 믿기 어려운 일들, 그러나 명백한 사실이었다. 분명 기이한 힘을 발휘했다. 그 힘으로 불량배를 쫓아냈다.

마법이 아니고서야, 이 경악할 만한 사태를 어떻게 설명하겠는가?

"으으음……."

이루 표현할 수 없는 혼란스러움으로 가득한 그때, 드디어 어머니가 깨어났다. 동시에 복잡했던 '꼬맹이 이안'이 얼굴도 환하게 폈다.

"엄마!"

어머니는 여전히 안정된 호흡을 자랑했다. 혈색도 괜찮았다. 그러고 보니 아까 그 성수, 먹였었나?

"이, 이안. 이게 다……."

그녀는 아무것도 모르는 눈치였다. 토끼처럼 뜬 눈이 놀란 기색으로 가득했으니까.

문짝은 물론 그나마 바람을 막아주던 벽면까지 박살 나버렸으니, 충분히 그럴 만했다.

"몸은 좀 괜찮으세요?"

설명은 나중에, 이안의 첫 번째 관심사는 그녀의 건강이었다. 물론 두 번째 관심사도 마찬가지였다.

"응? 아, 그러고 보니……."

그 물음에 베네사도 스스로의 몸 상태를 가늠했다. 나아가 놀란 듯 중얼거렸다. 박살 난 흉가를 처음 목격했을 때보다 놀란 기색이었다.

"모, 몸이 좀…… 이상하구나."

"네? 이상하다고요?"

"그, 그러니까, 엄마 말은······."

무어라 표현할 수 있을까? 일단 너무나도 가벼웠다.

항상 무거웠던 몸뚱이가, 흐릿했던 눈과 정신이, 갑갑했던 목구멍이, 저렸던 팔다리가.

"너무······ 말끔한데?"

베네사 역시 믿을 수 없다는 얼굴로 같은 말만 되까렸다. 어쩔 도리가 없었다. 수십 년을 살며 처음 겪어보는 쾌적함이었으니까.

"어, 어떻게 이럴 수가 있지?"

단순한 회광반조가 아니라면, 그녀의 몸 상태는 완벽하게 회복된 셈이었다. 어찌 이렇듯 기적과도 같은 일이 일어날 수 있단 말인가?

'뭐가 뭔지 하나도 모르겠지만.'

'꼬맹이 이안'의 솔직한 심정은 그랬다. 정말 아무것도 모르겠다. 하지만 분명한 것은 기적이 일어났다는 거다. 그것도 두 가지씩이나.

'갑자기 마법을 부리게 되었고, 엄마의 건강까지 나아졌어. 꿈이 아니라면, 분명 신께서 밤마다 올린 내 기도에 응답을 해주신 거야.'

기적, 혹은 신의 응답.

오직 그런 종류의 추상적인 표현만이 수긍을 가능토록 만들어줬다.

'이 힘이라면.'

실로 엄청난 힘이 생겼다.

'마법'이라는 이름을 가진 힘, 이 세상에서 가장 이름 높은 힘.

허상 따위가 아니라면, 잠시 머물렀다 사라질 신기루와도 같은 힘이 아니라면, 앞으로 닥쳐올 인생의 '선택지'가 크게 달라질 것이리라.

'충분히 지킬 수 있어. 어머니, 그리고 내 몸뚱이 하나까지도.'

'꼬맹이 이안'의 주먹이 단단하게 쥐어졌다. 오늘, 누군가는 마지막 매듭을 묶고자 고군분투하며 차원을 넘나들었고, 또 다른 누군가는 본격적인 시작에 나섰다.

'꼬맹이 이안'을 만난 이후로도 이안은 다양한 차원을 돌았다.

심상 세계 속에 갇혔던 영혼들. 그들 모두를 제자리로 돌려놨다.

이제 단 한 명만을 남겨둔 찰나. 이안이 새로운 차원에 진입했다.

무척 익숙한 세상이기도 했다.

"……오랜만이네."

주변이 활활 타올랐다. 말하자면 불타는 오두막집, 그 속에 '중년의 이안'이 있었다. 가슴팍 언저리로 칼이 박혔던 흔적 역시 보였다.

"설마 다시 오게 될 줄이야."

이곳은 30년 전으로 돌아가기 전, 이안이 처음 살았던 차원이었다.

독살을 당한 직후이기도 했다. 그렇다. 바로 '전생' 말이다.

"흡⋯⋯!"

이안은 급하게 치료 마법부터 펼쳤다. 싸늘하게 식어버린 육신을 회복하기 위함이었다. 스며든 영혼의 여파로 눈을 뜨긴 했으나, 이대로 가만히 있었다가는 얼마 지나지 않아 또 죽을 것 같았으니까.

우웅! 우웅! 우우웅⋯⋯!

물론 평범한 마법 가지고는 한번 죽어버린 육신을 정상적으로 되돌릴 수 없었다. 오직 제로 클래스의 경지에 도달한 술자만이 가능했다.

"휴우⋯⋯."

칼을 박아 넣었던 가슴팍은 물론, 라그나르에게 당했던 극독의 여파 역시 말끔하게 사라졌다.

'따지고 보면 원래의 세상, 그리고 원래의 육신으로 돌아오긴 했는데.'

썩 기분이 좋지는 않았다. 오히려 불쾌함마저 느껴졌다.

뭐가 어찌 되었든, 이 세상의 이안이란 죽어버린 존재 아니겠는가?

당장에라도 돌아가고 싶었다.

이제는 진정한 의미로 '원래의 세상'이 되어버린 차원으로, 가족과 친구들이 살아 숨 쉬는 세상으로.

'하지만.'

이곳에 볼 일이 남았다. 이야기를 들었고, 기억마저 읽었기에 어쩔 도리가 없었다. 어머니, 엄밀히 따지자면 이안의 '친모'나 다름없는 그녀가 생존하고 있음을 알게 되었으니까.

'프란 페이지의 기억에 따르자면, 새로운 인생을 살고 계시다.'

프란은 분명 그렇게 말했다.

기억을 읽어본 결과, 사실이었다. 전생이라 표현할 수 있는 차원, 그 세상의 어머니가 살아 있다고.

이안이 아카데미에 입학한 지 막 1년 차가 지날 때쯤, 고향에 홀로 남아 쓸쓸히 돌아가신 줄로만 알았던 어머니 말이다.

'이제 다시는 내 어머니가 되어주실 수는 없겠지만, 그래도……'

여러모로 완벽에 가까웠던 두 번째 삶과는 달리, 전생에는 아무것도 할 수 없었다.

어렸고, 몰랐으며, 일찍 돌아가셨으니까. 아니, 일찍 돌아가신 줄로만 알았으니까.

'보고 싶다. 더 늦기 전에, 먼발치에서라도, 딱 한 번만이라도.'

그것은 이안의 가슴에 응어리져 이따금 아파 왔던 '한'이자 '후회'였다. 그 응어리를 깔끔하게 도려내고 싶었다. 그래야만 두 번째 삶의 어머니, 그리고 가족과 친구 모두에게 충실할 수 있을 것 같았다.

'프란의 기억에 따르자면……'

프란으로부터 읽어냈던 기억, 그 속에는 전생의 어머니와 관련된 기억들 역시 단편적으로 남아 있었다.

'전혀 새로운 기억, 새로운 이름, 그리고 새로운 가족을 맞이하셨지.'

프란의 표현을 빌리자면 '선물'이었다. 성공적인 도구, 이안을 잉태한 상으로 인간으로서 만족감이 높은 삶을 선사해 줬다는 논리였다.

'지극히 편의적인 논리지만.'

한편으로는 고맙게도 느껴졌다. 비록 이안을 잊어버렸을지언정, 행복하게 살아가고 있을 테니까.

그 행복을 확인해 두고 싶었다. 두 눈에 담아두고 싶었다. 처음이자 마지막으로, 꼭.

'그 기억이 아직 유효할 경우.'

어머니는 대륙의 외곽, 몇몇 소도시와 마을을 사방으로 낀 산속 언저리에 있었다.

사냥과 나무, 목수일 등을 생업으로 삼은 남자와 부부로서 연을 맺었고, 비록 자식은 없지만, 자연을 벗이며 자식 삼아 오순도순 살았다.

"그럼."

막상 마음을 먹으니 그랬다. 어딘가 모르게 긴장이 되었다. 싱숭생숭하다고 표현해야 할까?

"가볼까."

프란 페이지의 기억에 따른 위치, 이안이 그곳으로 이동했다.

풀과 나무가 끝도 없이 펼쳐졌다.

"장관이네."

건조하게 뇌까린 이안, 그가 장대한 산속으로부터 오두막집 하나를 발견했다. 작지만 깨끗한, 그리고 아름다운 보금자리였다.

"......!"

그 오두막집으로부터 사람의 기척이 느껴졌다. 가까워지면 가까워질수록 뚜렷하게 들려왔다. 기척 하나하나가 가볍고 조용한 것이, 여인네 특유의 기품으로 가득했다.

"어……."

하얀 생머리를 가지런히 묶은 노령의 여인. 한데도 세월의 풍파가 빗겨간 듯 곱고 새하얀 피부가 인상적이었다. 그래서일까, 오히려 백색의 머리카락이 한층 더 신비로운 분위기를 조성했다.

"어머니……."

가슴 한편에 묻었던 '아픔', 전생의 기억 속 '어머니', 이안의 실질적인 '친모', '그녀'였다.

'어머니.'

이제 그녀는 베네사가 아니었다. 이안의 어머니 또한 아니었다. 전혀 새로운 이름을 가졌다. 전혀 새로운 세월을 살았다. 그렇기에 가까이 갈 수 없었다.

이렇듯 먼 곳에서나마 바라볼 수밖에.

'그래도.'

다행스럽게 느껴졌다. 전생의 어머니가 살아계셔서, 이렇게 다시 볼 수 있어서, 비록 풍족하지는 않더라도 모든 게 행복해 보여서.

이안이 바랐던 얼굴, 그 얼굴을 하고 계셔서…….

"여보."

그때, 어머니의 남편으로 추정되는 남자가 오두막집 앞에 나타났다. 사냥이라도 나섰던 길인지, 웬 노루 한 마리를 짊어지고 있었다.

'저 남자가…….'

이안의 시선도 자연스럽게 그 남자를 향했다.

어머니가 오랜 시간 의지했으며, 또 어머니를 오랜 시간 지켜줬을 사람. 그 고마운 사람이 어떤 인물인지 궁금했으니까.

"오늘은 왜 이렇게 늦으셨어요? 날도 어두워지는데, 걱정했잖아요."

"가죽이 상하지 않게 잡으려다 보니 조금 늦었소. 그래도 당분간은 걱정 없겠군. 이 정도면 가격 꽤 받을 테니까. 그렇지 않소?"

"그러다 사고라도 당하시면 그게 다 무슨 소용이겠어요? 풍족하지 않아도 되니까, 몸부터 챙기셔요."

"하하, 알겠소. 내 명심하리다."

"매번 그렇게 말씀만 하시고……."

"이번에는 진심이오. 그렇지 않아도 몸이 예전 같지가 않아서. 슬슬 사냥은 토끼잡이나 좀 하고, 목수 짓에나 전력을 쏟아볼까 싶소만. 부인께서는 어찌 생각하시오?"

노부부의 일상적인 대화였다. 지극히 평범했고, 모든 것이 평화로웠으며, 소소한 행복도 느껴졌다.

'……?'

그럼에도 이인의 표정은 밝아지지 않았다. 오히려 의구심으로 물들어갔다. 어쩔 도리가 없었다.

'프란 페이지……?'

어머니의 남편, 그 사냥꾼이자 나무꾼, 목수를 겸하는 남자의 생김새가 프란 페이지와 똑같았다. 더 늙긴 했어도 알아볼 수 있었다.

'설마…….'

프란의 또 다른 사념일까?

'아니, 그럴 리가 없다.'

잠시간 그리 생각했던 이안.

이내 고개를 저으며 철회했다.

'전부 다 사라졌으니까.'

프란 페이지가 새하얀 불꽃과 함께 영혼까지 소멸하는 순간, 그가 파생시켰던 사념들도 일시에 박멸되었다. 이안은 자신으로서 각성했기에 영향을 받지 않았을 뿐.

'하지만, 저 남자는 분명…….'

모든 정황을 차치한다면. 오로지 본질적 정체로만 판단하자면, 저 남자는 분명 프란의 사념체가 맞았다. 확신까지 품을 수 있었다.

"……."

이안이 눈매를 가늘게 좁혔다. 순간 긴장할 수밖에 없었다. 놈의 사념이 세상에 남았다.

과연 무엇을 뜻하겠는가? 위험하기 짝이 없는 상황.

"잠깐."

놈의 정체를 가늠했던 이안.

그가 무언가 발견한 듯 뇌까렸다.

'똑같되, 다른 존재다.'

내면이 달랐다. 살펴본 바 그랬다. 본디 마기로 얼룩진 프란의 사념과 달리 깨끗하기만 했다.

결코 의도적으로 감출 수 있는 수준이 아니었다. 다른 사람이라면 모를까, 이안의 눈까지 속일 수 없을 터.

'심지어 평범하다.'

마법사로서 그 어떤 능력조차 느껴지지 않았다. 표현 그대로 평범한 사람에 불과하다는 얘기였다.

'대체 왜 저런 사념이……'

이안이 고민에 빠졌다. 계속해서 놈을 감시했다.

도대체 무슨 상황이란 말인가?

"나는 이 노루 좀 손질할 테니, 당신은 안으로 들어가 쉬고 계시오. 날씨가 많이 쌀쌀하잖소."

이안의 고뇌가 깊어지는 순간, 프란의 얼굴을 가진 그 이질적인 사념이 베네사를 안으로 들여보냈다.

"으쌰!"

그러더니 짊어지고 온 노루를 마당에 설치한 작업대에 올렸다. 앞치마도 둘렀다. 뿐일까? 아예 무두질용 도구까지 챙겨왔다.

"그가."

무두질을 막 시작하려는 찰나. 그 남자가 작게 중얼거렸다.

"나를 남겼다."

'그'가 나를 남겼다? 누구에게 하는 말일까? 주변으로는 아무도 보이지 않았다. 키우는 개 한 마리가 있었으나, 설마 개와 대화를 나누려는 것은 아닐 터. 즉 대화를 나눌 대상 자체가 없다는 거다.

"다른 차원에는 모두 이안 페이지, 그대가 하나뿐인 아들로서 내 아내를 지켜주고 있겠지."

남자의 말은 놀랍게도 이안을 향하고 있었다. 이안이 지켜보고 있단 사실, 그리고 자신의 얘기가 들릴 거라는 확신도 가진 것 같았다.

"하지만 이 차원, 이안 페이지가 독살을 당해 사라진 유일한 세상 속 그녀는 아무도 지켜주지 않아. 아무에게도 보호받을 수 없지."

갑작스러운 상황과 이야기임에도 이안은 수긍했다. 그 말이 틀리지 않았으니까.

"나는 '그'에게 남은 마지막 '선의'가 떨어져 나온 존재다."

"선의……?"

"보다시피 그대는커녕, 세상 그 무엇하나 위협할 힘이 없지."

검증된 이야기였다. 그는 대단한 권능을 갖지 못했다. 하물며 본신조차 이안을 이길 수가 없었는데, 사념 따위로 무엇을 하겠는가?

"다만 쓸모 있는 잔재주를 몇 가지 가져서, 내 아내 하나 지킬 힘은 갖고 있다. 적어도 그녀와 내가 인간으로서 부여받은 삶, 그 시간을 모두 소모할 때까지는 말이지."

프란 페이지의 얼굴을 가진 사념, 그 남자가 덤덤한 목소리로 말했다. 항상 너스레로 일관했던 프란 페이지와는 여러모로 달랐다.

"나 또한, 그녀가 숨을 다하는 즉시 소멸을 맞이한다. 탄생의 근본적인 의무가 끝나는 것이니까."

물론 그 말을 덥석 믿기란 어려웠다. 프란 페이지로부터 훔쳐 읽었던 기억과 지식 어디에도 존재하지 않는 이야기였으니까.

'떨어져 나온 선의란 표현이 사실이라면, 기억까지 갈라졌을 수도.'

그럴 가능성도 충분했다. 어느 것 하나 확신할 순 없지만.

'만약, 모든 게 진실이라면.'

그렇다면 프란이 최후의 발악처럼 남겼던 이야기, 자신을 죽이면 베네사도 소멸된다는 그 얘기가 완전한 거짓은 아닌 모양이었다.

아마 조각처럼 잔류한 '선의의 기억'을 그렇게 변질시켰으리라.

'거짓일까?'

아니, 거짓은 아닌 것 같았다. 이안의 생각이 거기에 닿을 때쯤 남자가 하던 말을 마저 이어갔다.

"믿기 어렵겠지. 지금이라도 당장 나를 소멸시켜도 좋다. 대신 한마디만 덧붙이자면, 그대의 어머니이자 나의 아내는 꽤 길었던 행복, 그리고 안정된 삶 속을 거닐고 있다. 더는 '베네사 페이지'가 아닌, '엘리사'란 이름으로서."

어머니, 베네사의 새로운 이름은 '엘리사'였다.

결코 풍족하고 호화로운 삶은 아니었으나, 누구보다 만족하며 행복하게 살아왔다. 고작 일, 이 년도 아닌 수십 년을 말이다.

"물론 그대의 힘으로서 기억을 되돌릴 수도 있겠지만, 글쎄. 그녀에게 유익할 거란 장담은 어렵겠군. 그녀는 베네사 페이지보다 엘리사로서 더 오랜 세월을 살았으니까."

이안이 잠시간 침묵했다. 인정할 수밖에 없었다. 그 말이 실로 옳았다.

"무얼 결정하든 상관없다. 나는 나에게 주어진 임무를 마저 수행할 터이니, 그대 또한 그대의 생각과 신념에 따라 움직이길 바란다."

그 남자, '프란 페이지의 선의'는 더 이상 입을 열지 않았다. 다시 노루손질에 나서는가 싶더니만, 갑자기 활과 화살들 집어 들었다.

슉!

허공으로 쏘아진 화살이 포물선을 그렸다. 물론 이안을 목표하진 않았다. 쏜다고 맞아줄 위인도 아니거니와, 방향부터 달랐으니까.

"캬악!"

요란한 단말마가 터져 나왔다. 인간의 비명은 아닌 것 같았다. 화살의 표적은 들짐승이었다. 제법 먼 거리였으나 정확했다.

명사수들이 울고 갈 정도였다.

"여, 여보! 무슨 일이에요?"

그 소리에 베네사, 아니, 이제는 엘리사가 된 노령의 여인이 오두막집에서 뛰쳐나왔다. 겁을 먹었다기보다는 남편이 걱정된 탓이었다.

"오, 놀라게 해서 미안하오. 아무래도 이 노루를 노렸던 사냥꾼이 나만 있었던 게 아닌 것 같구려."

'프란의 선의'가 별거 아니라는 듯 아내를 진정시켰다. 아무래도 저 활 솜씨, 그리고 들짐승의 접근을 눈치챈 감각이 그가 말한 '잔재주' 중 일부인 것 같았다.

"……."

이안이 고민에 잠겼다. 다른 건 몰라도 단 한 가지 사실, 프란 페이지는 베네사를 진심으로 사랑했다.

수천 년간 끝없이 타락해 왔으며, 새까만 악의와 광기로 미쳐 버렸을지언정, 한 줌 남겨둔 선의로서 아내를 지킬 정도로 말이다.

[……마지막으로.]

이안이 고심 끝에 입을 열었다.

오직 '선의의 프란'만이 들을 수 있는 마법의 속삭임이기도 했다.

[어머니의 얼굴을 가까이서 보고 싶습니다. 잠시만 당신의 눈과 감각을 빌려도 되겠습니까?]

그 부탁에 프란의 고개가 한번 끄덕여졌다. 허락의 표현이었다.

[그럼…….]

이윽고 이안이 '선의의 프란,' 그 존재의 감각을 빌렸다.

빙의가 아니기에 통제권까지 얻을 수는 없었으나, 어머니의 얼굴과 목소리를 좀 더 가까이서 접할 수 있었다.

"그나저나, 저녁은 어떻게 할까요? 간단하게 준비를 해두긴 했는데, 조금 심심한 것 같아서……."

그녀, 엘리사라는 이름과 함께 새로운 삶을 살아가는 베네사가 읊조렸다.

그 목소리와 표정 하나하나가 여러 긍정적인 감정으로 가득했다. 행복, 만족, 안정, 사랑에 이르기까지 참으로 밝았다.

"그거 나쁘지 않겠소. 우리 나이에는 심심하게 먹는 것도 괜찮지. 오히려 건강에 좋다고 하더이다."

감각을 공유하든 말든, '프란의 선의' 역시 다정하게 대꾸했다.

'만들어진 감정이 아니야.'

동시에 이안은 느낄 수 있었다.

감정이 고스란히 전해졌으니까.

'이건 진심이다.'

'프란의 선의'는 이안을 속이지 않았다. 다시 한번 말하지만, 애당초 사념체가 이안을 기만하기란 불가능에 가깝다. 결코 마법사 특유의 오만함 따위가 아니었다.

"……."

또다시 침묵을 삼킨 이안.

마침내 머릿속을 정리해냈다.

먼저 어머니는, 행복하다. 앞으로 남아 있는 여생 또한 행복할 것이다. 구태여 이 행복을 방해할 필요가 눈곱만큼도 없을 것 같았다.

'그리고 저 프란 페이지의 사념. 아니…… 한 줌 선의의 조각도.'

그 존재 역시 비틀리지 않았다. '마지막 선의'로부터 태어난 존재. 그 소개말이 결코 틀리지 않았다.

[……이만.]

이안의 결심은 그러했다.

[돌아가겠습니다.]

아무런 관여도 하지 않은 채, 아무런 변화도 주지 않은 채 이 세상 속의 어머니와 행복한 삶을 누리는 그녀와 작별하는 것.

[아무것도 바꾸지 않겠습니다. 무언가를 바꿔봐야 어머니께 좋을 것이 없을 거라는 말, 충분히 이해하니까요. 그러니까 부디, 어머니를 잘 부탁드리겠습니다.]

이안이 부탁하자 '프란의 선의' 또한 고개를 조금 끄덕여 줬다.

'그래, 이거면 됐다.'

그 끄덕임을 본 이안이 차원이동 마법을 발동시켰다. 동시에 그러한 종류의 생각들을 반복적으로 뇌까렸다. 이거면 됐다, 어머니는 행복하다, 참 다행이다…….

'어머니, 부디.'

노령의 세월을 짊어진 어머니. 그녀의 행복을 기원함과 함께, 이안이 '본래의 차원'으로 돌아갔다.

'행복하세요.'

더불어 산속 부부의 보금자리에 따스한 기운이 내리깔렸
다. 살갗을 시리게 만들었던 쌀쌀함은 어디에서도 찾아볼 수
없었다.

금방 꽃봉오리가 피어날 것만 같은 따스함, 그 온기를 불
러일으킨 눈물 한 방울이야말로, 이안이 남기고 간 '마지막
인사'였다.

이제는 이안의 '주된 무대'가 되어버린 세상, 상투적인 표
현으로는 '두 번째 삶'에 해당하는 차원.

'돌아…… 온 건가.'

모든 차원을 정상화시킨 이안.

그가 눈을 떴다. 나아가 벽에 걸린 제국력 연표부터 살펴
봤다.

"……."

동시에 표정이 굳어졌다.

지금으로선 그럴 수밖에 없었다. 아무래도 지키지 못한 것
같았다. 금방 돌아오겠다는 '약속' 말이다.

'9년……? 9년이 지났다고?'

그랬다. 저 제국력 연표가 잘못 기록된 게 아니라면, 혹은
누군가의, 특히 더글라스의 장난이 아니라면, 세상은 놀랍게
도 '9년'이란 세월이 흘러버린 이후였다.

'어째서?'

이안은 작금의 상황을 이해할 수가 없었다.

프란 페이지와의 일전 당시에는 여러 차원을 표류했는데
도 수십 분밖에 지나지 않았었거늘, 도대체 왜 지금은 9년이
란 세월이 흘러 버렸단 말인가?

'……당황스럽네.'

전혀 예상치 못한 결과였다. 애당초 차원과 차원 간의 연
결, 흐름, 그리고 시간의 작용 등을 이해하고자 했던 것이 실
수였을까?

'9년이라…….'

실로 많은 것들이 변했을 터, 급히 몸을 일으키는 이안이
었다.

장장 9년 만에 침대에서 벗어나 움직이기 시작한 이안 페
이지, 그 '위대한 마법사'의 몸뚱이였다.

9장
즉위식

"……."

9년이 흘렀음에도 이안의 침소는 그대로였다. 심지어 먼지 한 톨 쌓이지 않았다.

꾸준한 관리와 보존이 있었으리라. 물론 하나부터 열까지 어머니의 손을 탔겠지.

"오래 기다리셨겠지."

쓸쓸하게 뇌까리는 이안이었다. 다시 한번 말하지만. 몰랐다. 이렇게 긴 시간이 흐를 줄은.

'양보를 받아서 다행인가.'

돌아오기 직전, 이안은 '진정한 의미'의 마지막 매듭을 묶고자 했다. 바로 심상 세계에 단 하나만 덩그러니 남아버린 영혼, 이안이 시간을 되돌리며 밀어낸 '본연의 주인'에게 육신을 되돌려주고 싶었다.

'아니.'

사실 돌려주고 싶지는 않았으나, 마음 단단히 먹고 그렇게 할 생각이었다.

모든 것을 정상적으로 되돌리기 위한 희생을 결심했던 거다. 그도 곧 이안이기에, 나아가 이안의 삶과 오랜 세월 동화된 채로 잠들어 있었기에, 큰 문제가 있을 거라고는 생각하지 않았다.

하지만…….

[그냥 당신이 계속 살아줘.]

실로 뜻밖의 대답이 원주인격인 영혼으로부터 돌아왔다.

그는 만사가 지치고 지겨운 듯, 혹은 푸념하듯 한바탕 중얼거리기에 이르렀다.

[지켜보는 것만으로도 지쳐. 당신이 살아온 삶, 그리고 방식 말이야. 내 세상을 그 지경으로 만들어놓더니만, 이제 와서 나한테 떠넘기려고? 말이 되는 소리를 해야지! 그냥 여기서 쭉 지켜나 볼래.]

간단하면서도 당혹스러운, 그러나 왠지 모르게 수긍이 되는 까닭이었다. 확실히 그러기는 했다.

두 번째 삶인지라 더더욱 그랬다. 제 딴에는 완벽한 삶을 만들었다고 생각했는데, 아무래도 아닌 것 같았다.

[여기 있어도 어차피 똑같거든. 당신이 보는 거 나도 다 보이고, 당신 생각인지 내 생각인지 분간도 안 가고, 당신 화나면 나도 화나고, 당신 좋으면 나도 좋고, 또…… 어휴! 아무튼 그냥 당신이 쭉 살아. 조금이라도 덜 지치게, 알았지?]

열변을 토해낸 원주인 영혼, 그가 더 이상 미련 따위 없다는 듯 눈을 감고 선홍빛 점액 고체에 몸까지 파묻었다. 철벽 그 자체였다.

"뭐……."

그리하여 결국.

이안은 돌아왔다.

두 번째 삶에 해당하는 세상으로.

문제가 있다면 너무 긴 시간이 흘러버렸다는 거다. 자그마치 9년이라는 세월.

그 길었다면 길고, 짧았다면 짧은 시간 동안 많은 변화가 세상에 도래한 것 같았다.

"난감하군."

이안이 문득 거울을 봤다. 잠만 잤음에도 세월의 풍파는 빗겨나가지 않았다. 완연한 수컷의 껍데기가 이안을 감싸고 있었으니까.

"피부만 하얘져 가지고는……."

마법의 힘과 어머니의 보살핌으로 추정되는 몇몇 정황상 육신의 건강상태는 양호했으나, 햇빛을 자주 받지 못해 하얘진 피부는 어쩔 수가 없었다. 정말이지 병약해 보였다.

"흐음."

흘러간 시간이 시간이니만큼 고민도 깊어졌다. 장장 9년 만에 나타난 셈이다. 무어라 인사를 건네야 할까? 그냥 좋은 아침, 하고 말까?

"흐으음……."

대단한 일을 끝내고 돌아온, 범인들은 감히 헤아리지도 못할 문제를 해결하고 돌아온 이안 아니겠는가?

'아니지. 이왕 상황이 이렇게 된 거, 조금만 더 극적인 등장을…….'

무려 분열된 차원을 넘나드는 존재, 9클래스마저 넘어선 무의 경지에 올라선 존재, 지금부터 인류가 멸할 때까지 쭉 위대한 마법사로 회자될 존재의 고민거리치고는 약간, 아니, 꽤 많이 유치했다.

"흐으으음…….'

그것이 짊어졌던 모든 과업을 끝마친 존재, 마지막 매듭을 완벽하게 묶고 돌아온 대마법사, 이안 페이지의 '홀가분함'이었다.

"거기! 잠깐 우리 좀 볼까?"

어두운 밤.

모그리안 영지로 통하는 길목.

오랜 세월 마차와 사람이 오가서 그럴까? 자연히 도로가 형성된 그곳으로부터 작은 소란이 들려왔다.

"……."

길 위를 걷는 남자 둘, 양쪽 모두 거적때기로 전신을 가렸지만, 그 굴곡만큼은 차이가 컸다. 한눈에 봐도 큰 덩치를 가진 사내, 그리고 얇은 선을 가진 청년이었으니까.

"야! 내 말 안 들려? 엉?"

더불어 그 두 남성을 향하여 고래고래 소리치는 한 무리의 사내들, 그들 역시 딱 봐도 어떤 생업에 종사하는지가 자동으로 그려졌다.

"지금 우리한테 말하는 건가?"

얇은 선의 청년이 읊조리자.

"아무래도 그런 것 같습니다."

덩치 큰 사내가 묵직하게 대답했다. 말투와 행동거지로 미루어보건대, 청년 쪽이 상전인 것 같았다.

"음, 그렇단 말이지……."

덩치 큰 사내의 대답을 들은 청년, 그가 허리춤에서 웬 직각으로 꺾인 지팡이를 뽑아 들며 말했다.

"부름에 응답을 해줘야겠지?"

"아무래도 그렇지 않겠습니까?"

"귀찮구먼."

청년이 고개를 절레절레 흔들었다. 동시에 직각으로 꺾인 지팡이를 빙글빙글 돌렸다. 도대체 어디다 쓰는 물건일까? 그 한줄기 의문은 조만간 깨끗이 풀리게 되리라.

"……뭐, 어차피."

얇은 선의 청년이 머리를 감쌌던 거적부터 걷었다. 그러자 은발에 가까운 금발, 즉 '백금색의 머리칼'이 바람 한 줌에 나부껴 흩날렸다.

"그냥 지나칠 생각도 없었지만."

"소장의 생각도 그러했습니다."

덩치 큰 사내 역시 거적 속에서 쇠붙이를 뽑았다. 아주 잘 벼려진 검이었다. 가히 보검을 넘어서 전설의 검에 필적할 만한 예기였다.

"단장은 쉬고 있어. 나 혼자 해결해 볼 테니까. 이제 이러 면서 돌아다니는 것도 며칠 남지 않았잖아?

"안 됩니다. 위험합니다."

"위험한 순간에만 도와줘."

"그런 상황을 만드는 것 자체가 호위기사로서 엄청난 수 치……."

"수치심이 남자를 키우는 법."

백금색 머리칼의 미남자, 기이한 지팡이, 붐 스틱을 든 청 년, 바로 황태자 '하이든 그린리버'가 한마디 툭 던지며 비적 무리에게 걸어갔다.

어째서 황태자란 자가 황궁이 아닌, 모그리안 영지로 통하 는 길목을 지나고 있었던 걸까?

"커흠! 부르셨습니까? 나리들."

심지어 비적들에게 몸을 숙이기까지 한다. 몹시 공손한 어 조였다. 그 대상은 자신보다 신분상으로 볼 때나, 인격적인 완성도로 볼 때나 한참 아래에 놓인 비적 무리였다.

"오냐, 이리 가까이 좀 와봐."

그 부름에 순순히 응하는 하이든이었다. 햇불마저 꺼뜨린 관계로 얼굴까진 보이지 않았다. 공포감을 조성시킬 요량인 것 같았다.

"일행은?"

"아, 저 친구가 덩치만 컸지, 겁이 하도 많아서 말이죠. 그래서 제가 대신 부르심을 받잡고 달려왔습니다. 그런데 무슨 일이십니까?"

황태자의 호위기사이자 제2 황실 기사단의 단장, 그린리버의 검공이며 용의 척살자이기도 한 '올리버 레이우드'를 순식간에 겁쟁이로 전락시켜 버린 황태자, 그가 순진무구한 표정으로 물었다.

"대충 보면 알잖아?"

"제가 잘 몰라서……."

"지나가려면 통행료를 내야지."

"예?"

"귀먹었어? 통행료 말이야."

"아, 통행료 말씀이십니까?"

"그래, 통행료."

"통행료라, 통행료……."

황태자는 난감한 척 연기를 하며 붐 스틱을 장전시켰다.

지난 9년, 황태자는 올리버와 단둘이 세상을 자주 돌아다녔다. 보다 많은 것을 보고, 겪으며, 고민하기 위해서였다.

또한 그 과정에서 소소한 즐거움 하나를 찾았는데, 한마디로 정의하자면 일종의 '자경단' 행위라고 명명할 수 있었다.

"어휴, 나의 가련한 백성들이여."

"뭘……."

"통행료 말고, 죗값이나 치르자."

황태자가 양손에 붐 스틱을 쥐었다. 정말이지 엄청난 속도와 부드러운 동작과 함께 사방으로 발포하기 시작했다. 가히 예술이었다.

"커헉……?"

"컥!"

"쿠허억……!"

표현 그대로 순식간이었다. 주변 일대의 비적 떼가 쓰러질 때까지는 말이다. 직접 통행료를 운운했던 단 한 명의 비적만 남겨두고 전부 다 땅바닥에 널브러져 버렸다.

"히, 히익……!"

"걱정하지 마. 친구들 안 죽었으니까. 아무리 못난 백성이라지만, 어찌 너희들의 목숨을 내 손으로 거둘 수 있겠느냐? 못 할 짓이지."

근엄한 어조로 한마디 뺀 황태자.

그가 화려한 손놀림으로 두 자루 붐 스틱을 거두었다.

과거 동부 대초원 토벌 당시, 황태자의 실력을 본 공학자 스람이 다양한 붐 스틱을 만들어줬는데, 방금 썼던 붐 스틱은 그 새로운 작품 중 하나인 '수면탄 붐 스틱'이었다.

"모든 죗값은 절차로서 정당하게 치러주마. 갱생의 여지가 있다면 죽음을 피할 수도 있을 테니까, 정신 똑바로 차리고 생각해 봐."

붐 스틱을 거둔 황태자가 곧장 등허리로부터 또 다른 지팡이를 꺼냈다. 기존의 붐 스틱보다 훨씬 더 커다란 크기를 자랑했는데, 무려 양손으로 잡는 물건이었다.

"밤새도록."

그 중얼거림과 더불어 기다란 붐 스틱을 견주는 황태자, 곧 그 지팡이의 끝부분으로부터 푸른색 내용물이 뿜어졌다.

그것은 매직 미사일처럼 사람을 공격할 만한 형태도, 수면 탄처럼 생체적 이상 현상을 일으킬만한 성분도 아님이 분명했다. 단지 마나의 줄기가 거미줄처럼 엮여 널따랗게 퍼져 나갈 뿐이었다.

촤아악-!

그것은 바로 마법의 그물, 기절한 비적 무리와 임시로 남겨둔 한 명까지 몽땅 다 감쌀 만한 크기였다.

"배, 백성……? 서, 설마."

하지만 깨어 있던 비적은 그물이 제 몸뚱이를 포박하든 말든, 황태자의 정체를 유추하기만 바빴다.

"화, 황태자…… 이상한 지팡이로 오우거마저 쓰러뜨린다는 그……."

"오우거? 아, 맞아. 오우거도 상대를 해보긴 했지. 뭐 결국 일족이 다 튀어나오는 바람에 올리버가 처리해 줬다만…… 참! 저기 있는 겁쟁이 덩치, 저쪽이 올리버야. 기사 올리버 레이우드, 들어는 봤지?"

"히이이이익!"

무려 그린리버의 황태자에 검공 올리버라니?

비적의 눈이 큼지막하게 떠졌다.

그저 푼돈이나 좀 받아먹을까 싶었다. 돈이 없다면 두들겨 패서 스트레스나 풀려고 했다. 한데 갑자기 황태자 하이든? 검공 올리버?

"이, 이 무슨……."

"그러니까 착하게 살았어야지. 요즘 같은 태평성대에 비적질이 뭐야? 응? 그 건강한 몸뚱이 하나면 어딜 가도 할 일이 넘쳐날 텐데."

황태자가 고개를 흔들며 말했다. 세상은 그야말로 태평성대다. 그냥 태평성대도 아니고, 역사상 최고의 태평성대가 삼국의 백성을 따스하게 비췄다.

풍년이 계속되고, 전쟁은 일어나지 않으며, 활발한 무역 및 국가적 사업 아래 여러 종류의 일자리가 창출되었다.

한데, 이런 평화로운 세상에서 비적이라니! 참으로 어리석은 중생이리라.

"전하, 장작을 가져왔습니다."

황태자가 비적 무리를 제압하고, 포박한 뒤, 한마디 훈계로 마무리하는 과정에서 기사 올리버는 태평하게 장작이나 모아왔다.

"빠르기도 하네."

"전하께서 늦으신 겁니다."

"요즘 반항이 잦아졌어? 단장."

"송구하오나, 소장은 항상 일관된 모습으로 전하의 곁을 지켰습니다. 소장이 아니라 전하께서 곧 즉위하신다는 부담감에 그만 부정적으로 변하신 것이지요. 곧 폐하가 되실 전하께서 말이옵니다."

"하! 이거 완전 하극상이구먼."

황태자가 툴툴거리며 또 다른 붐 스틱을 꺼냈다. 이번에는 평소처럼 작은 크기의 붐 스틱이었는데.

화르륵—!

놀랍게도 불을 내뿜었다. 장작에 불을 붙이는 용도였다. 물론 그것이 전부가 아닐 테지만, 적어도 지금 당장은 그러한 용도로 쓰였다.

"이왕 이렇게 된 거 여기서 하루 쉬자고. 아, 물론 단장은 밤새 불침번을 서야지. 어디 감히 전하께서 주무시는데 잠을 자겠어?"

"소장은 숙면을 취하면서도 반경 수천 보 이내의 접근을 감지할 수 있는 경지에 올랐습니다. 굳이 불침번을 설 필요가 없는 것이죠."

"아이고, 잘나셨습니다. 그린리버의 위대한 기사! 검공! 드래곤 슬레이어 올리버 레이우드 나리! 예!"

"알고 계시니 다행이옵니다."

"하……."

졌다, 졌어.

그러한 표정과 손짓으로 야영 준비에 들어가는 황태자 하이든이었다.

올리버 역시 그 준비를 도왔다.

"그나저나, 아바마마께서 아직 정정하신데 즉위라니. 아직 십 년은 더 이르다고 생각했는데 말이야."

"폐하의 뜻이 그토록 완강하시니, 어찌 신하된 저희가 거스를 수 있겠습니까? 따라야지요."

"그거야 그렇지만."

이안이 '볼 일'을 보러 간 그날로부터 9년이란 역사가 흘러버린 지금, 황태자는 곧 황제로서의 '즉위식'을 앞두고 있었다.

물론 황제가 승하하진 않았다. 심지어 정정하기까지 했다. 그럼에도 즉위를 앞둔 이유는 단 하나, 황제의 뜻이었다.

"아무리 그래도 선위는 좀 그렇잖아? 이 나라, 그린리버 제국사에 이런 경우가 또 있었느냐 이거지."

"있긴 하옵니다만, 단지."

"정치적 도구에 불과했었지."

황태자가 말린 육포를 우물우물 씹으며 말했다.

과거 베네사의 팥 파이를 시식한 뒤 '진흙과도 같다'라는 평가를 남겼던 그가 이제는 비상용 음식도 곧잘 먹게 되었다.

"물론 나를 향한 믿음이 확고해지셨고, 그만큼 나도 준비가 되었다는 뜻이니까 기쁘긴 한데, 분명 과분한 일인데, 그래도 좀 그래."

"막중한 책임감이 느껴지십니까?"

"음, 책임감이라. 확실히 좀 무거운 것 같기도 하고, 답답한 것 같기도 하고……."

현 황제 테리 그린리버는 연로한 나이임에도 정정함을 잃지 않았다. 하지만 황제의 자리를 계속 지키는 것도 거부했다.

황태자 하이든 그린리버에게 자리를 물려주고, 본인은 상왕으로서 물러나고자 했다. 이미 새로운 황제의 즉위식까지 예정된 상황이었으니, 말 다 한 거다.

"이럴 때 이안이라도 있었으면 좋으련만, 도통 깨어나지를 않으니 원. 분명히 살아 있긴 한데……."

황태자의 침울한 어조에 올리버 역시 입을 굳게 다물었다. 지금으로선 그 슬픔을 공감해 주는 것밖에 할 수 있는 일이 없었으니까.

"뭐, 언젠가는 깨어나겠지. 설마 나 죽기 전까지 그러고 있겠어?"

얼마나 침묵을 지켰을까? 드디어 황태자가 본래의 모습을 되찾았다. 언제나 철이 없는 것만 같았지만, 사실 현 황제조차 선위를 결심할 정도로 크게 성장한 황태자였다.

"단장, 이제 이렇게 오순도순 돌아다니는 것도 마지막이겠네. 그간 참 재미있게 놀았어. 안 그래?"

그런 황태자의 물음에.

"예. 평생 잊지 못할 것이옵니다."

단장 올리버가 고개를 끄덕였다. 황태자의 얼굴에 미소가 피었다. 9년이란 세월, 정말이지 즐거웠다.

이안이 없다는 점만 제외한다면.

잠시 회상에 잠겼던 황태자는 기분 좋게 읊조렸다.

"좋아. 일단 오늘은 여기서 쉬고, 내일 일찌감치 모그리안 영주성으로 가보자고. 어차피 '장인어른'께서도 즉위식에 참석하실 테니까. 이왕 여기까지 온 거 '전용 비행선'이나 좀 얻어 타면 되겠지."

한차례 소란이 있었던 다음 날.

황태자와 올리버는 모그리안 영지의 중심부, 영주성에 도착했다. 더불어 모그리안 일가와 함께 수도로 향하는 '직행 비행선'을 탔다. 물론 생포한 비적 무리의 처분 역시 영지 군영으로 넘겨버렸다.

"세상 참 좋아졌습니다. 모그리안 영지부터 황성까지 삼 일이면 충분한 날이 찾아올 줄이야. 이것이 모두 우리 영지의 자랑거리, 상아탑주 이안 공 덕분이 아니겠습니까?"

이제 슬슬 노년의 나이에 접어들고 있는 대영주, '마커스 모그리안'이 읊조렸다.

그는 상아탑주 이안 페이지를 '모그리안 영지의 자랑'이라 칭하며 출신 성분을 강조했다.

"장인어른의 말씀이 옳으십니다. 물론 '이안의 장원'에서 불철주야 재능을 쏟아내는 장인들의 노고도 큽니다만, 그분들 또한 상아탑주가 불러온 인재 아니겠습니까?"

황태자가 말하는 '장인어른'이란 모그리안 영지의 대영주, '마커스 모그리안'을 뜻했다.

과거 이안에게 영원한 귀빈의 증거로서 반지를 선물했던 바로 그 귀족 말이다.

어째서 마커스 모그리안이 장인이냐고?

이유는 간단했다. 그의 막내딸이자 이안과도 인연이 있는 '마가렛 모그리안', 그녀가 황태자 하이든의 '아내'였으니까.

백년가약을 맺은 지만 어느덧 2년이 흘렀다.

전혀 접점이 없을 것 같은 두 남녀의 연결고리, 그것은 다름 아닌 '이안'이었다.

황태자에게는 이안의 가족 말고도 함께 이안을 추억할 사람이 필요했고, 모그리안 영지가 그 조건을 충족시켜줬다.

특히 대토벌 당시부터 인연이 있었던 소설가 '루카,' 그리고 '마가렛 모그리안'이 무척 이상적인 '친구'였다.

"전하, 하온데 말입니다. 소인의 딸은 어찌하시고 이렇게 매번 바깥 행보에 나서시옵니까? 아직 젊은 나이에 벌써부터 독수공방을······."

하물며 마가렛은 황태자와 공통점까지 가지고 있었다.

아주 희소성 넘치면서도 어리석은 공통점인데, 이는 바로 이안과의 '첫인상'이 좋지 않았다는 점이었다.

아니, 단순히 좋지 않음을 넘어서 '개판'이었다고 표현할 수 있으리라.

"아, 아닙니다. 장인어른! 남편으로서의 도리는 충분히 해내고 있으니, 걱정하실 필요는 없으십니다."

물론 두 사람 모두 첫인상을 고치는 데 성공하긴 했다.

마가렛은 이안과 이안의 어머니에게 사과하면서, 황태자는 아예 열렬한 지지자까지 자처하며 과거의 실수를 씻어냈다.

설마 그 부끄럽고 아련한 추억이 백년가약의 단초가 되어 버릴 줄이야, 누가 알았겠는가?

"흐음, 즉위식 이후부터는 이런 질문도 드리기가 조심스러울 것 같으니, 말 나온 김에 지금 드리겠습니다. '충분하게 해내고 있다'는 그 말씀, 정말 믿어도 되겠습니까?"

결국 황태자와 마가렛은 그 유일한 동질감을 매개체로서 급격히 가까워졌다.

이보다 더 잘 맞을 수가 없을 정도로 '천생연분'이었다.

"저만 믿으십시오."

"그런데 왜 아직도 후사가……."

"곧 좋은 소식, 드리겠습니다."

황태자 하이든과 대영주 모그리안, 사위와 장인이자 백성과 신하가 극히 사적인 이야기를 나누고 있는 지금, 그 모두를 태운 비행선이 구름을 가르며 전진했다. 목적지는 제국의 수도 그린리버디움, 본디 여러 달을 걸쳐 오가야만 했던 거리가 이제 하루면 충분했다.

새로운 황제, 하이든 그린리버를 맞이할 즉위식 준비가 막바지로 치달았다.

이제 정말 즉위식의 거행이, 지난 역사의 종결이자 새로운 역사의 시작이 고작해야 한 시간도 채 남지 않아버린 것이다.

"야! 거기! 카펫선 똑바로 안 맞춰? 이게 무슨 너희들 생일 파티라도 되는 줄 알아?"

워낙 역사적인 현장을 준비하느라 그럴까? 준비에 투입된 하인들 사이에서도 심심치 않게 고성이 오고 갔다. 그야말로 살벌한 분위기였다.

"이봐! 거기는 자유 참여석이잖아! 대충 하고 이쪽으로 오라고! 하나부터 열까지 다 알려줘야 해? 어?"

"죄, 죄송합니다!"

황태자 하이든의 즉위식은 여러모로 남달랐다.

과거 초청된 자들만 참여할 수 있었던 황궁 내 즉위식과는 달리, 도시 바깥에 따로 차려진 즉위식장을 통하여 대대적으로 치러질 예정이었으니까. 자연스레 초청의 여부도 존재하지 않았다.

참석하고 싶은 자는 그냥 참석하면 된다. 단언컨대 제국역사뿐만 아니라, 대륙역사를 통틀어도 최초라는 수식어가 따라다닐 즉위식이었다.

"그런데 하녀장님. 정말 즉위식이란 행사가 이래도 되는 건가요?"

"또 뭐가?"

"아무리 백성을 위해서도 그렇죠. 별의별 어중이떠중이들까지 마음대로 들락날락하는 즉위식이라니…… 너무 위험하지 않을까요?"

어린 하녀의 물음에.

"어휴! 머리가 그렇~ 게 돌덩이니까 간단한 일도 만날 헤매지!"

하녀장이라고 불리긴 하나, 사실 나이 많은 하녀에 불과한 여인이 콧대를 한껏 올리며 대답했다. 실로 오만하기 짝이 없는 태도였다.

"잘 들어. 핵심은 두 가지야."

"두, 두 가지요……?"

"그래, 두 가지."

늙은 하녀가 손가락 두 개를 쭉 펼쳤다. 고생을 많이 해서 그럴까, 주름이 자글자글한 손가락이었다.

"첫째! 올리버 레이우드 경!"

"그, 그분께서 왜……."

"용조차 때려잡는 기사가 눈 시퍼렇게 뜨고 감시할 텐데, 감히 어떤 겁대가리 상실한 작자가 수작을 부리겠니? 아니, 부려도 문제야. 살심 한번 품는 순간 목이 달아날걸?"

틀린 말도 아니었다. 아니, 오히려 정확했다.

마법사조차 뛰어넘어버린 검. 올리버 레이우드경이 존재한다.

이외 또 무슨 말이 필요하겠는가?

"그리고 두 번째! 이게 제일 중요해. 어려운 거야. 정치! 높으신 분들의 정치적인 메시지이거든."

"저, 정치적 메시지요?"

"그렇지. 잘 들어봐. 이건 일종의 과시야. 자기과시. 이렇게 공개적으로 즉위식을 열어도 아무런 문제가 없다. 나는, 나의 제국은, 나의 수하는 전부 다 최고니까! 어디 건들 테면 건드려봐라! 단, 쏟아질 후폭풍을 감당할 수 있다면!"

"우와……."

늙은 하녀의 일장연설에 젊은 하녀가 입을 벌렸다. 제대로 알아듣지는 못했으나, 왠지 대단해 보였다. 무려 정치적 메시지라니, 단어만 들어도 겁이 날 지경이었다.

"대, 대단하세요! 하녀장님. 어떻게 그런 정치적인 일들까지……."

"내가 원래 머리는 좀 타고났거든. 아마 남자로 태어났으면 지금쯤 한자리 차지하고 있었을걸?"

늙은 하녀의 입으로부터 뜻밖에 맞는 말만 흘러나왔다. 크게 축약된 감이 컸지만, 어찌 되었든 두 번째 이유도 비슷했다.

예전 같았다면 언급할 가치도 없이 기각되었을 '공개 즉위식'. 하나 이번만큼은 여러 상황과 까닭이 합쳐져 지금과 같은 결론을 이루어냈다.

"아무튼, 알아들었으면 할 일이나 해! 꾸물거릴 시간 없으니까!"

"네, 넵!"

이제 정말 코앞까지 다가왔다. 즉위식의 순간이 얼마 남지 않았다.

사람들 또한 하나둘씩 몰려왔다. 도시의 백성은 물론 인근 마을의 주민들, 먼 곳에서 구경나온 사람들까지 그야말로 엄청난 인파가 몰려들었다.

물론 황제와 황태자가 입장할 붉은색 카펫의 길목을 기준으로 신분적 구역이 나뉘기는 했지만, 이 정도면 가히 축제라 일컬어도 충분할 정도였다.

"이쪽으로 오세요!"

"더글라스, 너무 깊게 들어가지는 마라. 우린 어디까지나 초대석으로 들어가는 입장이니까⋯⋯."

"에이, 아버지. 그러면 다 무슨 소용이에요? 이럴 때일수록 사람들 틈바구니에 껴서 즐겨야죠. 축제잖아요? 제국 전체의 축제!"

그 수많은 인파 사이로 베네사와 더글라스, 래디오의 모습이 보였다. 고양이로 둔갑한 페어리 퀸 역시 베네사의 품에 쏙 안겨있었다.

"그래도 초대석이 더 편할……."

"가봤자 고리타분한 귀족 나리들이나 만날 텐데, 어머니께는 기분전환이 필요하다고요. 남편씩이나 돼서 그런 것도 제대로 몰라요?"

"이, 이 녀석이……!"

"그렇죠, 어머니?"

아비인 래디오를 신나게 골려 먹은 더글라스, 그가 베네사를 부르는 호칭이 무려 '어머니'였다.

베네사와 래디오가 새롭게 부부의 연을 맺었으니, 호적으로 따지자면 이안의 동생으로 들어간 셈이었다.

"좋지. 그렇지 않아도 귀족 부인 분들 사이에 끼는 건 조금 불편했단다. 공주마마라도 계시면 모를까, 지금은 그것도 아니니……."

베네사가 둘째 아들 더글라스의 말에 동의하며 말했다. 공주마저 황족의 자리를 지켜야 하는 이상, 그녀가 구태여 초대석에 앉을 필요는 없었다.

본디 미천한 출신이었던 만큼 딱딱한 격식과 고상한 분위기의 자리보다야, 이렇게 와자지껄 모여 축제의 활기를 만끽하는 편이 수십 배, 아니, 수백, 수천, 수만 배 더 즐거울 것 같았으니까.

"그런데…… 이리 나와 있어도 되는 건지 모르겠구나. 이안만 남겨두고 나온 적은 처음이라, 혹시 무슨 일이라도 생긴다면……."

벌써 9년째 잠들어 있는 아들, 이안의 걱정부터 앞서는 베네사였다.

이러니 지난 세월 얼마나 좌불안석으로 살았겠는가? 집 밖을 마음 편히 나와 본 경우가 손으로 꼽혔다.

(흥! 별걱정을 다하는구나. 전에 그놈 머리통 위로 유리잔 떨어뜨렸던 실수를 잊었느냐? 아주 박살을 내다 못해 소멸시키지 않더냐?)

베네사의 걱정을 가만히 듣고 있었던 분홍색 고양이, '페어리 퀸'이 콧방귀를 홍 뿌리며 일갈했다.

(무려 9년씩이나 나자빠져 있으면서도, 제 몸뚱이 하나 기가 막히게 지켜내는 놈한테 걱정? 하! 도대체가 무슨 헛짓거리란 말이냐?)

페어리 퀸의 말은 틀리지 않았다. 어찌 된 건지 이안은 수면 상태에 빠졌음에도 자기방어 마법을 발동시켰다.

이안에게 위해를 가할 존재라면 암살자는커녕, 모기 한 마리조차 얼씬거리지 못할 터.

"그건 그렇지만……."

하나 어디 부모 마음이라는 게 그러기가 쉽겠는가? 제아무리 세상에서 가장 강력한 존재라고는 하나, 아들은 아들일 뿐이었다.

부우우우우우……!

그때.

묵직한 나팔소리가 들려왔다. 처음에는 단 하나의 나팔이었다. 하지만 곧 그 숫자가 많아졌다.

부우우우우우-!

부우우우우우-!

부우우우우우-!

즉위식의 본격적인 시작을 알리는 나팔 소리가 일대에 흐르던 공기를 통째로 뒤바꿔버렸다.

나아가 기사와 마법사들의 철저한 통제 아래 펼쳐진 붉은색 길목으로 황제, '테리 그린리버'가 입장하기 시작했다. 본인의 역사가 끝나는 순간임에도 가벼운 발걸음을 잃지 않았다.

"황제 폐하!"

"황제 폐하!"

"황제 폐하!"

그는 누가 무어라 한들 성군이었으며, 앞으로도 쭉 성군으로 회자 될 황제였다. 그린리버 제국의 백성이라면 응당 존경심을 가질 수밖에 없을 터. 몰려든 구경꾼들의 무릎이 동시다발적으로 꿇어졌다.

[짐의, 자랑스러운 백성들이여.]

이윽고 모두의 시선을 받을 수 있는 중심부 단상 위에 올라선 황제, 그가 음성 증폭구로 구경꾼들 모두에게 말했다.

제국의 황제로서 내뱉는 마지막 목소리였다.

[이미 알고 있겠으나, 짐은 오늘 이 자리를 통하여 무거운 황관을 벗고, 나의 아들이자 그대들의 황태자, 하이든 그린리버에게 이 무거운 영광을 물려주고자 하노라. 본디 죽음으로서 벗어야 할 영광이지만, 짐은 오랜 고심 끝에 이것이 제

국을 위한 길이라 판단하였다.]

현 황제 테리 그린리버가 본인의 머리에 씌워졌던 금빛 황관을 벗었다. 마치 신줏단지라도 모시듯 두 손으로 조심스레 잡았다.

[짐의 뜻을 이해하든, 아직 이해하지 못하든, 이것 하나만은 그대들에게 약속할 수 있다. 제국은 계속해서 앞으로 나아갈 것이며, 그대들의 삶 또한 새로운 황제의 행보와 더불어 풍요로워질 것이다. 믿어도 좋다. 짐은 결코 허언이나 일삼는 그릇된 군주가 아님을, 그대들이 더 잘 알고 있지 않던가?]

풍요로운 삶의 약속, 백성에게 이보다 더 큰 행복이 또 있을까?

"황제 폐하, 만세!"

"황제 폐하, 만세!"

"만세! 만세!"

우레와도 같은 환호가 터져 나왔다.

수십 년을 성군으로서 살아온 황제의 위용이었으며, 나아가 무거운 바통을 이어받을 황태자에게 던지는 조용한 압박이기도 했다.

[짐의 백성들이여. 이제 두 눈을 돌려 그대들의 새로운 황제를 보라. 그 생김새, 걸음걸이, 표정, 손짓 하나하나까지 절대로 놓치지 마라. 또한, 진심으로서 맞이하라.]

그야말로 진풍경이었다. 황제 테리의 선언에 따라 모든 시선이 한곳으로 향했으니까. 바로 황제가 걸어 나왔던 길목, 그 붉은 카펫으로 펼쳐진 길 위를 황태자 '하이든 그린리버'

가 밝았다.

그의 호위기사이자 역대 최강의 검사 '올리버 레이우드' 역시 곁을 바짝 지켰다.

"아바마마."

"왔느냐. 태자."

마침내 현 황제 앞에서 무릎을 꿇은 황태자 하이든, 그런 아들의 모습을 지그시 바라보는 황제였다.

"길었구나."

"예. 길었습니다."

두 부자의 짧은 대화. 그러나 많은 의미를 내포했다.

얼간이 황태자가 이 자리에 오기까지 얼마나 오랜 시간, 얼마나 많은 우여곡절, 또 얼마나 많은 성취와 좌절이 반복했던가? 그것은 황제도, 황태자도 마찬가지였을 터.

"네가 자랑스럽다."

"앞으로도 소자가 자랑스러우실 수 있도록, 절대로 실망시켜 드리지 않도록 온 힘을 다하겠습니다."

"그래, 그래야지."

흐뭇하게 고개를 끄덕거렸던 황제 테리 그린리버, 그가 마침내 금빛 황관을 황태자 하이든 그린리버의 머리에 씌워줬다.

"즉위를 감축드리옵니다. 폐하."

그것은 다른 누구도 아닌 황제, 아니, '전 황제' 테리 그린리버의 축하였다. 바로 이 순간, 황태자가 '황제'로 등극하였음이 만천하에 공표되었으며, 자연스레 황제는 '상왕'의 자리로 물러나게 되었다.

"……."

새로운 황제, 하이든 그린리버. 그가 등을 돌려 백성을 봤다. 동시에 모두의 무릎이 꿇어졌다.

말소리 한 줌 내뱉지 않았다. 백성, 황족, 귀족, 기사, 마법사. 누구 할 것 없이 그랬다.

새로운 황제의 탄생 앞에.

진심 어린 경배를 올려졌다.

"……나는, 아니, 짐은."

황제, 하이든 그린리버의 입술이 느릿하게 떨어지는 순간이었다.

쿠르르릉……!

방금까지만 하더라도 맑았던 하늘이다. 비는커녕 먹구름조차 보이지 않았다는 거다.

천문학자들과 마법사들이 예측하기로도 그랬다. 비록 그린리버디움의 날씨가 변덕스럽기도 유명하긴 하지만, 그렇기에 더 고르고 골라 오늘을 즉위식의 날로 정했던 것이다. 분명 그러했거늘.

쿠릉, 쿠르릉……!

약간의 천둥을 동반한 먹구름이 우르르 몰려왔다. 어디 그뿐일까?

쏴아아아아아…….

빗줄기마저 떨어지기에 이르렀다.

이런 날에 먹구름과 빗줄기.

심지어 천둥이라니.

"가, 갑자기 왜……?"

하필 즉위식 날에, 나아가 황관을 물려받은 순간 비가 쏟아지다니?

하늘의 노여움일까? 신이 노여워하시는 걸까?

웅성거림이 순식간에 번져갔다.

응당 그럴 수밖에 없었다. 그렇지 않아도 백성에게는 익숙하지 못했던 즉위다. 이토록 공개적인 즉위식은 물론이거니와, '선위'라는 개념 자체가 많이 생소했으니까.

쿠릉! 쿠르릉! 쿵!

쏴아아아아아아……!

빗줄기가 점점 더 거세졌다. 굵기며 수량에 이르기까지, 이대로라면 즉위식을 파해야 할 판국이었다.

"자, 잠깐. 저게 뭐지?"

"저기, 저 위를 좀 보게!"

이변은 거기서 끝나지 않았다. 시커먼 구름으로 가득했던 하늘. 그 가운데로 푸른색의 기운이 소용돌이치는 구멍 하나가 나타났다.

휘오오오오오-!

이는 결코 단순한 소용돌이가 아니었다. 사방의 모든 먹구름과 빗줄기, 하물며 천둥과 번개까지 싹 다 빨아들이기 시작했으니 말이다.

"상아탑의 마법인가……?"

너도나도 '마법'을 떠올릴 수밖에 없는 상황, 그러나 정작 상아탑의 마법사들도 넋을 놓은 채 하늘만 올려다봤다. 그들로서도 경이로울 뿐, 관여한 바가 전혀 없었으니까.

"우, 우리가 지금 뭘 본 거야?"

어떤 백성의 중얼거림처럼.

하늘은 다시 맑음을 되찾았다.

대신.

"저, 저거⋯⋯."

"사람, 사람이잖아?"

"푸른색 로브라면⋯⋯."

맑아진 하늘, 모든 것을 빨아들였던 푸른색 구멍조차 사라져 버린 그곳에 웬 사람의 모습이 나타났다. 밝은 갈색의 머리칼, 푸른 빛깔 로브, 허공을 자유로이 비행하는 마법까지. 제국의 백성이라면 결코 잊을 수 없는 특색의 집대성.

'상아탑주?'

모두가 공통된 인물을 떠올렸다. 동시에 그 인물이 가까워졌다. 모두가 밟고 있는 즉위식장으로. 멍하니 비를 맞고 있었던 황태자.

아니, '새 황제'의 얼굴 앞으로.

"소신, 상아탑주 이안 페이지."

가볍게 착지한 푸른 로브의 마법사, 그 남자가 한쪽 무릎을 꿇으며 말했다. 잔잔한 어조였으나 즉위식장 전체에 똑똑히 전해졌다. 마나가 잔뜩 실린 까닭이었다.

"황제 폐하를 뵈옵니다."

**외전
그가, 그럴 수밖에 없었던 까닭**

꽤나 오랜 시간이 지났음에도, 이안은 한 가지 '의혹'으로
부터 벗어날 수 없었다.

달리 말하자면 '놀림거리'이기도 했다. 도대체 어떤 의혹
이자 놀림거리냐고? 간단하다.

"일부러 내리게 한 거지? 비."

"……."

그랬다. 이안이 9년 만에 돌아왔을 당시, 즉위식 하늘을
가득 채웠건 먹구름, 비, 천둥.

그 모든 요소가 이안의 소행이라는 의혹, 놀림거리, 심지
어 소문까지 돌았다.

"은근히 주목받는 거 좋……."

"그런 거 아닙니다."

"9년간 관심에 목말랐으니 그럴 만도 한데, 그래도 이안,

너무 그러면 안 된단다. 자칫 병으로 번진다고. 병! 내 듣자하니 '관심병'이라고 해서, 아주 위험한⋯⋯."

"아닙니다."

어머니의 장난에 단호한 정색을 선보이는 이안이었다.

어느덧 서른 줄을 밟았으나, 어머니 앞에서는 아직도 귀여운 아들에 불과했다.

"그럼 도대체 왜 날씨가 그랬던 거야? 설마 정말로 그때 딱 비가 내렸다고? 에이, 아닌 것 같은데?"

물론 어머니의, 아니 뭇 사람들의 의심과 소문 또한 근거가 없지만도 않았다. 갑작스레 몰려든 먹구름, 그로부터 뿜어져 나온 천둥과 비. 누가 봐도 자연스럽지 않았으니까.

"이거 봐, 대답 못 하잖아?"

"⋯⋯."

어머니의 장난기 가득한 추궁에도 이안은 입가를 굳게 다물었다.

마음속으로는 벌써 수천 번, 아니, 수만 번 이상 반박하고 또 반박했으나, 단 한 번도 그 반박을 입 밖으로 꺼내지 않았다. 이 억울함에 몸서리친 지만 벌써 일 년이 넘었다.

'참자. 생색내서 좋을 건 없어.'

다시 한번 마음을 다잡는 이안이었다. 동시에 더 이상 의혹과 놀림으로부터 일희일비하지 않겠다는 의지를 피력했다.

가장 가까이 꽂혀 있던 서책을 펼침으로써 말이다.

"요즘 이 책이 그렇게 재밌다던데, 아시죠? 왜 우리 고향에 루카 님. 저랑도 잘 아는 분이고."

나아가 대화의 주제까지 돌려 버렸다.

얼마 전부터 그린리버 제국은 물론이거니와, 대륙 전체를 뜨겁게 달구기 시작한 화제의 소설, '황태자의 지팡이'을 펼치며 말했다.

"이게 그분 신작이거든요. 원래는 저를 주인공으로 삼겠다던 양반이, 9년 만에 돌아오고 보니까 전하, 아니, 폐하께 푹 빠져 버……."

"이안."

"린…… 네?"

"말 돌리려는 거, 티나."

"……."

"애쓰지 마렴. 어차피 오늘은 이쯤만 해두려고 했어. 우리 아들, 은근 놀리는 맛이 있다니깐?"

"……."

"푸흡!"

웃음과 함께 이안의 서재에서 퇴장해버린 어머니 베네사, 그리고 그녀가 사라진 자리를 멍하게 바라보는 이안이었다. 한참을 그랬다.

"……내가 왜 그래 가지고."

이내 시선을 거둔 이안.

그가 생각 속에 잠겼다. 일 년 하고도 반년 전. 장장 9년 만의 복귀. 당시가 떠올랐다.

"많이 변했네."

그날, 저택 밖으로 나온 이안의 첫마디였다.

표현처럼 당시 세상은 변화기를 맞이하고 있었다. 이안의 장원으로부터 시작된 그 변화가 문명의 근간 자체를 뒤흔들었으니까.

"근데 왜 이렇게 사람이 없지?"

동시에 그런 의문도 생겼다. 도시 어디를 봐도 사람의 수가 적었다. 아직 환한 낮 시간대였다. 본디 그린리버디움은 언제든 사람으로 북적거리기 마련이거늘. 9년이란 세월 간 무슨 문제라도 생긴 걸까?

"잠시 말씀 좀 묻겠습니다."

그래도 아예 없는 것은 아닌 것 같았다. 조용한 도시를 순찰 중인 경비병의 모습도 보였으니까. 이안이 말을 건 이는 바로 그들이었다.

"무슨 일이십니…… 어?"

경비병들 또한 이안을 바라봤다. 동시에 낯빛이 조금씩 변질되었다. 마치 못 볼 것이라도 본 듯 양쪽 눈을 깜빡거리기에 이르렀다.

"저, 저기 혹시……."

"아마 그 혹시가 맞을 겁니다."

"허억……!"

제국의 상아탑주, 대륙 전체의 은인, 드래곤마저 초월한 마법사.

이안 페이지가 확실한 것 같았다.

"사, 상아탑주를 뵈옵니다!"

비록 9년이 지났지만, 제국의 근위병으로서 이안 페이지를 몰라볼 리 없었다. 애당초 도시 내 고위 관계자의 초상화를 외우는 것부터가 수습 교육의 시작이었으니 말이다.

"저도 반갑습니다. 다름이 아니라, 먼저 확인을 좀 하고 싶은 게 있어서 말이죠. 두 가지인데."

총 두 가지의 의문.

먼저 9년이라는 세월이 정말 지났는가. 그것이 첫 번째 문제였다.

"지금이 몇 년입니까?"

"예?"

"제국력 말입니다."

"아, 제국력. 그러니까 제국력이 올해로…… 오, 오백십구 년일 겁니다. 아니, 확실합니다. 올해가 황태자 전하의 즉위해니까요."

9년의 세월이란 거짓이 아니었다. 심지어 더욱 놀라운 일 하나가 더 있었다. 즉위라니, 그 말은 즉 황태자가, 그 '하이든 그린리버'가 황제의 자리에 군림한다는 건가?

"……전하께서 말입니까?"

"예. 그렇습니다. 오늘입니다."

"오늘?"

"보자, 지금쯤이면 슬슬 시작되고 있겠네요. 공개 즉위식이라 저희도 참석하고 싶었는데, 보시다시피 도시의 치안도 큰 문제 아니겠습니까? 아쉽지만 별수 없지요."

경비병 하나가 자신들의 책무를 자랑스레, 한껏 생색내며 말했으나 이안은 들리지 않았다. 너무 갑작스러운 정보를 받아들인 탓이었다.

'그 황태자가 황제라니. 물론 9년씩이나 지났으니 변하기는 했겠다만…… 그래도 좀 갑작스러운데.'

이안으로서는 지극히 당연한 반응이었다.

제아무리 황태자가 괄목할 만한 성장을 이루었다 해도, 무려 9년씩이나 잠들어 있던 이안이 그 사실을 체감할 순 없을 터.

"흐음……."

이안의 생각은 금방 끝났다. 즉시 경비병에게 즉위식장의 위치를 물어본 뒤, 언제나 그랬듯 비행하기 시작했다. 바글바글한 인파를 우려, 텔레포트 주문은 사용하지 않았다.

'만백성에 개방된 즉위식이라…… 재미난 생각을 하셨군. 다른 사람들이 권했을 리는 없고, 보나 마나 황태자 전하의 뜻이겠지.'

피식 웃은 이안이 빠른 속도로 성벽을 넘어갔다.

즉위식장은 도시와 크게 떨어져 있지 않았으나, 성벽을 넘는다 하여 딱 보일 정도로 가깝지만도 않았다. 물론 이안에게는 일 분 거리조차 되지 못할 테지만.

"음?"

조금만 더 나아가면 경비병에게 전해 들은 즉위식장이 시야 안쪽으로 들어올 터, 그 순간이었다.

툭!

자그마한 물체가 비행 중인 이안의 어깨를 스쳤다. 원형의 백색 결정이었다. 일말 냉기도 느껴졌다.

"우박……?"

이안이 공중에 우뚝 멈췄다. 나아가 사방의 날씨를 느꼈다.

절정의 마법사 이안 아니겠는가? 하늘을 관측하는 학자, 하늘의 기운을 전문적으로 읽어내는 마법사보다 훨씬 더 정확했고, 범위마저 넓었다.

'……무슨 이런 날에 즉위식을.'

이안이 읽어낸 하늘의 흐름. 단언하건대 최악 중 최악이었다.

'이건 뭐, 거의 반역 수준인데?'

고개가 절로 저어지는 이안이었다. 물론 그린리버 제국의 날씨, 그중에서도 그린리버디움이 속한 영토 일대가 유난히 변덕스럽긴 하다만, 아무리 그래도 이건 아니었다.

'막지 않으면 큰일 나겠구먼.'

새로운 황제의 즉위식이다. 심지어 공개적으로, 야외에서 진행되거늘, 이런 날 빗줄기를 넘어서 우박까지 쏟아진다고?

뒤따라올 수군거림을 고려한다면 반대 세력의 반역 행위라 해도 믿어버릴 판국이었다.

'정말 그럴 리는 없겠다만.'

9년이란 세월이 흘렀다고는 하나, 그새 반역의 무리가 탄생했을 것 같진 않았다.

하니 더더욱 문제였다. 이런 날을 잡아준 상아탑도 문제이거니와, 이런 날 거행될 즉위식도 문제였다. 뿐일까?

몰려든 인파에 우박이 떨어진다. 즉 부상자가 속출할 가능성이 농후할 터.

'내가 없으니까 상아탑이 개판을 치는군. 로난 님은 뭐하는 거야?'

상아탑주가 공석일 경우 임시로 탑주의 자리를 역임하는 고위 마법사 로난, 그의 통솔을 문제 삼았던 이안이 하늘을 올려다봤다. 본격적으로 먹구름까지 몰려들었다. 곧 우박이 본격적으로 쏟아질 터.

'당장 기상 자체를 바꿀 순 없다. 아니, 가능하긴 하겠는데……'

이안의 경지라면 충분하다. 다만 시간적 여유가 문제였다.

'그때는 너무 늦어. 벌써 한두 덩이씩 떨어지기 시작했으니까.'

그렇다면 방법은 하나, 최선보단 차악을 선택한다. 먼저 쏟아지기 시작한 우박을 녹인다. 우박이 아닌 '비'가 쏟아지도록 하는 거다.

'우박보다야 낫겠지.'

일단 부상자 걱정이 없다. 그 점이 무엇보다 중요했다.

"흡……!"

이안이 마법으로 빚어낸 기운을 내뿜었다. 그것은 마치 반투명색 아지랑이와도 같았다.

스스스스스……!

그 반투명 아지랑이가 원형의 고리를 그려내며 널따랗게 퍼져 나갔다. 순식간에 제국의 중심, 그린리버디움 일대를 아울러 버린 거다.

[녹여라.]

이안의 명령은 적중했다. 본격적으로 쏟아지기 시작한 우박이 반 투명색 고리를 통과하는 순간, 그대로 녹아내려 몇 방울 빗줄기로 변해 버렸다. 예정되었던 우박의 세례가 찰나 소나기로 둔갑한 거다.

쏴아아아아아……!

가볍게 고개를 끄덕거린 이안. 하지만 문제가 끝나지는 않았다.

'이대로라면 황태자 전하의 즉위에 불순한 소문이 돌겠지.'

하필 새로운 황제의 즉위식 날 비가 온다. 천둥도 친다. 잘못은 상아탑의 기상 관측부와 기후학자들이 저질렀지만, 그로 인한 부정의 화살은 오롯이 황태자를 노릴 터.

'아무래도 나한테.'

이안이 즉위식장 하늘로 향했다. 이미 쏟아진 비는 어쩔 수 없다.

'모든 관심을 집중시켜야겠어.'

이후부터는 즉위식에 참석한 전체가 목격했던 그대로였다.

식장 상공의 모든 빗줄기와 먹구름, 천둥의 기분까지 깔끔하게 집어삼켰다.

"에휴."

이안의 기나긴 한숨이 서재에 깔렸다. 고개도 절레절레 흔들었다. 물론 오해까지는 인정한다. 그토록 요란하게 등장했으니 그럴 만도 하다. 문제는 그 오해의 종류였다.

"아무리 그래도 관심병이라니. 아니, 애초에 그런 병이 있긴 있나?"

그 어떤 의학서적에도 '관심병'이란 병명은 존재하지 않았다. 이안은 확신할 수 있었다. 즉, 어머니께서 직접 창조해 낸 병명이란 거다.

"하아……."

더 생각해 봐야 무엇하리?

이안이 애써 잡념을 떨쳐냈다. 동시에 서책을 펼쳤다. 대화의 주제를 돌리고자 무작정 잡았던 소설책, 바로 루카의 최신작 '황제의 지팡이'였다.

과거 대초원 토벌에서 황태자가 보여줬던 위용에 큰 감명을 받은 루카가 집필한 역작이었다.

"예전에는 날 모델 삼아 마법사를 주인공으로 쓰신다더니만, 그새 폐하 쪽으로 마음이 기운 건가?"

왠지 모르게 유치한 생각이 들었다. 괜히 진 것 같고 그랬다.

탁!

결국 서책마저 덮어버린 이안. 유치함이 끝을 달리는 그때였다.

달칵!

굳게 닫혔던 서재의 문이 열렸다.

또 어머니일까? 이번에는 아예 더글라스와 아버지까지 몽땅 끌고 와 이안 자신을 놀리려는 걸까?

"아무리 재미지셔도 말이죠. 그렇게 자주 하시면 금방 질려요."

"……"

"어머니도 그렇게 생각하시죠?"

"……"

이안은 고개조차 들지 않은 채 그리 중얼거렸다. 한데도 대답이 돌아오지 않았다. 새로운 장난일까?

"이, 이안 님?"

"……!"

전혀 다른 여인의 목소리였다. 나아가 무척 익숙하기도 했다.

"공주마마?"

이안이 자리에서 벌떡 일어났다. 시큰둥했던 표정마저 밝아졌다. 표현 그대로 '급격한 변화'였다.

"어쩐 일이십니까? 연락도 없이."

무심한 듯 말하면서도 표정이 좋았다. 방금까지의 그 유치한 투정, 억울함이 일시에 소멸한 눈치였다.

"아, 저기, 그게……"

이안의 물음에 공주, 하이리 그린리버가 목소리를 더듬었다. 세월이 꽤 흘렀음에도 여전한 미모였다.

"그…… 어쩌다 보니까요."

"예? 무얼 보셨습니까?"

"상아탑……"

"상아탑?"

잠시 말문을 멈춘 공주는 이내 용기를 짜냈다.

하고자 했던 말을 힘껏 내뱉었다.

"상아탑 뒤뜰 숲에 꼬, 꽃이 잔뜩 피었더라고요. 그래서 말인데…… 혹시 한가하시거나, 꽃구경하는 거 좋아하신다면 저랑……."

"가죠."

"같이…… 네?"

"꽃구경 말입니다. 마침 저도 기분전환이 좀 필요하던 참이라서."

이안은 마치 별거 아니라는 듯 대답했다.

흡사 그깟 꽃구경이 무에 대수라고 말까지 더듬느냐는 어조였다. 하물며 앞장서기까지 했다.

"걸어갈까요?"

"거, 걸어서요?"

"날씨도 좋으니까."

"……아, 네! 그래요!"

한 박자 늦게 이안의 뒤를 쫄래쫄래 따라붙는 공주 하이리였다. 겉보기론 완벽하게 휘둘린 모양새였다만, 글쎄, 과연 그녀가 알 수 있을까?

지금 심장이 콩닥거리는 건 그녀 자신뿐만이 아니라는 사실을.

외전
치료 마법 전문학파

이안이 깊은 수면 속으로 빠져든 지 약 9년, 돌아온 뒤로 약 1년, 총합 10년을 넘어선 세월 동안, 상아탑의 4클래스 고위 마법사이자 제국의 공주 '하이리 그린리버'는 이안을 기다리고 보살피는 것 외에도 한 가지 일에 몰두했다.

　그것은 바로 상아탑 내부에 어떤 특정한 '학파'를 창설하는 일이었는데.

　"본 상아탑 의회는 고위 마법사 하이리 그린리버의 의견을 적극적으로 수용, 그녀를 필두로 한 상아탑 내 의료 전문학파, '리커버리 매지션'의 창설 및 운영을 허락한다."

　이안 페이지가 혼수상태가 된 지 9년 차가 되던 어느 날.

　이안 이후 인류 중 두 번째로 '6클래스 초입'에 도달한 고위 마법사 '로난'이 임시 상아탑주로서 맡은 바 업무를 수행했다.

"지금 이 순간부터 '리커버리 매지션'에 속한 마법사들은 제국 내 모든 의술사와 연금술사, 마도 공학자의 협조 및 동원을 합법적으로 구할 수 있으며, 보다 특화된 인재의 양성을 위하여 독자적인 아카데미 커리큘럼을 계획, 다음해부터 적용할 수 있도록 만전을 기하라."

모든 의술사와 연금술사, 마도 공학자를 동원할 수 있는 권한, 심지어 마법 아카데미의 기초교육 과정 중 한 갈래로서 편입.

이는 생각보다 훨씬 더 파격적인 조건이었다.

'이안 님은 언젠가 반드시 깨어난다. 그때까지 이안 님의 주변 사람들 속으로 섞여야 해. 그렇다면 나도 자연스레 측근 중 하나가 되겠지.'

임시 상아탑주 로난의 목적은 단순하면서도 확고했다.

나아가 오래전, 그러니까 이안의 진면목을 깨닫고 전 상아탑주 허버트 레온을 배신했을 때부터 쭉 일관적이었다.

'이안 님의 깨달음을 조금만 더, 부스러기라도 챙길 수만 있다면!'

로난은 이안을 적극적으로 도와 받아먹었던 몇 가지 깨달음과 노하우로 6클래스의 경지까지 올라섰다.

그렇기에 오랜 세월 잠들어 있음에도 변치 않는 충성심을 유지했다. 더 높은 경지를 향한 욕망과 노력만큼은 이 대륙에 로난을 따라올 마법사가 없었으니까.

"리커머리 매지션의 첫 번째 마법사 하이리 그린리버, 상아탑 의회의 신중하고도 은혜로운 뜻을 결단코 헛되게 만들지 않겠습니다."

그로부터 1여 년이 흘렀다.

로난의 직감처럼 이안은 깨어났고, 세상은 더할 나위 없이 평화로웠다. 다만, 공주 하이리가 창설한 상아탑 내 치료 마법 전문학파, '리커버리 매지션'은 무척 기본적이면서도 치명적인 위기에 봉착해 있었다.

"공주…… 아, 아니, 학장님."

본래 전 상아탑주 허버트의 개인 자료실이었던 상아탑 17층.

하나 지금은 치료 전문학파 '리커버리 매지션'의 연구실로서 탈바꿈된 이곳에, 3클래스 마법사이자 '리커버리 매지션'의 부학장, '매리'가 조심스러운 발걸음으로 들어왔다.

"오셨어요?"

그녀의 등장에 공주 하이리 또한 반가움을 표했다.

동부 대토벌에서 치료 계열의 마법으로 호흡을 맞췄던 두 여류 마법사 아니겠는가?

그 이후로도 쭉 돈독한 사이를 유지한 결과, 어느덧 학파의 창단 멤버로서 같은 배를 타게 되었다.

"학장님, 그 지원자는……."

"말씀하지 않으셔도 돼요."

"……네?"

"표정으로 이미 보고하셨는걸요."

공주 하이리가 씁쓸한 미소와 함께 말했다. 매리의 표정에 전부 다 쓰여 있었으니 말이다.

"죄, 죄송……."

"에이, 매리 님이 뭐가 죄송해요? 처음부터 예상했던 일이 기도 하고. 우리가 더 열심히 하는 수밖에요."

그랬다. 작금의 치료 전문학파 '리커버리 매지션'이 위기에 봉착한 이유, 그건 바로 '인원 부족'이었다.

"그래도 아카데미에는 꽤 많잖아요? 우리 쪽 과정 밟은 아이들 말이에요. 당장은 미약하나 미래가 밝다, 이 정도로 생각하자고요."

더는 클래스 상승을 포기한 1클래스 내지 2클래스의 중, 장년 마법사, 혹은 이제 막 아카데미에서 꿈을 키우기 시작한 마법 생도의 지원은 충분히 봐줄 만했다.

"그, 그건 그렇지만……."

문제는 그 이상의 지원, 인즉 '고급인력'의 수급이었다.

학파의 연구를 발전시키기 위해서는 그 고급인력들의 실력과 경험, 지식이 필수 아니겠는가?

한데 지금 학파 내 3클래스 이상 마법사라고는 하이리와 매리, 두 여류 마법사뿐이었다.

"우리만 흔들리지 않는다면, 나머지는 자연히 제자리를 찾겠지요."

치료 전문학파 '리커버리 매지션'을 향한 기성 마법사들의 인식이 생각보다 부정적인 까닭, 그것은 실로 간단한 '고정관념'의 문제였다.

'아무리 그래도 마법사가…….'

'그런 건 말년에나 하는 거지.'

'소일거리로는 재미있겠네.'

'보조라면 모를까, 주력으로 전문화하기에는 좀 그렇지 않아?'

마법사들 특유의 엘리트 의식, 나아가 '마법사라면 반드시 이러이러해야 한다' 식의 고정관념들이 '리커버리 매지션'에게는 장애물이었다.

"저기, 학장님."

"말씀하세요."

잠시 망설였던 매리.

그녀가 천천히 입술을 뗐다.

"차라리 이안 님께 한번 상의를 드려보는 것은 어떨까요? 탑주님의 도움이라면 소소한 정도로도 파급효과가 엄청날 것 같은데……."

매리의 의견은 나쁘지 않았다.

오히려 괜찮은 방법이었다.

"음……."

장장 9년 만에 깨어난 이안은 곧바로 상아탑주로서의 직위를 되찾았다. 나아가 그 어느 때보다도 왕성하게 상아탑주로서 활동했다.

그런 그에게 사정을 설명하고 약간의 지원까지 받는다면, 아마 치료 전문학파 '리커버리 매지션'은 지금보다 더 크게 발전할 수 있을 것이리라.

"아니, 그럴 순 없어요."

잠시 고민했던 공주 하이리.

그녀가 딱 잘라 거절했다.

"우리가 시작한 일이니만큼, 남에게 의존하지 말고 우리

손으로 해결을 해내죠. 괜히 다른 누군가의 힘을 빌렸다간 오히려 인정받지 못할 수도 있어요. 이 상아탑이라는 이름의 거대한 조직에서 말이죠."

하이리의 말도 일리가 있었다. 매리 역시 수긍한 듯 고개를 끄덕거렸다.

동시에 이겨내고야 말겠다는 결연한 의지가 눈빛으로 차올랐다.

"근데 무슨 수로 이겨내지요?"

"계속 생각을 해봐야겠죠."

"……."

"……."

잠시 서로를 멀뚱멀뚱 바라봤던 두 명의 여류 마법사는 이내 피식 웃으며 말문을 주고받았다.

"우리도 정말 대책이 없네요."

"그러게요. 허가가 떨어졌을 때만 해도 쭉 탄탄대로일 줄 알았는데."

첫 시작은 찬란했으나, 과정이 너무 어려웠다.

더군다나 3클래스 이상의 마법사를 끌어들이는 일이란 단순히 노력만 가지고 될 일이 아니었다. 어떤 특단의 조치가 절실한 상황이기는 했다.

우우웅……!

그때였다. 누군가 '리커버리 매지션'의 연구실로 접근해 왔다. 울리기 시작한 수정구가 그 증거였다.

"라, 학장님……!"

동시에 학장실 바깥에서 제 할 일을 하고 있던 1클래스의 '리커버리 매지션' 소속 마법사가 헐레벌떡 들어왔다.

수정구의 발동 이유를 보고할 요량인 것 같았는데.

"무슨 일이세요?"

"그, 그것이……."

누가 오기에 저러는 걸까? 허둥지둥하는 중년 마법사의 모습에 하이리와 매리까지 덩달아 긴장했다.

"고, 고위 마법사……."

"고위 마법사요?"

지금 고위 마법사가 오고 있다고?

'리커버리 매지션'의 연구실로?

"아, 아니요! 고위 마법사이기는 한데, 엄밀히 따지자면 고위 마법사가 아니기도 한…… 그……."

지금 도대체 무슨 소리를 하는 건가? 고위 마법사인데, 고위 마법사가 아니다?

좀처럼 이해하기가 어려운 하이리, 그리고 매리였다.

"그러니까…… 얼마 전에 감옥에서 풀려난 헬레느라고 있지 않습니까? 한때 고위 마법사였고, 전 상아탑주의 흑마법에 놀아났던……."

본디 고위 마법사였던 마법사. 통칭 '불의 여인' 헬레느. 그녀에 관한 얘기였다.

"헬레느?"

헬레느, 그녀는 황태자가 황제로 즉위한 지 얼마 되지 않아 풀려났다.

그것도 황태자, 아니 황제와의 수차례 면담 끝에 특별히 사면되었다. 근 10여 년 만의 해방이었다.

"그 사람이 왜……?"

사면 이후에는 그야말로 조용하게, 쥐 죽은 듯이 지냈다.

상아탑으로 복귀할 수 있는 허락까지 받았음에도, 거처 밖으로 단 한 걸음조차 나서지 않았다.

그런 그녀가 갑자기 왜, 그것도 '리커버리 매지션'의 연구실을 찾아온단 말인가?

"그분께서 접수를…… 저희 '리커버리 매지션' 소속으로 들어오겠다는 지원서를 접수하셨습니다."

"지원서를? 그 여자가……?"

헬레느라면 유명하다. 시간이 꽤 흘렀음에도 여전히 그랬다.

특히나 그 불같은 성정과 오만함은 아직도 생생하게 회자되었다.

한데, 그런 여자가 다른 곳도 아닌 상아탑 내 치료 전문학파, '리커버리 매지션'에 친히 지원서를 접수했다?

'무슨 꿍꿍이지?'

하이리가 의문을 품었다. 그렇게 생각하는 것도 무리는 아니었다. 전혀 어울리지 않는 행보였으니까.

'불가능한 건 아니긴 하지만…….'

물론 그 행보가 불가능하지는 않았다.

헬레느는 황제와 상아탑 양측의 허가를 받아 마법사로서 복직되었으며, 언제든 상아탑의 일원으로 복귀할 권리를 부여받았으니 말이다.

단지 스스로가 직접 세상과의 단절을 선택했을 뿐이었다.

똑똑!

바로 그 순간.

노크 소리가 들려왔다.

더불어 학장실의 문이 열렸다.

"……."

그곳으로부터 어떤 여인의 모습이 보였다.

놀라운 점은 조금도 늙지 않았다는 점이었다.

과거에는 나이에 비해 늙어 보이는 '노안'으로도 유명했던 헬레느 아니겠는가? 한데 지금은 달랐다. 마치 본연의 연령대를 찾아온 느낌이라고나 할까?

"여, 여기……."

이윽고 헬레느의 입술이 스르르 떨어졌다. 무척 조심스러우면서도 어색하기 짝이 없는 목소리였다.

"흠흠! 여기가 치료 마법 전문학파, '리커버리 매지션'의 학장…… 님께서 계신 곳이 맞습니까?"

존대마저 어색했다.

그럴 수밖에 없었다. 전 탑주한테조차 무늬뿐인 존대로 일관했던 그녀였다. 그러할 텐데 존대를 얼마나 해봤겠는가?

"제가 '리커버리 매지션'의 책임자 하이리 그린리버입니다. 어쩐 일로 여기까지 발걸음하셨는지요?"

공주 하이리는 최대한 친절하게 응대하고자 했다. 그럼에도 내제된 쌀쌀맞음을 모조리 감출 수가 없었다.

아무리 전 상아탑주 허버트 레온의 흑마법에 조종당했다

고는 하나, 오라비의 목숨을 노렸던 자객이란 사실은 변함이 없었으니까.

"알고 있으면서 괜……."

한 성질 하는 헬레느 또한 그 쌀쌀맞음을 곱게 넘길 위인이 아니었다. 일말 머뭇거림도 없이 싸늘한 어조로 대답하고자 했다.

하지만.

"……."

이내 하려던 말을 멈췄다. 그러더니 입꼬리를 올렸다. 안면 경련이 아니라면, 이는 놀랍게도 미소였다.

"신청서를 작성하고 오는 길입니다. 비록 그 노친네……전 상아탑주 허버트 레온의 흑마법에 놀아났습니다만, 그 또한 저의 죄이니 남은 생애 속죄하며 사는 길을 고민해 보게 되었습니다. 그러던 중 여러분들, 치료 전문학파 '리커버리 매지션'에 관한 소문이 들리더군요."

많이 죽었다. 성질 한번 제대로 죽었다.

단순한 농담이 아니라, 본래의 성질을 무참히 살해했다고밖에 표현할 수가 없었다. 그 정도로 변해 버린 헬레느의 말본새였다.

"지난 10년, 정말 많은 생각을 했습니다. 솔직히 지금처럼 풀려날 거라고는 생각지도 못했습니다. 그냥 거기서 죽을 때까지 썩겠구나. 그렇게만 생각했죠. 아, 물론 억울하지는 않았습니다. 저지른 중죄는 중죄니까. 단지 아쉬울 뿐이었죠."

졸지에 헬레느의 고해성사가 시작되어버렸다.

정말이지 순식간에 펼쳐진 상황이었으나, 의외로 하이리와 매리는 자연스럽게 경청해 줬다.

"그랬는데, 뜻밖의 기회로 자유의 몸이 되었습니다. 폐하께서 저를 사면해 주셨고, 마법사로서의 힘과 직위도 박탈하지 않으셨습니다. 조종당했을 뿐이지만, 그래도 폐하의 목숨을 노렸던 저에게 말입니다."

어째 조종당했음을 여러 번 강조하는 느낌이었으나, 어찌 되었든 그녀의 말이 틀리지도 않았다.

새 황제 하이든 그린리버는 헬레느와의 직접적인 면담 끝에 사면을 명령했으며, 마음만 먹었다면 이안을 통해 마법적 불구자로 만들 수 있었음에도 그리하지 않았다.

"황제 폐하께 하사받은 자유, 과거와는 달리 뜻깊게 쓰고 싶다는 생각이 들었고, 그나마 잘할 수 있는 마법으로 뜻을 이루고자 찾아왔습니다. 이 정도면 여기까지 찾아온 이유, 설명이 충분할까요?"

마침내 헬레느의 말이 끝났다. 비록 일부에 불과했으나, 그녀가 지난 십여 년간 느꼈을 후회, 아쉬움, 참회, 등의 감정을 어렴풋이, 간접적으로나마 느껴볼 수 있었다.

"충분합니다."

이에 하이리가 대답했다. 실로 충분한 설명이었다.

더 물어볼 게 없을 정도로.

"그런 마음가짐, 그리고 헬레느 님 정도의 실력자라면 두말할 것도 없이 환영이지요. 오히려 감사드립니다. 이렇게 저희를 찾아와주셔서."

하이리의 말은 진심이었다. 사실 그녀도 머릿속으로는 쭉 생각했다.

만악의 근원은 단지 전 상아탑주 허버트 레온이며, 헬레느는 피해자에 불과하단 사실을.

그럼에도 말이 곱게 나오지를 않았는데, 그 닫혔던 마음이 비로소 풀어졌다.

심지어 헬레느는 4클래스의 고위 마법사 아니던가? 여러모로 완벽한 인적자원이 될 수밖에 없었다.

"저기, 그런데……."

약간의 침묵이 감도는 찰나.

마법사 매리가 불쑥 끼어들었다.

"당연히 저보다 훨씬 많이 알고 계시겠지만…… 즐겨 다루시는 치료 계열 주문이 따로 있으신가요?"

치료 마법을 전문적으로 논하는 학파이니만큼 당연한 질문이었다. 학파의 목적 자체가 더 높은 경지의 치료 계열 마법, 나아가 세분화된 치료 마법의 연구 및 개발이었으니까.

"치료 마법?"

"네. 치료 마법이요."

"흐음……."

잠시 고민에 빠졌던 헬레느.

얼마 후 그녀의 말문이 열렸다.

"아카데미 시절에 배운 것들이 있긴 한데, 이것도 쳐주나…… 요?"

헬레느가 어렵사리 존대를 완성시켰다. 하나 진정한 문제는 존대와 반말 따위가 아니었다.

"네? 아카데미 시절이요?"

"네. 아카데미 시절."

"……."

세상에, 4클래스를 고위 마법사씩이나 되는 양반이 고작 아카데미 수준의 치료 마법만 알고 있다고? 거짓말이 아닐까 의심될 정도였다.

"그, 그거 말고는……."

"제외하면, 뭐."

곧장 손바닥 위로 불꽃을 피워내는 헬레느였다. 치료 마법 얘기 중에 웬 뜬금없는 불꽃이란 말인가?

"가끔 상처를 불로 지지긴 했는데, 지혈에 직방이라서. 근데 이것도 치료 마법으로 쳐주나? ……요?"

실로 예상치 못한 대답이었다.

동문서답인가, 우문현답인가. 도무지 알 수 없는 상황 속에서, 하이리와 매리는 직감할 수 있었다.

'쉽지…… 않겠구나.'

상아탑 내 치료 마법 전문학파, '리커버리 매지션'의 앞날이 생각보다 더 첩첩산중이란 사실을 말이다.

[병자가 없는 세상을 향하여.]

리커버리 매지션의 다짐이 적힌 고급스러운 브라운 액자가, 오늘따라 유난히 반짝거리는 것 같았다.

**외전
장인들의 속내**

이안의 장원, 그곳에 여덟 장인 중 일곱이 뿌리를 내린 지도 십여 년이 흘렀다.

　물론 여덟 번째 장인은 다양한 분야에 탁월한 재능을 발휘했던 마법사 '프란 페이지'를 포함한 숫자이니만큼, 사실상 모든 장인이 이안의 장원에 모여서 살고 있는 형국을 이루었다.

　"아무리 생각해도 말이네. 우리가 너무 과했던 것 같아. 세상 변한 것 좀 보라고. 자중을 좀 했어야 하는 건데……."

　'재봉술의 명인'이자 모든 장인의 정신적인 지주, 베르톨도가 푸념 섞인 목소리로 중얼거렸다.

　"확실히. 이 정도면 십 년이 아니라, 거의 뭐 백 년은 더 앞당겨진 것 같구먼."

　베르톨도의 말에 마도 공학자 스람이 하늘을 바라보며 대답했다.

마침 그 하늘로부터 다른 영지로 향하는 비행선 한 기가 지나가고 있었다.

비행 포격선을 만들었던 기술 그대로, 나아가 발전까지 시켜 만들어낸 장인들의 '걸작'이었다.

"하늘에 저런 물건이 떠다닐 줄이야 상상이나 해봤겠나? 뭐랄까, 이건 정말이지……."

어디 비행선뿐일까?

정말 많은 것들이 변했다.

실로 편리해지고, 간편해졌다.

제국군과 기사들의 보편적인 무장상태가 몇 단계는 더 진화되었으며, 마법사에게 지급되는 마법 물품과 아티팩트의 수준 역시 확연하게 상승되었다.

성벽과 건축물은 더더욱 완고해졌고, 여러 편리한 마도 공학품으로 하여금 백성들의 생활 수준 또한 고르게 높아졌다.

"참 어마어마해졌어. 세상이."

이처럼 그린리버 제국, 아니, 제국의 울타리를 넘어서 대륙 전체에 이르기까지, 세상은 바야흐로 '문명적 격동기'를 맞이하고 있었다.

"근데 말이야. 처음에는 다 적당히 푸는 걸로 약속하지 않았었나? 대체 어쩌다가 이 지경까지 와버린 거지? 응?"

처음은 그랬다. 이안을 기다리는 김에, 인류 사회에 끼어든 김에, 가진 바 재능과 기술을 풀자.

물론 소일거리 삼아서 '조금씩' 말이다.

"다 그놈에 경쟁심리가 문제인 게지."

문제가 있다면 그 '조금씩'이라는 단어였다.

장인 중 누군가 새로운 기술의 산물을 세상에 공개하면, 다른 장인들도 덩달아 그 공개된 물건과 필적하는, 심지어 그 이상의 산물을 내놓기 시작했다.

단어 그대로 한 분야 장인으로서의 '경쟁심리'가 발동된 까닭이었다.

"이제부터라도 자중들 하자고."

목수 제르비오가 말하자.

"하! 이제부터는 개뿔, 슬슬 가야지. 이안, 그 양반도 돌아왔잖아?"

대장장이 할리아가 톡 쏘듯 대꾸했다. 틀린 얘기도 아니었다. 장인들의 지긋지긋한 영생을 거두어줄 존재, 이안 페이지가 돌아온 지도 어느덧 일 년이 흘렀으니까.

"우리가 말을 안 해서 그래, 말만 하면 언제든지 끝낼 수 있다고."

분명 당장이라도 이 '영생의 고리'를 끊어버리고 싶었는데, 정작 기회가 찾아오자 망설임을 표하는 쪽은 일곱 명의 장인들이었다.

"……"

찰나의 침묵이 흘렀다. 모두 알고는 있었다. 머릿속으로는 말이다.

"그렇긴 해."

"뭐, 슬슬 가긴 가야지."

"아무렴, 원했던 거니까."

말년에 와서 정말 즐거웠다. '새로운 걸작'도 하나씩 남겼다. 이제는 정말 멈출 때가 온 거다.

"하지만……."

마치 목구멍에 걸린 빵조각처럼, 안타까운 문제가 딱 한 가지 남았다. 그것은 바로 소년의 모습과 인격을 가진 조각가, 클레반이었다.

"적어도 저 친구, 광증은 고쳐주고 가야 하지 않겠어?"

클레반의 광증은 십여 년이 지난 지금까지도 여전했다. 어린 시절의 인격에 갇혀 빠져나오지 못했다. 자연히 다른 장인처럼 죽음을 겸허하게 받아들이기가 어려웠다.

"그렇잖아? 죽어도 기억을 되찾고 죽어야지. 지금 당장 강제로 함께 가는 건…… 사실상 살인이나 마찬가지잖아? 영 못 할 짓이지."

대장장이 할리아의 말이 구구절절 옳았다. 그렇다고 클레반만 덩그러니 남겨둔 채 떠날 수도 없었다.

장인들 모두가 클레반의 오랜 친구이자 든든한 보호자였으니 말이다.

"할리아의 말이 옳아. 리커버리 매지션 쪽에도 치료와 관련된 연구를 요청해 뒀으니까. 지금까지 그랬던 것처럼 조금만 더 기다려봄세."

재봉사 베르톨도가 상황을 정리했다. 하지만 그렇게 말하면서도 한줄기 의문을 떨칠 수가 없었다. 나머지 다른 장인들도 마찬가지였다.

'어쩌면 클레반이 문제가 아니라, 우리에게 미련이 생겼을

수도······.'

그토록 원했던 죽음, 이제 목전까지 다가온 '영원한 안식' 앞에서 머뭇거리는 까닭이 정말 클레반의 광증 때문일까?

그 본질적인 의구심 하나가 장인들의 뇌리를 관통했다.

'오랜 은둔을 끝내면서, 세상의 전면에 나와 인류문명을 우리 손으로 쥐락펴락하면서, 우리도 모르는 새 미련이 생겼을지도 모르겠군.'

비록 입 밖으로 전부 꺼내지는 않았으나, 클레반을 제외한 모든 장인이 똑같은 생각을 떠올렸다.

'물론 우리의 존재는 세상 이치를 한참이나 거스른 존재, 당장에 사라져 줘야 마땅하나······ 역시 클레반이 문제다. 가도 함께 가야겠지.'

참으로 다양한 방식과 성격을 가진 장인들이었지만, 상황을 합리화시키는 '의식의 흐름만큼'은 소름 끼치도록 똑같았다.

그 증거로 모두가 한곳을 바라봤다. 조금 떨어진 곳에서 귀여운 고양이 석상을 조각 중인 꼬마, '클레반'이 대상이었다.

"······응?"

장인들의 시선을 느낀 탓일까? 조각에 열중했던 클레반이 고개를 돌렸다.

여전히 귀여운 얼굴, 그리고 인격이었다. 그저 순수하기 짝이 없는 눈망울을 반짝거리면서 고개만 갸웃거릴 뿐이었으니까.

"우으음······."

왜 갑자기 자신을 바라볼까? 잠시 고민에 빠졌던 클레반,

그 꼬맹이가 조심스레 입을 열었다.

"……제 얼굴에 뭐 묻었어요?"

아무래도 이 귀여운 광증으로부터 벗어날 때까지는, 제법
오랜 시간이 필요할 것 같았다.

외전
권속들의 소원

보랏빛 무차원의 공간. 프란 페이지의 봉인지이기도 했던 그곳에서 빠져나온 드래곤 일족, 그들은 마침내 자유를 되찾았다.

실로 간만에 만끽하게 된 자유이니만큼 저마다 자유로운 시간을 갖기로 했다. 물론 그 시간 자체가 길지는 않았다.

기껏해야 백여 년 정도?

(쉬고 싶구나.)

대부분의 일족이 세상 구경에 나섰으나, 그들의 수장 리시스 라덴쥬는 달랐다.

번거로운 세상 구경보다도 휴식이 절실했다. 몇 년 정도 푹 자고 싶을 뿐이었다.

(모든 일족의 수장이자, 권속의 영원한 주인이시여! 당신의 핏줄 에반투스가 드릴 청이 있습니다. 부디 들어주시겠습

니까?)

페어리의 보금자리로 쓰였던 드래곤 레어, 그곳에 자리 잡은 리시스 라덴쥬에게 드래고니안 에반투스가 말했다.

그한테는 명백하고도 간절한 요청사항이 존재했다.

(말해라. 기나긴 짐으로부터 자유로워졌더니, 내 지금 아주 기분이 좋구나. 무엇이 되었든 최대한 들어주도록 하마.)

무엇이든 들어주겠다니, 리시스 라덴쥬의 그 장담은 에반투스에게 있어 한 줄기 빛과도 같았다.

(소개의 기회가 없었습니다만, 저에게는 두 명의 아들과 딸이 있습니다.)

(호오, 아들과 딸이라?)

에반투스가 손짓하자 뒤편으로부터 두 명의 드래고니안이 조심스레 모습을 드러냈다.

(권속의 주인을 뵈옵니다!)

(궈, 권속의 주인을 뵈옵니다!)

그들로선 처음으로 진정한 드래곤 앞에 마주한 상황, 겁먹은 기색이 역력했다.

(그래, 어째 처음 보는 아이들이 어슬렁거린다 했거늘, 에반투스의 자손들이었구나.)

물론 모습을 감췄다 하여 리시스 라덴쥬가 모를 리 없었다.

단지 자신에게 위해를 가할 감조차 되지 않기에 모른 척하고 있었을 뿐.

(권속의 주인이시여. 이미 알고 계시겠지만, 이 아이들에게는 허락이, 오직 수장께서만 내려주실 수 있는 '수명의 허

락'이 필요합니다.)

'수명의 허락,' 반쪽짜리 핏줄 드래고니안에게 주어진 모든 수명을 누릴 수 있는 권한. 에반투스의 아들 말리오투스, 또한 딸 헤르넬리아에게는 그 허락이 절실했다.

(이 아이들은 일족의 가장 강력한 동맹, 이안 페이지를 도와 많은 일을 해냈습니다. 그 공로를 참작하시어 부디, 부디 너그러운…….)

(그리 애쓸 것 없다. 에반투스.)

일족의 수장 리시스 라덴쥬가 에반투스의 애원을 끊었다. 과연 좋은 의미일까, 부정적인 의미일까?

(너의 자손이라면 나의 후손이기도 하다. 세상에 어느 누가 후손의 이른 죽음을 바라겠느냐?)

(……!)

실로 호의적인 대답에 에반투스의 얼굴이 한껏 밝아졌다. 단언하건대, 그의 일생 전체를 통틀어도 지금보다 밝은 표정은 찾을 수 없으리라.

(가, 감사합니다! 정말 감사합니다! 이 은혜, 제가 평생을 바쳐 갚을 것입니다! 반드시, 반드시……!)

에반투스가 감격에 몸서리치는 그때였다. 리시스 라덴쥬에게 부탁을 올리고자 하는 이가 한 명 더 있었으니.

(주, 주인님!)

한층 높아진 톤이 목소리가 인상적인 그녀, 페어리 퀸이었다.

(소, 소녀도 드릴 청이 한 가지 있사옵니다! 바라옵건대, 부디 소녀의 이야기를 들어주시옵소서!)

확실히 평소와는 달랐다.

간절함이 동반된 목소리였으니까.

(이번 일에 너의 노고가 큰 만큼, 당연히 들어줘야지. 어디 말해보아라.)

(어려운 부탁임을 압니다만…… 그래도 감히 말씀 올리겠습니다. 주인님과 일족 여러분의 방패, 용아병 스파르토이를 되살려 주세요!)

그녀의 청은 바로 '스파르토이'의 부활이었다. 비록 리시스 라덴쥬의 정신체는 그 방법을 알지 못했으나, 본신이라면 다르지 않을까?

(되살려 달라? 스파르토이를?)

그러나 리시스 라덴쥬의 반응은 뜻밖이었다. 애당초 스파르토이의 소멸을 알지 못하는 눈치였다.

(자세히 말해보아라.)

결국 지금까지 있었던 일을 소상히 고하는 페어리 퀸이었다.

용아병 스파르토이와 다시 조우했던 그 순간부터 인간의 도시 그린리버디움을 침공당한 일까지.

(음.)

설명을 들은 리시스 라덴쥬가 고민에 빠졌다. 물론 길지 않았다.

(한 가지 정정하고 넘어갈 것은, 스파르토이의 영혼은 아직 소멸하지 않았다는 점이다. 느낄 수 있지.)

(……예?)

순간 페어리 퀸의 두 눈이 휘둥그레졌다. 스파르토이의 영혼이 소멸하지 않았다고?

(프란 페이지의 마기에 잠식되었겠지. 해서 지금까지는 우리 앞에 나타나지 않은 것이고.)

리시스 라덴쥬의 추측이 이어졌다. 명백한 진실이기도 했다.

(하지만 지금 나에게 전해지는 스파르토이의 영혼은 아주 깨끗하구나. 아무래도 프란 페이지가 영멸하면서, 스파르토이를 옭아매었던 마기 또한 거두어진 것 같군.)

그 추측에 페어리 퀸.

그녀가 의문을 드러냈다.

(하, 하오시면, 스파르토이가 사라진 게 아니라는 말씀이신가요?)

(그렇다.)

(그, 그럼 왜 나타나지 않는 거죠? 살아 있으면 당장 일족 분들을, 그리고 저희를 찾아와야…….)

(부끄럽겠지.)

(……네?)

(녀석은, 우리 일족의 방패라는 자부심을 근본으로 삼았다. 우리의 명령 한마디면 지옥 불조차 마다치 않을 충신이지. 한데 그 자부심 덩어리가 본연의 임무는커녕, 적의 술수에 놀아나 아군까지 공격했다. 평생토록 지켜온 자부심에 상처를 입지 않았겠느냐?)

프란 페이지가 소멸함과 동시에, 그의 마기로 잠식되었던 용아병 스파르토이의 영혼 역시 제정신을 되찾았을 터. 한데도 나타나지 않는 까닭이란 바로 죄책감이었다.

(…….)

확실히 그랬다. 용아병 스파르토이는 프란 페이지에게 조종당했다. 인간의 도시를 침공했고, 같은 권속으로 평생의 아군이나 마찬가지인 페어리 퀸마저 중상을 입혔다.

(앞뒤 꽉 막힌 그 녀석이라면…… 그러고도 남겠군요.)

스파르토이가 정신을 차리는 순간 한꺼번에 몰려왔을 죄책감, 그리고 자괴감에 이르기까지…… 이루 말로 표현할 수 없었으리라.

(어쩌죠? 이런 기세라면 수백 년은 족히 잠적할 것 같은데…….)

(어쩌긴, 직접 찾아와야지.)

리시스 라덴쥬의 답은 간단했다.

물론 말만 간단할 뿐이었다.

(정신적인 연결을 통해 명령할 수도 있겠다만, 굳이 강제로 불러내고 싶지는 않구나. 스파르토이, 그 아이의 무너진 자존감도 무시할 순 없으니까. 내 말, 이해하겠느냐?)

드래곤 일족은 프란의 봉인을 유지함으로써, 어쩔 수 없이 권속들과도 교류를 끊어야만 했다.

여유가 없었을뿐더러, 괜히 분쟁에 개입시켰다가는 피해가 번질 거란 우려 때문이었다.

(하지만 그놈…… 아, 아니, 스파르토이를 어디서 찾지요? 분명 꿍해져서는 어딘가 구석에 박혀 있을 텐데. 아시잖아요? 성격.)

(그러니까 직접 찾아보라는 게다. 달래줘야지.)

그날 이후, 페어리 퀸과 페어리 일족, 심지어 드래고니안 일족까지 모두가 의기투합하여 대륙 전체를 떠돌았다.

이유는 간단했다. '죄책감에 빠져 잠적해 버린 용아병 스파르토이의 영혼'을 찾기 위함이었다.

(야!)

용아병 스파르토이의 영혼을 찾아 나선 지 장장 6년, 페어리 퀸과 에반투스는 마침내 그를 찾아냈다.

정말이지 아무도 예상치 못했던 대륙 끄트머리에 꼭꼭 숨어 있었다.

(이 뼈다귀 놈아!)

(여…… 여기는…… 어떻게…….)

스파르토이는 영혼의 모습이 아니었다. 깊숙하고도 커다란 동굴에서 본연의 육신을 이루고 있었는데, 토라진 꼬맹이처럼 잔뜩 웅크리고 있는 꼴이 참 가관이었다.

(진짜 죽고 싶으냐? 내가 아주 영멸을 시켜줘? 혼자 북 치고 장구 친 뼈다귀 때문에 이게 다 무슨 고생이야! 입 있으면 대답해 봐!)

분홍빛 머리칼의 페어리 퀸, 그녀가 스파르토이를 강하게 몰아붙였다. 당장에라도 잡아먹을 듯 무섭게 소리쳤다.

어디 그뿐일까? 일말 뇌전의 기운마저 머금기 시작했다. 화가 나도 단단히 난 모양새였다.

(죽은 줄 알고 얼마나 후련했는데! 이제 그 느려터진 말도 들어줄 필요 없겠구나, 느려터진 발걸음도 맞춰줄 필요 없겠구나! 얼마나 속이 시원했다고! 근데 살아 있었어? 혼자 토

라져서는 멍텅구리처럼 이러고 있었어? 에라! 이 진상아!)

악담도 이런 악담이 없었다. 그러나 정작 악담을 내뱉는 그녀의 어조가 흔들리기 시작했다.

뿐인가? 커다란 눈망울로부터 구슬처럼 맑게 빛나는 눈물이 뚝뚝 떨어졌다.

(나는…… 그분들의…… 권속으로서…… 자격이…….)

(입 다물어! 뭘 잘했다고 까불어?)

말과 행동이 정반대인 페어리 퀸.

생각보다 눈물이 많은 그녀였다.

(확 그냥 머리통에다가 벼락을 떨어뜨릴까 보다!)

외전
새로운 황태자

작살 낚시.

그물이나 낚싯대가 아닌, 뾰족한 작살을 던져 물고기를 포획하는 수렵의 방식이자 생존의 기술이기도 했지만, 누군가에게는 다소 거친 '취미 생활'이 될 수도 있었다.

"으쌰!"

그린리버 제국의 황실에도, 조금 더 정확히 표현하자면 황궁에 마련된 널찍한 호수에도 그 취미 생활을 즐기는 남자가 있었으니.

"이 미꾸라지 같은 놈들!"

제법 연로한 나이인데도 탄탄한 육체를 자랑하는 남자, 전황제이자 상왕 '테리 그린리버'였다.

촤악─!

드디어 작살에 덩치 큰 물고기 하나가 꿰뚫려 나왔다. 무려 마흔 번하고도 여섯 번째 시도만의 성공이었으나, 상왕 테리는 선물을 받은 어린아이처럼 기뻐했다.

"으하하! 고생 끝에 낙이 온다더니만, 이런 월척을 봤나!"

그가 작살로부터 물고기를 떼어내 자랑했다.

그 대상은 상왕 테리의 호위를 맡은 제1 황실 기사단, 여러 수발을 담당하는 하인들, 마지막으로 한 줌 권력욕까지 전부 다 내려놓은 2, 3, 4황자들이었다.

"옳지, 오늘은 이 녀석이나 통째로 구워 먹어야겠다. 이런 게 또 가끔 먹어주면 별미라고, 별미."

보통 낚시를 즐긴다면 잡고 풀어주게 마련이거늘, 작살 낚시는 애당초 그러한 방생이 불가능한 부류였다.

생각해 보라, 포획하는 순간 죽음을 맞이하지 않겠는가?

'한 마리로 만족하셨으면…….'

한편, 그 '괴상한 취미'의 현장을 바라보던 신하들의 마음은 하나로 집결되었다.

'제발 저 한 마리로 만족했으면 좋겠다'는 바람 말이다. 어쩔 수 없었다.

작살 낚시는 평범한 낚시와 달리 물고기 수가 계속해서 줄어든다, 그리고 그 물고기의 수급은 전적으로 신하들의 몫. 상당히 귀찮은 업무였다.

"보자, 여기 있는 사람들 전부 다 배불리 먹이려면…… 적어도 스무 마리는 더 잡아야겠는데? 어이쿠! 이거 일 났구먼. 일 났어."

하지만 그 신하들의 바람은 무참히 깨져 버렸다.

표현처럼 산산이 조각났다. 스무 마리라니, 심지어 최소한으로 잡은 숫자가 스물이라니!

'망했다.'

평범한 물고기도 아니다. 비교적 작살에 잘 맞아줄 큼직한 어류가 필요하다.

그런 놈을 공수해 오는 일이 쉬운 줄 아는가?

천만의 말씀!

'상왕 전하께서 황제 폐하셨을 때는 이런 문제가 없었는데…….'

당연한 얘기였다.

그때는 바빴으니까. 하지만 지금은 괜찮다. 여유로움이 흘러넘친다. 오히려 더 젊어진 것 같았다.

상왕, 테리 그린리버 말이다.

'아주 기겁들을 하는구먼.'

사실 테리 그린리버도 신하들의 번거로움을 알고 있긴 했다. 하지만 미안함까지 느끼지는 않았다.

'그만큼 잘해주고 있으니까.'

그렇다. 일개 하인이 받을 대우라고는 누구도 믿기지 않을 정도의 대우를 해줬다.

그러한 바, 테리는 죽을 때까지 이럴 생각이었다. 그저 남은 생애 동안 하고 싶은 거 하면서, 아들과 신하들이 이끌어나가는 세상을 감상하다가, 그렇게 가리라.

"음! 아니지. 스무 마리가 뭔가? 장정들이 몇인데. 못해도 마흔 마리는 잡아줘야 배부르게……."

장난기가 발동하기 시작한 테리 그린리버. 그의 충격적인 선언이 모두에게 공표되는 순간이었다.

　"저, 전하! 상왕 전하!"

　또 다른 하녀 하나가 접근했다. 무엇이 그리도 급한지 아주 허겁지겁 달려왔다. 복색을 보아하니, '황비궁'의 하녀인 것 같았다.

　"설마……?"

　황비궁의 하녀가 이 시간에.

　그것도 저토록 급히 달려왔다?

　상왕 테리가 한 가지 경우를 떠올렸다. 마침 시기도 시기이니만큼 확신할 수 있을 것 같았다.

　"사, 상왕 전하! 송구스럽사옵니다만, 황비 마마께오서 지금……!"

　"무슨 말을 하려는지 알겠다. 의복만 갖춰 입고 따라가도록 하지."

　재미난 작살 낚시는 끝났다.

　더 즐거운 일이 남아 있을 테니까.

　상왕의 며느리이자 황비, '마가렛 그린리버'만 무사하다면 말이다.

　모그리안 대영주의 딸.

　이제 어엿한 제국의 황비.

마가렛 모그리안, 아니, '마가렛 그린리버'가 황비궁의 분만실에 들어간 지도 어느덧 수 시간째.

딱!

그 분만실의 문 앞으로부터.

딱!

손가락 튕기는 소리가.

딱!

규칙적으로, 오랫동안 들려왔다.

이는 바로 제국의 황제, '하이든 그린리버'의 오른쪽 손가락과 왼쪽 손가락이 일으키는 소음이었다.

"으으……."

하이든 그린리버, 제국 역사상 그만큼 다양한 변화를 접해 본 황제가 없었다.

일생이 긴장감의 연속이었건만, 지금 느끼고 있는 긴장이야말로 가히 최고봉에 이르렀다.

목숨을 위협당하거나 계승 경쟁에서 밀려날 수도 있었던 상황과는 근본적으로 다른 기분이었다.

"……!"

어찌나 긴장했는지, 어찌나 오감을 열어놨는지, 자그마한 소리나 기척에도 흠칫 놀라기에 이르렀다.

"휴우우……."

덕분에 다른 이들도 곤욕이었다. 휴가를 떠난 올리버 대신 황제의 호위를 담당하게 된 부단장 폴도, 여타 하인들까지 덩달아 긴장했다.

"폴."

"하명하시옵소서."

"마, 만약에 말이야. 아들이면 어쩌지? 뭐부터 해야 하는 거야?"

"그런 것은…… 소장도 잘 모르겠습니다. 송구하옵니다."

"그, 그럼 딸…… 공주님이 태어나면? 내가 뭐부터 해줘야 하지?"

"소장도 잘……."

황실의 기사는 가정을 이룰 수 없다. 그것이 오랜 규칙이다. 한데 제2 황실 기사단의 부단장 폴이 무엇을 알겠는가?

긴장감에 그 간단한 사실마저 망각했던 황제 하이든, 그가 폴의 눈을 한참 동안 바라보더니, 이내 깨달은 듯 끄덕였다.

"미, 미안."

"아니옵니다."

"폴, 혹시 가정을 이루고 싶다면 말해. 내 어떻게든 황실 기사단의 혼인에 대한 금지를 풀어줄……."

오랜 금기를 풀어주겠노라 말했던 황제 하이든. 그가 자신의 입 구멍을 급히 틀어막았다. 정신이 없다 보니 별 헛소리가 다 나온다.

"내가 정신이 없네. 또 미안."

"폐하. 긴장되시겠지만, 이럴 때일수록 정신을 더 편하게 풀어내셔야 하옵니다. 새로운 황실의 일원을 처음 만나는 자리가 아니십니까? 본디 사람과 사람의 만남에는 첫인상이 중요한 법이옵니다."

듣고 보니 그랬다.

폴의 말이 실로 옳았다. 아들, 혹은 딸과의 첫 만남.

전혀 긴장할 필요가 없으리라. 앞으로 오랜 시간 함께할 어린 친구 하나를 만나는 거니까.

"쓰읍! 후우우……!"

그래, 맞다. 마음 편하게 먹자.

황제 하이든의 심호흡 소리가 수차례 더 울려 퍼졌다.

심호흡의 효과인지, 마음가짐의 효과인지는 모르겠다만, 긴장으로 가득했던 속내가 제법 안정되는 것 같았다.

"폐하!"

그때, 소식을 듣고 온 상왕 테리 그린리버가 황제 하이든에게 다가왔다. 거의 달려오는 수준이었다.

"아바마마."

급히 왔다는 한마디가 이처럼 잘 어울릴 수 있을까? 정말 오래도록 기다린 장손의 탄생에 상왕 테리는 평범한 할아버지가 되어버렸다.

"소식을 듣고 급히 왔습니다. 황비께서는 어찌하시고 계십니까?"

비록 제국 내 권력 최고의 위치까지 올라선 황제 하이든 그린리버였으나, 아비인 상왕에게는 극진함을 잃지 않았다.

반대로 상왕 테리는 황제에게 아랫사람 된 자의 예의를 빼먹지 않고 갖췄다.

"아직 이렇다 할 기별은 없사옵니다만, 들어간 지가 꽤 흘렀으니 곧 어떤 소식이 나올 것도 같습니다."

황제 하이든의 설명에 상왕 테리가 흥분된 가슴을 쓸어내렸다. 안도의 한숨도 깊숙하게 토해냈다.

　　"휴! 다행이군. 내 늦지 않았어."

　　운이 나쁘다면 평생 볼 수 없을지도 모르리라 여겼던 장손 아니겠는가? 그 얼간이 황태자 하이든과 혼인을 희망하는 가문이 없었고, 정작 정신을 차린 이후부터는 하이든 본인이 혼삿길을 거부했으니까.

　　내심 후사 구도를 어찌 짜야 하나 걱정했었는데, 마침내 장손의 탄생이 임박한 거다.

　　늦은 감이 있다고는 하나, 뭐 어쩌겠는가? 지금이라도 '시작'했으니 됐다.

　　'아직 팔팔하겠지.'

　　상왕 테리는 그렇게 생각했다. 아직 황제도, 황비도 젊은 나이다. 그 나이에 불이 한번 붙었으니, 번져나가는 것은 시간문제일 터.

　　달칵!

　　그때였다. 이윽고 분만실의 문이 열렸다.

　　그곳으로부터 황비 마가렛의 무사 분만을 도왔던 노년의 유모가 걸어 나왔다. 그녀는 과거 하이든 그린리버의 탄생을 도왔던 장본인이기도 했다.

　　"폐하, 마마."

　　유모로서 잔뼈가 굵은 만큼, 눈앞에 놓인 황제와 상왕을 보고도 딱히 놀라는 기색이 없었다.

　　"어, 어찌 되었나?"

"황비는 좀 괜찮은가?"

오히려 황제와 상왕 쪽이 곱절은 더 어찌할 바를 모르는 것 같았다.

"먼저, 황비 마마께서는 건강하십니다. 극도의 안정이 필요한 터라 직접 나오실 수는 없사옵니다만."

당연한 얘기였다.

다행스럽기도 했다.

분만 도중 잘못되는 경우가 얼마나 부지기수던가?

그럼에도 건강함을 지켜냈다는 말에 순간 감사의 기도까지 올리는 하이든이었다.

"아, 아기는…… 아기는 어떻지?"

물론 이다음도 중요했다. 특히 황비의 건강상태가 몹시 양호함을 확인해 둔 이상, 아기의 상태보다 중요한 문제는 존재하지 않았다.

"아기씨께서는……."

말문을 의도적으로 흐리는 유모였다. 그러자 상왕 테리가 한 걸음 다가서며 재촉하기에 이르렀다.

"이보게 유모. 우리 황자들 낳을 때도 이러더니만, 지겹지도 않나?"

"상왕 전하, 이 미천한 것의 유일한 낙이오니, 조금만 양해를 부탁드리겠습니다. 혹 불쾌하시다면 즉시 이 미천한 목을 쳐주시옵소서."

"허어……!"

상왕 테리는 평생 져본 적이 없었다. 하지만 이 늙은 유모에게만큼은 항상 패배하는 것 같았다. 하이든을 낳을 때부터 장손에 이르기까지, 이것도 참 긴 역사였다.

"흠흠!"

상왕이 어떤 표정을 보이든 말든, 늙은 유모는 황제 하이든 쪽으로 시선을 돌리더니 읍하며 말했다.

"폐하. 감축드리나이다. 제국력 521년, 붉은 전갈자리 태생의 건강하신 황자마마이시옵니다."

그린리버 제국력 521년생.

여름에 해당하는 붉은 전갈자리. 새로운 황태자의 탄생일 이었다.

"황자…… 아들이라고?"

상왕 테리가 먼저 중얼거렸다.

아들이란다.

"아들……?"

황제 하이든도 덩달아 읊조렸다.

아들이란다.

"……."

황제 하이든, 상왕 테리. 두 부자가 잠시 침묵했다.

그저 몸뚱이만 부르르 떨었다. 기쁨으로 가득한 몸부림이 었다.

"그럼 들어오시지요."

늙은 유모가 길목을 비켰다. 분만실 안쪽으로 들어가라는 뜻이었다.

"황비……?"

당연한 이치로 황제 하이든이 앞장서 발걸음을 옮겼다. 얼마 지나지 않아 황비 마가렛의 모습을 볼 수 있었다.

온 힘을 소진한 듯 창백한 얼굴이었으나, 품에 안은 누군가를 바라보며 연신 웃어 보였다. 바로 비단에 감싸진 아기였다.

"폐하."

황비 마가렛이 잔뜩 쉬어버린 목소리로 황제 하이든을 불렀다. 소음방지 마법이 걸려있어 망정이지, 그렇지 않았다면 마가렛의 비명으로 황궁이 떠나갈 기세였으리라.

"어서 이쪽으로 오시어요."

하지만 그 쉬어버린 목소리에는 크나큰 차별점이 존재했다. 비록 쉬긴 했어도, 그 속에 담긴 감정만큼은 행복과 환희로 가득했으니까.

"이 아기가……."

조금 얼떨떨한 표정으로 다가간 황제 하이든. 그 역시 얼떨결에 아기를 받아 품었다.

태어남과 동시에 한바탕 울어 재낀 모양인지, 곤하게도 잠들어 있었다.

"내…… 아들이라고……?"

아들.

아들이라.

실감이 나지 않았다. 그러나 이는 현실이었다.

아기의 심장박동이 콩닥콩닥 느껴졌고, 쌕쌕거리는 숨소리가 온몸으로 전해졌다.

앙다문 입과 눈, 조막만 한 코가 참으로 앙증맞았다.

"이 아기가, 내 아들."

그 말을 몇 번이나 더 중얼거렸을까? 이윽고 황제 하이든의 얼굴에 화사한 미소가 피어났다.

"아바마마."

아들을 품은 황제 하이든. 그가 상왕 테리에게 말했다.

"황손의 이름을 지어주셔야지요."

"이름? 내가 말이냐? 아, 아니, 제가 이름을 말입니까? 폐하."

이 상황이 얼마나 좋으면, 나아가 이름을 지어달라는 말에 당황했으면 순간 예법마저 잊어버렸을까?

"예. 부탁드리겠습니다."

"으음……."

기쁘기는 했다. 하지만 신중해야 한다. 처음으로 지어보는 피붙이의 이름, 무려 그 기회를 빼앗는 일이다. 신중할 필요가 있다.

"정말 그리 해도 되겠습니까?"

"장차 이 제국의 미래를 이끌어갈 황태자가 아니겠습니까? 제국의 영원한 성군이신 아바마마께서 손수 지어주셨으면 합니다."

황제이자 아들의 말에 상왕 테리가 잠시 고민했다. 나아가 기회이기도 했다. 그렇지 않아도 생각해 둔 이름이 존재하긴 했으니까.

"좋습니다. 폐하께서 원하시면, 감히 이 늙은이가 황태자 전하의 이름을 지어드리도록 하지요."

어떤 이름이 좋을까.

수많은 후보 중 어떤 이름이?

상왕 테리의 고민이 길어졌다.

"……."

마침내 고민을 끝낸 상왕 테리.

그의 입술이 느릿하게 떨어졌다.

"소신이 폐하께 추천을 드리고자 하는, 황손 마마의 이름
은……."

그 말에 황제 하이든은 물론 황비 마가렛의 양쪽 귀가 쫑
긋하게 세워졌다.

일정한 거리를 두고 물러나 있는 하녀들과 늙은 유모, 문
밖 기사들까지 모두가 그랬다.

"프란츠, 프란츠가 어떠십니까?"

프란츠.

프란츠 그린리버.

그것이 짧게는 몇 분 후, 길게는 며칠 후에 이르기까지.
하나 마지막에 이르러서는 그린리버 제국의 모든 백성이 속
삭일 이름이었다.

외전
인연의 고리

"폴센 영지의 몇몇 마을에서 괴질이 발생했다는 급보입니다."

상아탑의 22층, 상아탑주 이안 페이지의 방.

그곳에 고위 마법사 '로난'이 각 영지로부터 올라온 '상아탑 직통 요청서'들을 하나하나 보고하고 있었다.

"아직 파악된 원인은 불명이며, 다행히도 수동적인 전염성을 보여주고 있다는 보고입니다. 더 퍼지기 전에 조치가 필요할 듯합니다."

보통 이러한 업무라면 아래에 위치한 마법사들이 담당할 법도 하건만, 로난은 절대 그리하지 않았다.

"원인불명의 괴질이라, 마을 단위를 벗어나기 전에 막아야겠군요."

물론 이안도 거리낌이 없었다.

애당초 로난은 그런 사람이니까.

더 높은 마법적 경지를 향한 갈망, 그 갈증으로부터 삶의 원동력을 얻어내는 마법사 아니겠는가?

'대단하기도 하고.'

더불어 이안은 로난을 인정했다. 그 집착에 가까운 갈증과 별개로, 설마 로난이 4클래스를 넘어서 5클래스, 심지어 6클래스 초입에 이르리라고는 상상조차 해본 적이 없었으니 말이다.

'아무리 내 도움을 받았다고는 해도, 대단한 건 대단한 거다.'

무려 6클래스의 대마법사.

인류 중 '세 번째'에 속한다. 공식적으로는 '두 번째'였다.

첫 번째가 프란 페이지, 두 번째가 이안 페이지, 세 번째가 바로 로난.

실로 엄청난 위업이었다.

"지금 즉시 리커버리 매지션에 소속된 마법사 전원, 그리고 황실 연금술사 더글라스를 괴질의 발생지로 투입하도록 하십시오."

과장을 조금 보태자면, 거의 다 죽어가는 사람도 살려낼 법한 조합이었다.

그렇지 않아도 매번 불치병을 타파해 나가는 리커버리 매지션과 더글라스의 조합이었으니까.

"제가 폴센 영지로 연결되는 포탈을 열어 드리겠으니, 로난 님께서는 말씀드린 인원을 소집해주세요."

"폐하께 올릴 보고는 어찌하시겠습니까? 지금쯤 폐하께도 괴질과 관련된 장계가 올라갔을 텐데요.”

“제가 직접 찾아뵙고 조치사항을 보고하도록 하겠습니다. 전염성 괴질이니만큼 선조치가 급한 상황이니까요. 이해해 주실 겁니다.”

이해의 범위를 넘어서 상아탑주에게는 ‘선조치 후보고’란 권한이 존재한다. 문제될 거리가 없으리라.

“즉시 움직이겠습니다.”

“부탁드리겠습니다. 로난 님.”

로난이 빠져나간 탑주의 방.

그럼에도 이안은 쉴 새가 없었다. 워낙 업무의 양이 엄청났으니까.

“후우……!”

깨어난 이후로 어느덧 4년.

그간 이안은 바쁘게, 나아가 충실하게 살아왔다.

상아탑주로서, 누군가의 아들로서, 형으로서, 이웃으로서, 친구로서, 그리고 연인으로서 온 정성을 쏟아냈다.

‘오늘 폐하께서는 오후나 되어야 시간이 나실 테니까…… 가벼운 업무 하나만 더 처리해 볼까?’

그것은 일종의 ‘강박증’과도 같았다. 무려 9년이란 시간을 다른 차원에 소모하지 않았던가?

하물며 그전까지도 ‘이안 페이지’로서 충실했던 시간은 얼마 되지 않았다.

‘파견 마법사 제도 개혁안?’

상아탑주는 달에 한 번, 여러 마법사가 올린 개혁안이나

이론서 등의 논문 중 하나를 심사해야 하는 의무가 있다.

결코 '간단한 업무'라고 표현할 만한 일이 아니었지만, 이안은 달랐다.

'아, 이게 그 데커드 님께서 은퇴 전 마지막으로 작성하신 논문인가.'

논문 처리 업무의 가장 큰 문제는 바로 '이해'다. 해당 논문을 정확하게 이해해야만 상아탑주로서 올바른 답을 내려줄 수 있는데, 이안에게는 그 과정이 무엇보다 쉬웠다.

'어디 한 번 볼까.'

이안이 끈으로 엮인 데커드의 개혁안에 마나를 불어넣었다.

그러자 개혁안의 모든 글자가 푸른색 마나로 하여금 허공으로 뿜어져 나왔다.

과거, 불사의 힘을 파헤치고자 수많은 흑마법서를 단기간 습득할 때 사용했던 바로 그 방식이었다.

"흐음."

불과 몇 분도 채 지나지 않아 데커드의 개혁안을 외워 버린 이안, 그가 눈을 감고 개혁안의 내용을 음미했다.

완벽하게 암기했으니, 이제는 차곡차곡 정리할 차례였다.

"재미난 생각을 하셨네."

노년의 마법사 데커드는 말년에 이르러 마법 연구보다 상아탑의 행정적 문제에 관심을 보였다.

그 관심은 자연히 수많은 개혁안으로 이어졌고, 이번 개혁안 역시 상아탑 전체를 박수를 받을 만했다.

"몇 가지 사소한 부분만 보완해 드리면 뭐, 더할 나위 없겠네."

이안이 깃펜을 들었다.

그렇게 또 하나의 업무를 봤다. 해가 떨어지고, 밤이 올 때까지. 흡사 강박증과도 같은 상아탑주 이안의 업무처리는, 도무지 끝날 생각을 하지 않는 것 같았다.

✳

하늘에 깔렸던 어둠이 걷히고 나서야, 날밤을 꼬박 새우고 나서야 이안은 퇴근의 기쁨을 맛볼 수 있었다.

문제는 그 기쁨의 크기가 평소보다 십 분의 일 수준이라는 거다.

'가봤자 아무도 없으니⋯⋯.'

그것이 문제였다.

폴센 영지로 파견된 더글라스를 따라 래디오는 물론 어머니 베네사마저 따라갔다. '페이지 재단'의 책임자로 따라나선 거다. 최소한으로 잡아도 며칠 이상은 저택 전체가 조용할 터.

'딱히 위험하진 않겠지만.'

물론 걱정되지는 않았다. 4년간 꾸준히 발전해온 리커버리 매지션, 그리고 연금술 장인 바이온의 정수를 완벽하게 습득한 더글라스 아니겠는가?

그 정도 하급의 전염병쯤이야 능히 해결할 수 있으리라.

'여왕님도 없고.'

페어리 퀸 또한 부재중이었다. 다른 권속들도 마찬가지였다. 그들은 드래곤 일족의 '급변한 인간세계 나들이'를 가끔 도와주곤 했는데, 오늘이 바로 그날이었으니까.

'하이리도 폴센 영지로 보냈으니.'

이안은 더 이상 공주 하이리 그린리버를 '공주마마'라고 칭하지 않았다. 무려 이름을 부르기에 이르렀다.

지난 4년, 두 남녀의 사이가 상당히 가까워진 덕택이었다.

'만날 사람이 없군. 만날 사람이.'

황제 하이든은 불과 몇 시간 전에 만났다. 그 또한 많이 바쁜 것 같았다. 시간 날 때 식사나 하자는 약속만 맺은 채 돌아와야 했다.

'올리버 경께서도 요즘은 제자 키우는 재미에 푹 빠지셨던데…….'

틈만 나면 오래간만에 대련이나 해보자던 올리버 역시 요즘은 뜸했다. 새롭게 얻은 제자 '카놀란'을 키우는 재미가 쏠쏠한 까닭이었다.

'……돌아가서 업무나 볼까?'

참으로 눈물겨운 결론이었다. 선택권조차 존재하지 않았다. 텅 빈 저택으로 돌아가느니 그냥 일이나 하고 말겠다.

"음?"

이안은 포탈이나 텔레포트 대신 발로 걸어 퇴근하는 쪽을 선호했다.

덕분에 퇴근할 때마다 마법 아카데미의 커다란 담장을 지나쳐야 했는데, 오늘따라 유독 아카데미 담장의 모습이 정겹게 느껴졌다.

'흐음, 슬쩍 구경이나 해볼까?'

망설임에 그친 생각이었지만 행동은 달랐다. 이미 아카데미 쪽으로 발걸음을 옮겨갔으니 말이다.

'원칙대로라면 외부인은 들어가지 못하는 게 맞긴 한데, 애당초 들어갈 수도 없고.'

그도 그럴 것이, 마법 아카데미의 정문과 후문은 굳게 닫혀 있었다. 담장도 높아 어지간해선 몰래 들어가기가 불가능했다.

물론 플라이 마법과 텔레포트 등이 가능한 이안에게는 어렵지 않겠다만.

'내가 무슨 도둑도 아니고.'

이안은 조금 더 점잖은 방법을 택할 권한이 있었다. 바로 상아탑주라는 위치, 그리고 상아탑주임을 증명해 주는 '보패' 였는데, 이안이 바로 그 보패를 꺼내 마법 아카데미의 정문 앞으로 가져갔다.

우우우웅—!

이윽고 상아탑주의 보패가 아카데미 정문과 푸른빛으로 공명하기 시작했고, 그 공명이 잦아질 때쯤 굳게 닫혔던 정문도 천천히 열렸다.

"이 맛에 상아탑주 하지."

마법사의 정점 상아탑주, 심지어 일 잘하는 상아탑주 아니겠는가? 이 정도 권력 남용이야 애교였다. 전 상아탑주 허버트처럼 한탕 거하게 해 먹는 것도 아니고.

"햐, 진짜 하나도 변한 게 없네."

이안이 주변을 둘러보며 중얼거렸다. 이번 생은 아카데미에 다니지 않았다.

전생의 기억까지 거슬러 올라가자면 실로 오래간만에 방문하는 상황, 한데도 변한 것이 없었다. 건물부터 조성된 정원에 이르기까지. 외관적으로는 확실했다.

"그래서 더 좋지만."

그 중얼거림이 옳았다.

세상천지가 아무리 변해도 마법 아카데미만큼은 항상 그대로였다. 언제나 그 자리에 세워져 주변을 감싸주는 고목처럼 꿋꿋하고도 꾸준했다.

'이렇게 보면 또 맞는 것 같다니깐? 세상이 변할수록 전통을 지켜야 한다는 학자들의 주장 같은 거.'

이안이 별생각을 다 떠올리며 익숙한 산책길 안쪽으로 걸어갔다. 이렇게 쭉 걷다 보면 다양한 보조 마법으로 중첩된 정원이 나타나는데, 그래서 그런지 피부에 체감될 정도로 상쾌한 공간이었다.

'덕분에 인기는 없다만.'

심신을 달래기에 이토록 좋은 정원이 없을 테지만, 아카데미의 생도들에게는 인기가 없다 못해 바닥을 치는 정원이었다. 어째서일까?

'감시 마법까지 섞여 있거든.'

정원에 깔린 수많은 보조 마법.

그중에는 학생의 일탈을 감시하기 위한 주문 역시 내포되어 있었으니까. 그렇지 않아도 참견과 감시에서 벗어나고 싶은 소년 소녀들 아니겠는가?

당연한 얘기였다.

'덕분에 잘 쉬곤 했지.'

물론 이안은 괜찮았다.

소위 일컬어지는 '범생이'.

그것이 전생에 아카데미를 다녔던 이안의 '별명'이었으니 말이다.

"쓰으읍! 후우……."

마침내 정원 중심부까지 들어선 이안, 그가 숨을 크게 들이마시고는 천천히 내쉬었다.

과연 전생의 그 상쾌함과 편안함 그대로였다.

"근데, 꼬마야."

심호흡을 몇 번이나 내쉬었을까? 이안이 정원 한구석을 바라봤다. 동시에 나지막한 어조로 말했다.

"겁먹지 말고 나와. 정원에 먼저 있었던 건 너면서 왜 숨어있어?"

사실 이안은 정원에 들어서는 순간, 본인 말고도 누군가가 자리하고 있음을 감지했다. 다만 위협적이지 않았기에 모른 척했을 뿐.

"어지간하면 모른 척해주려고 했는데, 좀 위태로워 보여서 말이지."

이안의 능력은 단순히 주변 기척을 감지하는 수준에 그치지 않았다. 그보다 몇 단계 더 진화되어 기척의 주인이 품고 있는 감정을 대략적으로나마 느낄 수 있었다.

"홀로 독차지하고 있었던 정원을 **빼앗겨서** 우는 건 아닐 것 같고."

보이지 않는 정원 한구석에 숨어있는 꼬마. 필시 생도일 터.

"얼굴이나 보자. 괜찮으니까."

아카데미의 생도는 곧 미래의 마법사다. 상아탑주로서 쓸데없는 오지랖이 결단코 아니라는 거다.

사박!

이안의 말에도 한참 동안 침묵을 지켰던 정원.

마침내 그 한편으로부터 바스락거리는 소리가 들렸다. 수풀이 부딪치는 소리였다.

"오, 그래. 이리 오렴."

아카데미의 정복을 입은 소년.

그중에서도 2년 차의 복장이었다.

잔뜩 상기된 얼굴이 이안의 추측대로 잔뜩 울어 재낀 모양새였다.

'나랑 머리 색이 같네.'

밝은 갈색의 머리카락.

크게 희귀하진 않으나, 보기 쉬운 머리카락 색깔도 아니지 않겠는가?

"……어?"

하나 진정으로 놀라운 점은 머리카락의 색깔이 아니었다. 아니, 머리 색과 조화되어 특정한 놀라움을 선사했다.

그럴 수밖에 없었다. 이 소년, 외람된 말이지만 너무…….

'못…….'

이안이 생각을 집어삼켰다.

사람을 외모로 평가하는 것은 어떤 경우에도 옳지 못한 행위니까. 물론 소년의 떨어지는 외모 때문에 놀란 것은 아니었다. 이유가 명확했다.

'닮았다.'

밝은 갈색의 머리카락. 못난 편에 속하는 얼굴. 마법사라는 특징까지.

누군가와 많이 닮았다.

어린 소년이라는 점, 그리고 마법사로서 타고난 마나 하트의 강도가 약하다는 점만 제외하자면 그랬다.

'아닐 테지만.'

언어의 힘조차 뛰어넘어 버린 이안. 그에겐 본질을 읽는 힘이 있다.

그 힘으로서 단언하건대, 녀석은 단지 평범한 소년이었다. 물론 마법사의 자질을 타고났으니 아주 평범하진 않겠다만, 어디까지나 이안의 기준에선 평범함 그 자체였다.

"내가 알기로 아직 자야 할 시간일 텐데. 숙소에서 빠져나오는 것도 불가능할 거고. 그치?"

이안의 의문은 합당했다. 아카데미 생도로서의 삶이란 생각보다 자유롭지 못하다. 수면 시간 역시 철저하게 통제된다.

분명 그럴 텐데, 이 생도는 정원에 나와 울고 있다. 상식적으로 불가능하단 거다.

"그, 그게……."

누군가를 닮은 소년이 우물쭈물했다. 쉽게 말을 내뱉지 못했다. 무슨 일이라도 있는 걸까?

"괜찮으니 얘기해 보렴. 부당한 일을 당했다면 이 아저씨가 아주 그냥 한 방에 해결해 줄 수 있거든? 이래 보여도 높은 사람이란다."

"노, 높은 사람이요……?"

"그럼."

"교, 교수님들보다요?"

"당연하지."

"하, 학장님보다…….'

"그분도 내가 임명해 드린 거야."

이안의 어깨가 조금 으쓱거렸다. 당연히 거짓말도 아니었다. 아카데미뿐만 아니라 상아탑 어디에도 이안보다 높은 사람은 없었으니까.

"그, 그럼 혹시…….'

"상아탑."

"……네?"

"저 꼭대기에 있는 사람이야."

"……?"

"내가."

"……!"

상아탑의 주인, 모든 마법사의 정점, 이안이 상아탑주임을 밝혔다.

"헉……!"

소년의 눈이 큼지막해졌다.

교수도, 학장도, 심지어 고위 마법사도 아닌 상아탑주라니? 이게 갑자기 무슨 상황이란 말인가?

"거, 거짓……."

"잘 봐. 수업시간에 배우잖아? 초상화도 봤을 텐데? 역사상 최고의 상아탑주 이안 페이지. 너와 같은 머리 색을 가졌고, 항상 시퍼런 로브를 걸치고 다니지. 생각보다 젊고, 쌓아 올린 업적은 수없이 많아."

제 입으로 '역사상 최고의 상아탑주'란다. 문제가 있다면 맞는 말이라는 거다. 세상 누구도 이안의 자화자찬에 토를 달지 못하리라.

"그게 나야."

"……."

"대단하지?"

"……."

"너무 멋지고?"

"……."

소년이 입을 꾹 다물었다. 이안의 말처럼 수업시간에 배우긴 했다. 역대 상아탑주를 다루는 수업 등에서 자주 접할 수 있었으니까. 다만.

'과묵하신 분일 줄 알았는데…….'

눈앞에 나타난 아저씨가 정말 상아탑주라면, 소년은 오늘부로 이안 페이지에 대한 인식, 혹은 환상을 전면적으로 수정해야 할 것 같았다.

"크흠!"

다소 썰렁한 소년의 반응에 이안이 부끄러운 듯 목청부터 가다듬었다.

너무 나갔나? 그 아찔한 생각이 머릿속에 휘몰아쳤다. 다른 얘기로 넘어갈 필요가 절실했다.

"어쨌거나 꼬마야. 내 소개를 했으니 네 소개도 좀 듣고 싶은데."

"아! 저, 저는……."

소년이 힘겹게 입을 열었다.

한 손으로 입을 가리고 말하는 것이, 어떤 콤플렉스나 트라우마로부터 비롯된 버릇인 것 같았다.

"……나르프, 제 이름은 '나르프'라고 해요. 재작년에 마나 반응 검사를 통과했고…… 작년에 입학했어요. 지, 지금은 2년 차고요."

나르프, 그것이 누군가와 닮은 소년의 이름이었다. 그린리버 제국에서는 보기 드문 작명인 것 같았다.

"나르프, 입에 착 달라붙네."

이안이 그 이름을 몇 번이고 더 입속에 굴렸다.

빈말이 아니었다. 발음하기 어려운 것 같으면서도 착착 달라붙는다. 재미난 이름이다.

"나르프, 숙소를 어떻게 빠져나왔느냐는 묻지 않으마. 대신 울고 있던 이유나 좀 듣고 싶은데."

이안이 점잖은 어조로 말했다. 탑주라는 위치에 어울리는 말투였다.

"……빠져나온 게 아니에요."

"응?"

"여기서…… 잤어요."

"뭐? 여기서?"

뜻밖의 대답.

이안이 귀를 기울였다.

"애들이 못 들어오게 해서……."

"애들? 친구들을 말하는 거야?"

소년 나르프가 조심스레 고개를 끄덕거렸다.

그런 녀석들을 친구라 불러도 될까 싶었지만, 딱히 구구절절 설명할 필요도 없었으니까.

"친구들이 왜?"

"내, 냄새가 난다고……."

"냄새?"

이안이 미간을 찌푸렸다. 당연하게도 냄새 따윈 느껴지지 않았다. 설령 냄새가 난다 한들 생도를 내쫓는다는 것은 말이 되지 않았다.

"저를…… 싫어해요."

"친구들이?"

"못생기고, 냄새나고, 공부도 못 한다고…… 아, 아직 마나 움직이는 법도 모르거든요. 아니, 알긴 아는데…… 잘 안 돼요……."

간단히 표현하자면 '집단 따돌림'이었다. 세상에, 길거리 평범한 아이들도 아니고 마법사로서 길러지는 아이들이, 인류 최고의 엘리트라 볼 수 있는 마법 아카데미의 생도들이

요따위 유치한 짓거리라니?

'세상이 어찌 되려고.'

이안이 고개를 절레절레 흔들었다. 동시에 소년 나르프의 얼굴을 자세히 바라봤다.

한눈에 봐도 잔뜩 위축된 표정, 불어터진 눈가까지. 밤새 울어 재낀 모양이었다.

'타고난 재능은 아쉽긴 한데…….'

마나 하트와 마나 브레인. 양쪽 모두 일정 수준 이하였다. 아쉽지만 발전 가능성도 작았다. 냉정한 평가를 하자면 그랬다.

'아무리 그래도 그렇지.'

절대 용납할 수 없는 일, 소년 나르프의 목소리가 계속 이어졌다.

"있잖아요. 저는요. 얼굴 가지고 놀리는 거, 냄새난다고 뭐라 하는 거. 다 괜찮아요. 기분은 좀 나빠도 참을 수 있어요. 근데…… 근데!"

잠시 말문을 멈춰 세운 나르프.

자그마한 주먹이 꽉 쥐어졌다. 녀석을 가장 화나게 하는 것. 그건 놀림과 멸시가 아니었다.

"아무리 열심히 해도, 안 돼요."

"뭐가 안 된다는 거지?"

"여기, 마법 아카데미에서 배우는 거 전부 다요. 진짜 열심히 하는데, 누구보다 열심히 듣고, 복습하고, 연습한다고 생각하는데……!"

마법이란 '재능의 영역'이다. 노력만으로는 한계가 명백하다.

그렇기에 소년 '나르프'는 좌절감을 맛볼 수밖에 없었다. 설렁설렁한다면 모를까, 그 누구보다 열심히 노력하는 상황임에도 성과가 없다.

그 저릿한 좌절감을 고작 13살짜리 소년이 감당할 수 있겠는가?

"흐음."

하지만 그 대답이야말로 이안에게 있어 상당한 의외였다. 저 어린 나잇대라면 따돌림을 당하는 상황에 더 큰 무게가 실리기 망정일 터. 한데 문제로 삼지 않는다고?

"그러니까 네 말은, 여기서 배운 것들을 이해하긴 하는데, 활용이 불가능하단 얘기로구나. 바로 그 부분이 화가 난다는 거고. 맞지?"

이안이 묻자 조막만 한 얼굴을 세차게 흔들어대는 소년 나르프였다.

"그렇단 말이지."

이안이 고민했다. 제아무리 상아탑주라고 해도 생도들 간의 분쟁을 정리하기란 어렵다.

겁을 줄 수는 있겠으나, 딱 거기까지일 뿐일 터. 근본적인 해결이 어렵다는 거다.

'다행이라면, 이 녀석의 성격.'

생도들의 따돌림은 괜찮다. 그저 미천한 재능에 화가 솟구칠 뿐이다.

이게 무엇을 뜻하겠는가?

그 분노를 잠재울 수만 있다면, 부족한 재능을 충족시킬

수만 있다면, 따돌림처럼 자잘한 장애물쯤이야 능히 이겨낼
수 있다는 뜻이리라.

'타고난 재능을 바꿔주는 방법이라, 아무리 나라도 그런
건…….'

단언컨대 없다. 확신할 수 있다.

불가능하단 얘기다.

'가만.'

확신이 굳는 그때였다. 불현듯 이안의 뇌리를 스쳐 지나가
는 기억 한 줄기가 있었으니.

'그러고 보니 그때…….'

과거. 드래곤 일족과 이안이 프란 페이지에게 대항하고자
정식으로 손을 잡았던 당시, 동맹의 징표처럼 받았던 선물
하나가 떠올랐다.

'용의 내단.'

모든 드래곤 일족의 수장, 리시스 라덴쥬의 심장에서 생성
된 내단. 마법사로서 엄청난 기연이었으나, 이안에게는 쓸모
가 없었던 선물.

'주머니 속에 그대로 있겠지.'

받기만 하고 까맣게 잊어버렸다.

만약 이 내단을 평범한 마법사, 혹은 생도가 섭취한다면?
실로 엄청난 효과를 누릴 수 있으리라.

'이거 하나 먹는다고 단번에 고위 마법사가 되는 건 아닐
테지만.'

당장 힘을 키워주진 않는다. 대신 잠재력을 상승시켜줄

터. 마나 하트와 브레인의 한계치를 말이다.

'줘도 될까?'

뭐가 어찌 되었든 문제는 하나였다.

처음 보는 꼬마에게 이러한 기연을 함부로 줘도 될까? 꼬마 말고도 감사히 받아줄 주변인은 많다. 당장에 떠오르는 사람만 대여섯은 된다.

한데 그 모두를 차치하고 내어줄 가치가 있을까? 이 꼬마에게?

"……."

평소의 이안이었다면 고민하지도 않았을 거다. 생판 모르는 남에게 어마어마한 기연을 넙죽 선사할 만큼 배려심이 깊지 않았으니까.

하지만.

'닮았어. 너무.'

그 존재. 애증의 존재. 프란 페이지를.

'기분이 이상하군.'

그럼에도 경계가 되진 않았다. 오히려 자꾸만 눈길이 갔다. 마음 한편이 복잡했다.

"저…… 아저씨?"

나르프의 조심스러운 부름에.

"아저씨가 아니라 상아탑주다."

한마디 툭 던지는 이안이었다.

물론 이제 막 마법사의 길을 걷기 시작한 소년에게는 커다란 쇳덩이보다 무거운 한마디이기도 했다.

"사, 상아탑주님! 죄송…….."

"죄송하라고 한 말은 아니고."

가볍게 손을 저어준 이안.

그가 마침내 생각을 정리했다. 간단히 표현하자면.

'주자. 까짓것.'

간단한 문제였다. 만약 내단이 또 필요하다? 그럼 또 받으면 그만이다.

'심장도 아니고 내단인데.'

고작 내단 하나에 인색하겠는가? 요구자가 무려 이안 페이지인데. 그러니 아낄 거 하나 없다. 마음이 가면, 행하는 거다.

"꼬마야, 아니, 나르프."

이안이 소년 나르프를 불렀다. 동시에 아공간 주머니로 손을 집어넣었다. 오래전 담아두고 잊어버렸던 내단을 끄집어내기 위해서였다.

"음, 이건가?"

드디어 이안의 손아귀에 딸려 나온 자그마한 붉은색 물체, 그야말로 완벽한 구 형태의 내단이었다.

"맞네."

용의 내단을 꺼낸 이안이 냄새부터 맡아봤다.

혹시라도 변질되었을까 싶은 의구심 탓이었다. 물론 그러할 가능성은 추호도 없으리라.

"좋아. 신선해."

겉보기론 전혀 그렇게 보이지 않아도 이는 명백한 '생체의 일부' 아니겠는가? 확인할 가치가 있었다.

"먹어."

"……네?"

"맛은 좀 없겠다만, 눈 딱 감고 삼켜봐. 장담하는데, 너한 테는 아주 기적 같은 일이 일어날 테니까."

"기, 기적이요?"

"그래. 기적."

기적.

틀린 말도 아니었다. 일찌감치 재능의 벽에 부딪혀 버린 나르프에게는 더더욱 특별한 경험이 될 터.

"…….

시뻘건 용의 내단을 받아본 소년 나르프, 이안과 마찬가지 로 냄새부터 맡았다. 손으로 살짝 눌러보기도 했고, 혀끝에 살짝 접촉시켜 맛을 보기도 했다. 별맛은 없었다.

"이, 이게 뭔데요?"

"용의 내단."

"……네?"

나르프가 눈을 동그랗게 떴다. 다짜고짜 용의 내단이라 니? 심지어 먹으라고? 이걸?

"저, 정말 상아탑주님 맞아요?"

"공부 열심히 했다며? 내 초상화랑 정보, 질리게 봤을 거 아니야?"

"그, 그렇긴 한데…….

"그럼 됐지, 뭘."

"……."

한데도 계속 망설이는 나르프.

이안이 한마디를 더 붙였다.

"꼬마야. 나는 지금 너에게 큰 선물을 주고 있다만, 원치 않는다면 그냥 가져가마. 어쩌면 그것도 네가 타고난 복일지도 모르지."

원인을 알 수 없는 변덕으로 용의 내단을 건넨 이안이었으나, 굳이 싫다는 녀석의 입에 기연을 쑤셔 넣어줄 생각 역시 추호도 없었다.

"싫으면 다시……."

"머, 먹을게요!"

결국 소년, 나르프의 결심이 섰다.

더불어 입을 쩍하고 벌렸다.

내단을 삼키기 위해서였다.

꿀꺽!

마침내 시뻘건 내단이 나르프의 식도를 타고 넘어갔다. 표현 그대로 두 눈 딱 감고 삼켜 버렸다.

"……!"

눈뿐만 아니라 두 주먹, 나아가 온몸으로 퍼진 힘줄과 근육 하나하나에 힘이 들어갔다.

모르긴 몰라도 용의 일부 아니겠는가? 무언가 대단하고도 격렬한 변화가 일어날 터. 그에 걸맞은 대비가 필요했다.

"……."

그런데 이상한 일이었다.

아무런 변화도 일어나지 않았다.

"……?"

한참을 기다렸던 나르프. 녀석이 감았던 눈을 떴다. 동시에 이안을 바라봤다.

"푸흡!"

이안은 웃고 있었다.

장난기 가득한 미소였다.

"사, 상아탑주님……?"

언급했던 '기적'과도 같은 변화는커녕, 일말 변화조차 느껴지지 않았다.

심지어 그 용의 내단을 내어준 상아탑주란 아저씨는 웃고 있다. 도대체 뭐가 어떻게 된 걸까?

"아, 아무것도 느껴지지 않는데요?"

"당연하지. 뻥이니까."

"……뻐, 뻥이요?"

"용의 내단은 무슨! 그거 그냥 돼지 간 뭉친 거야. 동그랗게."

"……?"

뻥?

돼지 간?

동그랗게 뭉쳐?

혼란을 느끼는 나르프였다.

그리고 그 혼란에 쐐기를 박는 한마디가 이안으로부터 들려왔다.

"녀석! 그럴수록 더욱 정진해야 하거늘, 입학한 지 얼마나

됐다고 벌써 요행을 바라는 것이냐!"

나르프가 할 말을 잃어버린 채 눈만 껌뻑거렸다. 전혀, 하나도 위협적이지 않은 호통 소리였으니까. 단지 어이가 없을 뿐이었다. 오죽하면 코웃음까지 흘러나올 판일까.

"내 상아탑주로서 요행만 바라는 생도를 그냥 두고 볼 수가 없구나. 앞으로 달에 한 번! 개별적으로 찾아와 불시검사를 할 터이니, 조금의 진전이 보이지 않을 시에는 즉각 퇴학 조치를 취하도록 하겠다!"

"그, 그게 갑자기 무슨……."

"하면 나는 바빠서 이만!"

이안은 나르프에게 질문의 틈을 주지 않았다. 그야말로 한바탕 폭풍처럼 제 할 말만 쏟아낸 뒤, 텔레포트 주문과 함께 사라져 버렸다.

"……."

우두커니 남아버린 나르프.

녀석이 고개를 갸우뚱거렸다.

"……뭐지?"

탑주임은 확실했다. 인물도, 복장도, 하물며 텔레포트 주문에 이르기까지 증거가 차고 넘쳤으니까.

"뭘까……?"

나르프가 한 번 더 스스로에게 되물었다. 그럼에도 답을 알 길이 없었다. 왠지 '지나가던 심심한 아저씨'한테 당해 버린 기분이었다.

"……모르겠다. 진짜로."

어느덧 아침 해가 완연하게 밝았다. 곧 생도 숙소 전체의 아침점호가 시작될 터.

나르프가 급히 정원을 빠져나갔다. 아무래도 오늘 있었던 일은 나중에, 여유가 좀 생기면 마저 생각해 봐야 할 것 같았다.

'그래도…… 기분은 괜찮네.'

요상한 상아탑주 아저씨를 만난 덕일까? 한없이 우울하고 분했던 마음이 한결 편해졌다. 덕분에 지옥이나 마찬가지였던 숙소로 향하는 발걸음 역시 가벼웠다.

왠지 이 느낌이라면 오늘 하루, 아니, 앞으로가 순탄할 것만 같은, 정말이지 밑도 끝도 없는 예감이 들었다.

'그래, 요행은 무슨. 어제보다 더 열심히 해보자. 매일매일 두 배씩 열심히 하는 거야. 그럼 언젠가는 성과가 나타나겠지! 나도 당당하게 검사받고 입학한 생도잖아? 할 수 있다. 할 수 있어! 아자! 아자!'

정신이 바짝 든 아카데미 생도 나르프. 녀석은 알고 있을까?

방금 먹어치운 그 '용의 내단'이 돼지 간 뭉친 게 아니라는 사실을, 정말 어마어마한 기연이라는 사실을.

그리고 언젠가, 아주 먼 훗날.

이안의 '후대 상아탑주'로서, 새로운 '8클래스 마법사'로서 이겨낼 일이 많을 거라는 운명을.

The End

강화학개론

빈형 게임 판타지 장편소설

[+15 초보자용 하급 단검 강화를
성공했습니다!]

사고와 함께 찾아온 특별한 능력.
남들이 메인 시나리오 퀘스트를 쫓을 때
한시민은 강화 명당을 찾는다!
가상현실 게임 '판타스틱 월드'에서의 강화를 위한 모험!

"아, 빌어먹을. 9강부터 이 X랄이네."

그 유쾌하고 통쾌한 이야기가 시작된다!

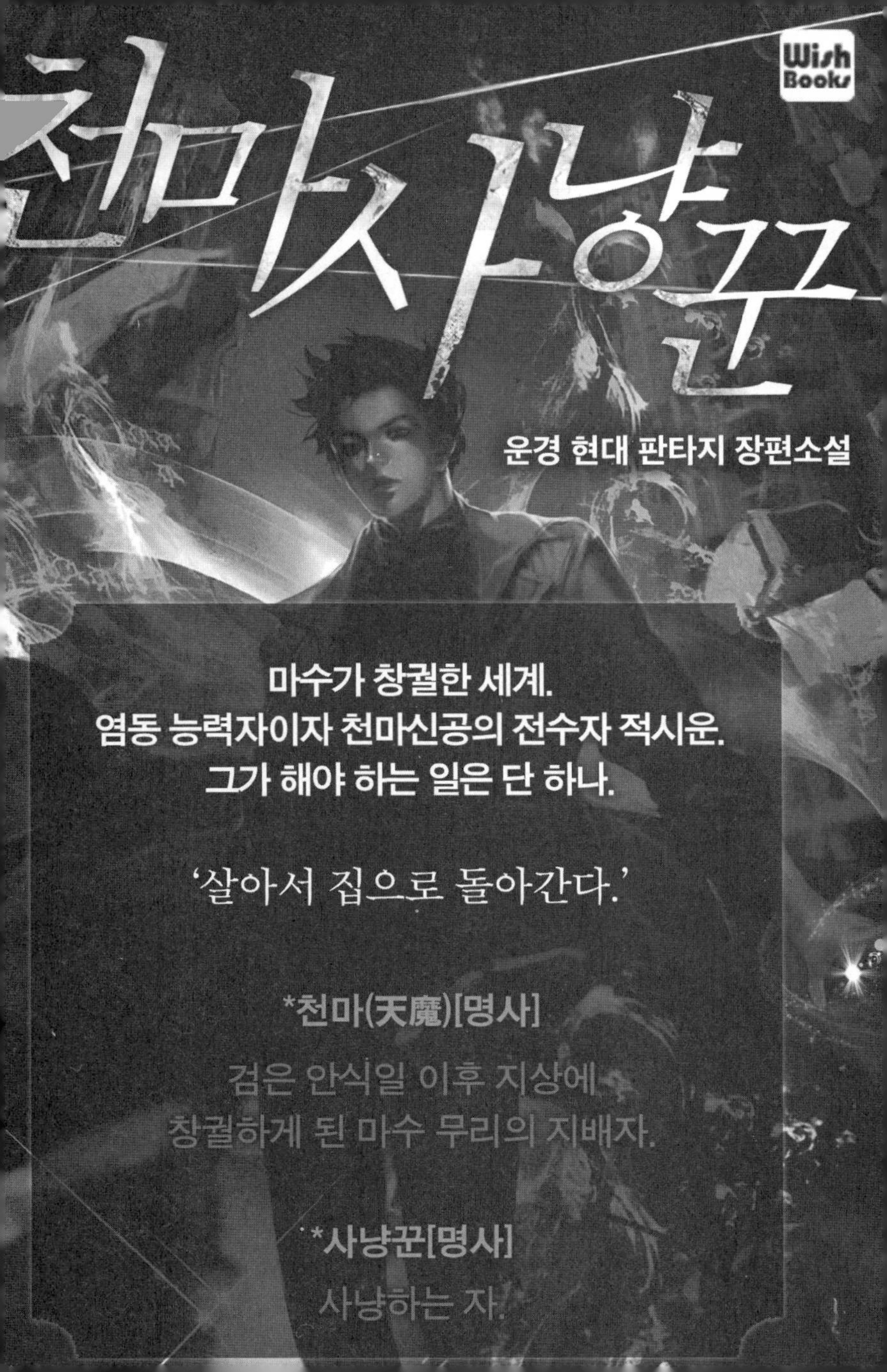
Wish Books
천마사냥꾼
운경 현대 판타지 장편소설
마수가 창궐한 세계.
염동 능력자이자 천마신공의 전수자 적시운.
그가 해야 하는 일은 단 하나.
'살아서 집으로 돌아간다.'
*천마(天魔)[명사]
검은 안식일 이후 지상에
창궐하게 된 마수 무리의 지배자.
*사냥꾼[명사]
사냥하는 자.

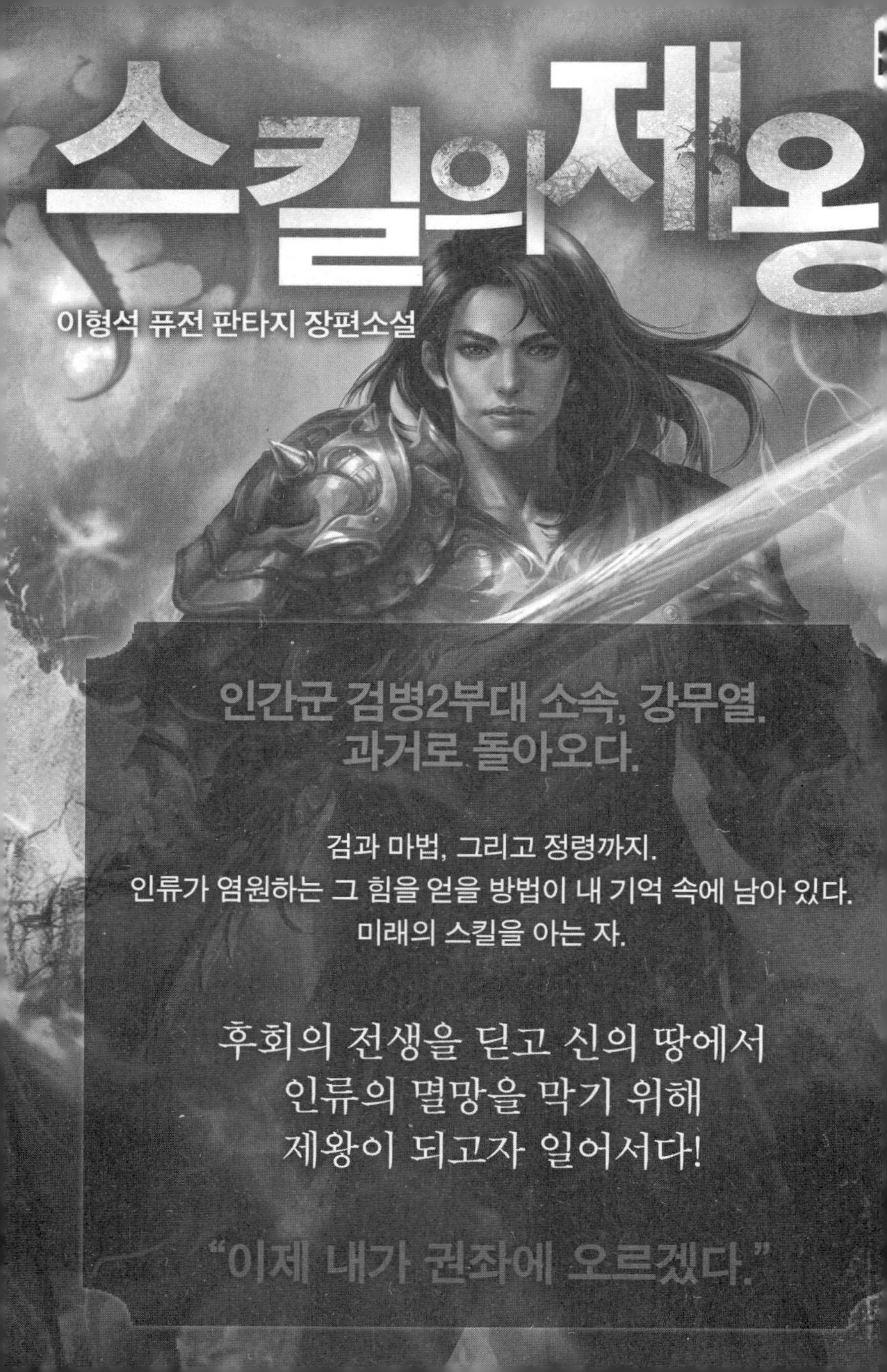

스킬의 제왕

이형석 퓨전 판타지 장편소설

인간군 검병2부대 소속, 강무열.
과거로 돌아오다.

검과 마법, 그리고 정령까지.
인류가 염원하는 그 힘을 얻을 방법이 내 기억 속에 남아 있다.
미래의 스킬을 아는 자.

후회의 전생을 딛고 신의 땅에서
인류의 멸망을 막기 위해
제왕이 되고자 일어서다!

"이제 내가 권좌에 오르겠다."